우리가 작별 인사를 할 때마다

우리가 작별 인사를 할 때마다

LATE MIGRATIONS
A NATURAL HISTORY OF LOVE AND LOSS
Margaret Renkl

마거릿 렌클 지음   빌리 렌클 그림   최정수 옮김

옮긴이: 최정수

연세대학교 불어불문학과와 동대학원을 졸업하고 전문번역가로 활동하고 있다.
파울로 코엘료의 『연금술사』, 아니 에르노의 『단순한 열정』, 프랑수아즈 사강의
『한 달 후, 일 년 후』, 기 드 모파상의 『기 드 모파상-비곗덩어리 외 62편』,
아모스 오즈의 『시골 생활 풍경』 외에 『역광의 여인, 비비안 마이어』, 『노 시그널』,
『나는 죽음을 돕는 의사입니다』 등 많은 책을 우리말로 옮겼다.

우리가 작별 인사를 할 때마다

발행일
2023년 12월 25일 초판 1쇄
2024년 11월 10일 초판 5쇄

지은이   마거릿 렌클
그린이   빌리 렌클
옮긴이   최정수
펴낸이   정무영, 정상준
펴낸곳   (주)을유문화사

창립일   1945년 12월 1일
주소   서울시 마포구 서교동 469-48
전화   02-733-8153
팩스   02-732-9154
홈페이지   www.eulyoo.co.kr
ISBN   978-89-324-7501-1 03840

나의 가족에게

그래요, 여보, 인생이란 포기예요. 항상 그런 식이죠.

아서 밀러, 『세일즈맨의 죽음』

그러므로 모든 시는 비가(悲歌)다.

조지 바커

마거릿 렌클의 모계 가계도

파파 독 ——— 마마 앨리스   그랜리 ——— 마더 올리

맥스(외할아버지) ——————————— 밀드레드(미미)

올리비아(위비) ——————— 빌

마거릿   빌리   로리

복숭아

외할머니가 전하는
내 어머니가 태어날 때의 이야기

1931년, 로워 앨라배마

그 애가 그렇게 일찍 나올 거라고는 예상하지 못했단다. 우리는 어머니가 통조림을 만들려고 복숭아 껍질을 벗기는 걸 보고 있었어. 아버지가 복숭아 나무 몇 그루를 갖고 계셨고, 열매 중 일부는 벌써 통조림을 만들어 두었단다. 그래서 나와 맥스를 위해 통조림을 더 만들던 중이었어. 껍질을 벗기는 내내 복숭아를 먹다 보니 자정 가까이 되었고, 나는 잠을 자다가 깨어나 말했지. "맥스, 나 배가 몹시 아파서 견딜 수가 없어. 복숭아를 너무 많이 먹었나 봐."

너도 알겠지만, 가끔 상황이 나빠질 때가 있고 그런 다음엔 다시 좋아지는 법이지.

우리는 어머니를 깨우지 않았단다. 하지만 어머니가 일어나는 소리가 들리자마자 맥스가 어머니에게 알리려고 안으로 들어갔어. 그리고 어머니가 말씀하셨지. "오, 맥스, 지금 바로 가서 아버지를 모셔오게!" 맥스의 아버지 파파 독은 그 동네 사람들을 전부 치료해 주는 의사셨어.

맥스가 가자 어머니가 나를 위해 침상을 꾸미고 깨끗한 시트를 깔아 주었단다. 마마 앨리스도 맥스와 함께 오셨어—마마 앨리스와 파파 독. 그렇게 그분들이 모두 나와 함께 계시게 되었어. 한쪽엔 내 어머니가, 다른 쪽에는 맥스의 어머니가 계셨지. 그분들은 내 손을 잡고 계셨어. 그리고 그 날 12시경에 올리비아가 태어났지. 정확한 시각은 잘 모르 겠구나.

맥스가 집 안을 들락날락했지. 하지만 사람들 말로는 내 아버지는 집 주변을 서성이고 계셨다고 하더구나. 집 주 변을 걷고 또 걷고 계셨다고. 아버지는 때때로 걸음을 멈추 고 무슨 일이 일어나고 있는지 파악하셨어. 그리고 올리비 아가 태어났는데, 정말로 순식간이었지. 파파 독이 얼굴을 홱 돌리고 말씀하셨어. "딸이다." 그러자 맥스가 말했지. "올 리비아예요."

부리와 발톱이 붉은

첫해, 파랑새 새끼들의 부화 예정일 전 어느 날, 나는 사무실 창문 바로 밖의 둥지 상자를 살펴보았고, 알 하나에 아주 작은 구멍이 나 있는 것을 발견했다. 그것이 부화가 시작한 신호가 틀림없다고 믿으며 조용히 상자를 다시 닫았고, 훔쳐보고 싶은 근질거리는 욕구를 참을 수 없었지만 곧바로 다시 확인해 보지는 않기로 결심했다. 나는 파랑새 가족이 그 상자 안에 제대로 정착하기를 수년째 기다리는 중이었고, 마침내 알 하나가 흔들리기 시작하고 열리려 하고 있었다. 이틀 뒤, 한동안 부모 새들이 보이지 않는다는 데 문득 생각이 미쳤다. 그래서 다시 살펴보니 알 다섯 개가 모두 사라지고 없었다. 둥지에 누가 손을 댄 흔적은 없었다.

생명의 순환을 차라리 죽음의 순환이라고 부르는 편이 나을 것이다. 살아 있는 모든 것은 죽을 것이고, 죽는 모든 것은 먹힐 것이다. 벌레는 파랑새에게 먹히고, 파랑새는 뱀에게 먹히고, 뱀은 매에게 먹히고, 매는 올빼미에게 먹힌다. 이것이 야생의 작동 방식이고, 나는 그걸 안다. 그래도 마음이 아프다.

그 파랑새 한 쌍이 두 번째 시도를 위해 돌아올 경우에 대비해, 북미 파랑새 협회(North American Bluebird Society)

에 전화해 조언을 구했다. 상담 전화를 받은 사람은 아마도 내 파랑새들—실제로 '내 것'은 아니지만 내가 사랑하는 파랑새들—이 집굴뚝새와 뱀의 공격을 받았을 거라고 했다. 집굴뚝새는 텃세가 굉장히 심해서 가까이에 있는 새들이 알 품는 것을 방해한다. 경쟁자들이 정착하지 못하도록 사용하지 않은 둥지 구멍을 막대기들로 메우고, 보호받지 않는 둥지를 파괴하고, 알을 전부 깨뜨린다. 그들은 어린 새를, 심지어 알을 품는 암컷까지 죽이는 것으로 유명하다. 뱀은 천천히 그리고 조용히 알을 통째로 삼키며, 둥지는 건드리지 않고 남겨둔다.

그 파랑새 전문가는 뱀이 장대에 접근하지 못하도록 막아 줄 더 큰 판을 설치하고 굴뚝새를 숨겨 주고 있을지 모르는 빗자루를 없애라고 내게 조언했다. 그의 말에 따르면, 만약 파랑새들이 돌아올 경우 첫 알이 보이자마자 둥지 위에 방호물을 설치해야 한다고 했다. 부모 새들은 알을 쉬이 포기하지 않을 테고, 둥지를 덮어 위장하면 굴뚝새가 그것을 보지 못할 것이다. 그래서 새 판을 구입했지만 파랑새들은 돌아오지 않았다.

이듬해에 다른 파랑새 한 쌍이 둥지를 틀었다. 그들이 첫 번째 알을 낳자, 나는 동네 새 용품 상점에 가서 굴뚝새를 막을 방호물을 골라 달라고 청했다. 하지만 그 가게에는 재고가 없었다. 미들 테네시에는 집굴뚝새가 둥지를 틀지 않습니다, 가게 주인이 말했다. 집굴뚝새가 일반적으로 이 지역에 둥지를 튼다고 *여겨지지* 않는다는 건 나도 알아요,

내가 말했다, 하지만 작년에 무슨 일이 있었는지 들어 보세요. 그가 비웃었다. 다른 곳에서 이주해 온 굴뚝새 한 마리가 파랑새 둥지를 발견하고 그걸 파괴하기 위해 이런저런 시도를 했을 수는 있다, 하지만 미들 테네시에 둥지를 틀고 사는 집굴뚝새는 없다는 것이 그의 주장이었다. 그해에 파랑새 알 네 개가 전부 부화했고, 새끼 파랑새 네 마리가 전부 안전하게 이소했다. 나는 그 상점 주인이 이 지역의 새들에 대해 파랑새 협회 사람들보다 더 잘 안다고 생각했고, 더는 방호물을 떠올리지 않았다.

1년 뒤에는 파랑새가 오지 않았다. 둥지 트는 계절 훨씬 전인 2월 초에 수컷 한 마리가 와서 둥지 상자를 몇 분에 걸쳐 살펴보긴 했지만, 암컷과 함께 다시 찾아오지는 않았다. 일찍 둥지를 트는 그리고 우리 집의 파랑새 상자를 늘 좋아했던 박새들조차 뒷문 근처 처마 밑 상자에 만족했다. 파랑새 상자는 봄 내내 비어 있었다.

그런 다음 의심의 여지 없이 집굴뚝새가 구애하는 소리가 들리기 시작했다. 굴뚝새는 절박하게 울고 또 울었다. 그런 다음 한동안 둥지 상자 안에 나뭇가지를 채우고, 상자 꼭대기 부분을 가로질러 맨 밑바닥으로 내려가는 깊은 터널 모양의 발판을 공들여 지었다. 매일같이 노래하고 나뭇가지를 채우고, 노래하고 나뭇가지를 채웠다. 우리 집 옆뜰은 그 굴뚝새의 독점 영역이었다. 얼마 되지 않아 박새들이 옆뜰 쪽에 있는 밀웜 급식기에 찾아왔다. 황금방울새들은 가까이에 있는 엉겅퀴 급식기를 버리고 떠났다. 몸집이 큰 새들만

대담하게 물그릇에 다가와 물을 마셨다. 그즈음 비가 너무 안 왔기 때문에 나는 집의 다른 쪽 면에 물그릇 하나를 더 놓아두었다.

그러는 동안 멋진 새끼 박새들이 부화했다. 새끼들의 울음소리는 크고 짱짱했으며, 부모 박새들은 먼동이 틀 때부터 어둠이 내릴 때까지 새끼들을 먹이려고 계속 일했다. 새끼 박새들이 일정에 딱 맞게 이소한 뒤, 나는 청소를 하려고 둥지 상자를 치웠다. 깃털이 다 난 새끼 박새 한 마리가 바닥에 있었다. 상자를 떠난 지 몇 분 안 된 것 같았다. 새끼 박새는 머리에 상처가 난 채 죽어 있었다.

자연에서 유혈극이 빈번히 일어난다는 사실을 인지하는 것과 그 유혈극을 몸소 겪는 것은 완전히 다른 문제다. 야생의 새들에게 물과 먹이와 거주 공간을 제공하는 일에 '자연스러운' 건 아무것도 없다. 심지어 원래 그들이 둥지를 틀던 곳인데 인간들이 그들의 식량원을 철저히 파괴해 버린 지역에서는. 우리가 어떤 생물을 초대하면 그 초대를 받아들이는 생물을 보호하고 방어해 줄 의무도 함께 온다. 죽은 그 새끼 박새를 발견하기 전, 나는 집굴뚝새들이 이소한 뒤 둥지 상자들을 치우기로 마음먹었다. 굴뚝새가 돌아오지 못하게 막고 원래 그 둥지에 살던 다른 새들—잿빛머리 박새, 캐롤라이나굴뚝새—을 집굴뚝새의 구역으로 끌어들이지 않기 위해서였다.

문제는 내가 귀여운 갈색 집굴뚝새도 사랑한다는 것이다. 그들이 구애할 때 부르는 노래는 이 세상에서 가장 아름다운 것 중 하나다. 높은 음표들로 이루어진 그 가느다란 소리는 아래로 굴러떨어지고, 급히 진행되고, 폭포처럼 하류를 향해 흐른다. 그들을 나무랄 수는 없다. 그 말도 안 될 정도로 작은 몸은 거센 바람과 퍼붓는 비와 포식자들로 가득한 세상에서 살아남기 위해 수백만 년 동안 진화한 맹렬함을 따르고 있을 뿐이니까 말이다. 그 조그만 갈색 새가 하늘을 향해 목청을 돋우고 그 기분 좋은 소리를 매일같이 몇 번이고 반복해서 세상에 내보내는 모습이 보인다—그 새가이곳에 뿌리내리지 않기를 바라는 것이, 집굴뚝새가 둥지를 틀지 않는 이 지역에 그 새의 짝이 찾아오지 않기를 바라는 것이, 그 새 그리고 그 새가 제공하는 나뭇가지들을 받아들이지 않는 것이 어떻게 가능하겠는가? 열흘 뒤 암컷 한 마리가 그 새에게 찾아왔을 때, 나는 환호하지 않을 수 없었다.

이윽고 미들 테네시에 블랙베리 윈터(blackberry winter)•가 내려앉았다. 그날 밤 기온은 집굴뚝새 알이 살 수 있는 기온보다 섭씨 11도나 낮았다. 다음 날 아침 황금방울새가 엉겅퀴 급식기로 돌아왔다.

• 미국 남부 또는 중서부 지방에 나타나는 겨울처럼 추운 봄. 블랙베리가 개화하는 시기와 겹쳐서 이렇게 부른다.

잠시 쉬며 해피엔딩이
실상 어떤 것인지 숙고해 봅시다

1936년, 로워 앨라배마

내 외할머니가 해 주신 이야기에는 그들 사이에서 살았지만 그들에 속하지는 않았던, 인종이 불분명한 나이 든 여성 한 명이 등장한다. 땅이 없고 뭔가를 재배할 수단도 없던 그 나이 든 여성은 다른 사람들보다 더 가난하고 외로웠다. 어둠이 내린 후 그녀가 옥수수를 가져갈 생각에 양초와 배낭을 들고 헛간으로 살짝 들어갈 때 그들은 모른 척했다. 그날 밤 그녀는 헛간의 올빼미 때문에 놀랐을까? 노새가 그녀의 팔을 밀쳤을까? 그들은 결코 알지 못했다. 그녀는 그곳에 머무르라는 그들의 제안을 절대 받아들이지 않았었기 때문이다. 울부짖는 불길이 헛간 전체를 태우고 집까지 집어삼킬 듯 포효했다. 이웃들이 와서 일종의 버킷 라인(bucket line)• 안에 있는 가구들을 일부 건져 냈지만, 실제로 불을 끄는 건 불가능했다. 물탱크가 놓여 있던 나무 비계가 불길에 이미 소실되었기 때문이다. 옷가지와 이불, 겨울을 나기 위해 외할머니가 비축해 둔 식료품, 노새들에게 주려고 외할아버지가 쌓아 둔 곡식을 건져 낼 시간은 없었다. 최악은 마구간

• 화재 발생 시 물을 퍼와 끼얹어 불 끄는 시도를 할 수 있는, 불길이 타고 있는 곳과 최대한 가까운 가상의 선.

안에서 발을 구르는 과격한 노새들을 구해 낼 시간이 없었다는 것이다.

외할머니의 이야기에 따르면, 건져 낸 물건들을 길 아래쪽으로 1킬로미터 떨어진 외할머니의 시댁으로 운반했다고 한다. 물건을 정리하고 방을 마련하기 위해 가족들이 사방에서 모여들었다. 파파 독과 마마 앨리스가 집 뒤쪽 포치**에서 잠을 자기로 했고, 외할머니와 외할아버지는 응접실에서 지내게 되었다. 내 어머니와 아기였던 외삼촌은 아늑한 위층 다락방에서 자기로 했다.

수십 년 뒤 어머니가 소녀 시절 이야기를 나에게 해 주었을 때, 어머니는 그 집에 사람이 얼마나 붐볐는지 혹은 그때 얼마나 긴장감을 느꼈는지 떠올리는 것 같지는 않았다. 대신 어머니는 내 외증조부모님의 헌신을 기억해 냈다. 파파 독은 매일 검은 가방을 가지고 왕진을 가셨고, 여유로운 아침이면 동네 상점에 가서 우편물을 가져오셨다. 집으로 돌아올 때면 항상 집 장미 울타리에 다다르자마자 "앨리스?" 하고 큰 소리로 외증조할머니를 불렀다. 그러면 외증조할머니는 정원이나 주방 혹은 포치의 빨래통에서 형식적으로 대답을 했다. "나 여기 있어요, 웜스 박사님."

내 외증조부모님은 그들을 서로에게서 떠나게―외증조할아버지는 왕진을 위해 전원 지대로, 외증조할머니는 빨랫줄과 콩밭, 헛간으로 이루어진 더 가까운 세상으로―하

** 미국식 주택 입구에 지붕을 갖추어 비바람을 피하거나 잠시 쉴 수 있게 만든 곳.

는 일종의 춤 속에서, 이미 운명 지워진 스텝들 속에서 하루를 보냈다. 하지만 그 춤과 스텝들은 다시 떠나기 직전 그들을 접촉하게 해 몇 번이고 화해시켰다.

사랑의 그늘진 면은 늘 상실이고, 비통함은 사랑 자체의 쌍둥이일 뿐이다. 마마 앨리스가 돌아가셨을 때 내 어머니는 열두 살이었다. 파파 독은 포치에 자리를 잡고 앉은 채 길가에서 사방으로 뻗어 나가며 자라고 있는 장미 덤불을 응시했다. "내 생각에 파파 독은 그때 죽기로 결심하셨던 것 같아." 어머니는 항상 이렇게 말했다. "그러고 나서 겨우 한 달 남짓 사셨으니까."

수련

침입자들

햇빛이 수련 연못에, 물 위에 둥글게 뜬 수련 잎 사이에, 빽빽이 자라는 수련의 녹색 표면에 붙잡힌 갈색 나뭇잎들 위에 반짝이고 있다. 바람이 연못에 비쳐 보이는 둑 위 나무들에 잔물결을 일으키며 연못 물을 휘젓고 있다. 지금은 옻나무의 진홍색 잎도 떨어지고 있다. 노란 단풍나무 잎과 오렌지색 사사프러스 잎도. 오래지 않아 이 연못은 수련 잎과 나뭇잎으로 뒤덮일 것이다. 세월이 조금만 흐르면—5년? 10년? 어쨌든 눈 한 번 깜박일 사이에—연못의 물에 나무와 하늘이 비쳐 보이지 않을 것이다. 오늘 이 갈색 물은 가을빛 속에서, 빛과 색과 움직임과 함께 불타듯 빛나고 있다. 하지만 이 연못은 죽어 가는 중이다.

연못이 죽어 간다고 믿는 건 말이 안 되는 일이다.

수련이 빛과 산소를 차단해 연못을 질식시키고 있다. 오래지 않아 물고기나 개구리, 뱀이나 거북이가 살아갈 공간이 없어질 것이다. 오직 수련만, 연못 이 끝에서 저 끝까지 온통 수련만 있을 것이다. 아무것도 살 수 없는 수련 습지. 여름이면 수련꽃이 피어나고—오, 그 수련꽃들은 얼마나 아름답게 피고 얼마나 향기로운지!—가을의 끝이자 하루의 끝인 지금 이 예쁜 연못은 둥글게 둘러싸이고 감싸 안

긴 채 빛으로 가득하다. 수련 잎 위에 나뭇잎들이 쉬고 있고, 매 한 마리가 머리 위에 떠돌고, 나무 밑에 토끼가 쭈그려 앉아 있고—모든 생명이 생명 위에 쌓여 갔다—연못은 여전히 죽어 가는 중이다.

그 연못은 죽어 가고 있다. 그리고 지금 나는 황혼녘의 하늘을 비틀거리며 가로지르는 찌르레기들을, 맥박이 뛰는 세포로 이루어진 검은 짐승으로서, 공중에서 살도록 태어난 피조물로서 선회하고 내려가고 올라가며 움직이는 찌르레기들의 영광을 생각하는 중이다. 그러나 수련이 제자리에 있지 않듯 찌르레기들도 제자리에 있지 않다. 여기서 그들은 외부에서 온 체류자다. 이 하늘은 그들의 하늘이 아니다. 이 나무들은 그들의 나무가 아니다. 그들은 흉내지빠귀가 먹을 몫을 전혀 남겨 두지 않고 층층나무 열매를 전부 훔치고 있다. 그들은 티티마우스나 파랑새, 심지어 우두머리 노릇을 하는 박새가 자리 잡을 곳을 하나도 남겨 두지 않고 둥지들을 전부 자기 것으로 여긴다.

외부에서 온 이 체류자는 자신이 외부에서 온 체류자라는 걸 모른다.

동틀 무렵, 땅콩 급식기를 지탱해 주는 줄 위에 찌르레기가 앉아 있고, 잠에서 깨어난 나는 검고 뻣뻣하고 차가운 줄 위에 매달려 있는 그 새를 발견한다. 나는 그 찌르레기를 그저 불쌍히 여길 뿐이다. 굶주린 채 혼란스러워하는, 이 세상이 어떻게 돌아가는지 모르는 그 새를. 결국 자기 머리 위에 있는 무서운 존재에 개의치 않는 북미 딱따구리가 땅콩을 실컷 먹는다.

외할머니가 전하는
사랑하던 개 이야기

1940년, 로워 앨라배마

맥스 주니어와 올리비아가 학교에 다닐 때 나는 여전히 학교에서 아이들을 가르치고 있었단다. 학교는 집에서 무척 가까웠고, 우리는 걸어서 학교에 오갔지. 물론 나는 혼자 걸어 다녔어. 아이들은 항상 뛰어다니며 놀았지. 그리고 내가 키우던 하니라는 이름의 개가 늘 나를 따라다녔단다. 하니는 내 책상 밑에서 잠을 자다가 깨어났고, 내가 책상 앞에 있는 한 그 자리에 머물렀어. 내가 칠판 쪽으로 가면, 하니는 나와 함께 가서 내가 칠판에 판서를 하는 동안 내 발치에 엎드려 있었지. 그러던 어느 주말에 하니가 없어졌고, 우리는 사방으로 하니를 찾아 헤맸단다. 월요일 아침까지 하니를 발견하지 못했어. 학교에 가 보니 무슨 냄새가 나더구나. 하니 냄새였어. 하니는 학교 건물 아래, 내가 앉아 있곤 하던 곳 바로 아래까지 기어올라 가 있었어. 하니가 가서 죽은 곳도 바로 거기였지.

울부짖음

늙은 개는 문이 꼭 닫혀 있을 때 잠에서 깨어난다. 딸깍은 뒷문 소리, 쿵은 차문 소리다. 이제 그 늙은 개는 집 안에 자기 혼자 있다고 믿는다. 끼익끽 소리를 내며 물러나는 차가 드르륵 하는 타이어 소리를 내며 길 위에서 멀어져 간 뒤 주위가 조용해지면, 그 늙은 개는 이 세상에 자기 혼자 있다고 생각한다. 개는 문 옆에 선 채로 주저앉는다. 아픈 궁둥이가 바닥에 닿을 때까지 궁둥이와 뒷다리를 조금씩, 천천히 낮춘다. 그런 다음 앞발을 천천히, 천천히 앞으로 미끄러뜨린다. 그리고 움직임을 멈춘다.

목구멍 뒤쪽에서 신음이 시작된다. 그 소리는 낑낑거리는 소리보다는 낮고, 앓는 소리보다는 높으며, 점점 커진다. 개의 머리가 뒤로 젖혀진다. 눈이 감긴다. 신음이 모음 형태로 급히 새어 나온다, 더 크고 크고 크게. 그리고 이제 개는 울부짖고 있다. 그 개가 더 어렸을 때 근처의 큰 도로에 구급차가 지나갈 때마다 내던 소리다. 하지만 개는 더 이상 소리를 듣지 못한다. 이제 개는 절망에 사로잡혀 울부짖고 있다. 함께 살다가 떠나간 동료를 위해, 작년에 죽어 그 개를 혼자 자도록 남겨 둔 개 때문에 울부짖고 있다. 개는 자신의 아픈 궁둥이 때문에 울부짖고 있다. 궁둥이가 너무 약해서, 쭈그려 앉아 고통을 더는 일조차 힘들다. 이 집을 지키는 것이 자기의 임무인데 이제는 너무 늙어 집을 지킬 수 없어서 개는 울부짖고 있다. 세상이 텅 비었기 때문에 울부짖고 있다. 자기가 여전히 여기에 있기 때문에 울부짖고 있다.

외할머니가 전하는
내가 태어나던 날 이야기

1961년, 로워 앨라배마

1961년 어머니 날에 빌과 올리비아가 우리 집에 왔단다. 빌이 이렇게 말했지. "이건 세상에서 가장 다정하고 귀여운 엄마가 될 사람 거야." 그게 그가 올리비아에게 선물을 주는 방식이었어. 그가 우리에게 말하는 방식이기도 했고. 또 올리비아가 마거릿을 가지려고 했을 때의 방식이기도 했지. 그후 우리 집과 너희 집 사이의 관계는 꽤나 긴밀하게 유지됐어. 마거릿이 태어났을 때, 빌이 우리한테 전화해서는 내가 자기와 함께 몽고메리에 가 주면 좋겠다고 말하더구나. 그들은 마거릿을 차에 태워 거기로 가야 한다고 생각했던 거야. 그 애는 호흡 곤란이 있었단다. 케네디 집안 아이도 나중에 똑같은 호흡 곤란을 겪었지. 케네디 집안 아이는 죽었어. 그렇게 맥스가 나를 거기에 내려 주었단다. 하지만 막상 거기에 도착하고 나니 문제가 잘 해결되어서 굳이 그 아이를 데려올 필요가 없었다고 생각될 정도였어. 그래서 우리는 올리비아가 일어나 아기를 목욕시키고 돌볼 수 있을 때까지 며칠 동안 그곳에 머물렀단다.

파랑새들에게

나는 안다. 정원에 지나치게 많은 개가 있다는 것을. 옆에 들어서고 있는 집이 지나치게 거대하고, 작은 둥지 상자를 지나치게 가까이에서 가로막고 있으며, 빵빵 소리를 내고 으르렁거리는 트럭과 고함치는 목수와 못 박는 기계를 들고 재빠르게 움직이는 지붕 이는 인부를 그냥 방치하고 있다는 것을. 우리 뒤쪽의 아주 작은 숲이 민첩한 앞발을 가진 라쿤과 내 팔뚝만큼 굵은 쥐잡이뱀을 여전히 숨겨 주고 있다는 것을. 그리고 쿠퍼매 한 마리가 집 건너편의 거대한 소나무 주위를 여전히 위협적으로 날아다닌다는 것을.

하지만 다음의 것들을 고려해야 한다. 개들은 늙었고 양지 바른 곳에 누워 시간을 보낸다. 그들이 즐겁게 새를 쫓던 날들은 옛날이 되어 버렸다. 또 주택 보수 철인 지금 너무 가까이에 있는 시끄러운 건축업자들은 영소(營巢)* 시기까지는 떠날 것이고, 그들은 정원에 무엇이 남아 있는지 보기 위해 머뭇거리는 대신 곧장 차고로 운전해 들어가는 이웃들로 대체될 것이다. 작년 것보다 더 커진 포식자 차단용 칸막이를 보라. 그리고 예전에는 집굴뚝새를 보호하던 빗자

---

* 새들이 둥지를 짓는 일.

029

루가 있었지만 이제 아무것도 없는 지면을 보라.

  내가 정원의 너희들이 있는 쪽으로 옮겨 놓은 튼튼한 새 물통과 살아 있는 밀웜을 포획하도록 제작한 특별한 급식기를 보았니? 너희에 대한 내 사랑의 가장 위대한 증표는 내가 매일 살아 있는 밀웜이 가득한 그물 안에 손을 넣어 그것들을 한 마리씩 끄집어내 급식기 안 도자기 컵에 떨어뜨린다는 거야. 밀웜들은 내 냉장고 안에 머무르지. 냉장고 안의 어둠과 냉기는 그것들을 휴면 상태로 유지해 준다고 여겨져. 하지만 맙소사, 그것들은 휴면하고 있지 않아. 아니야, 그것들은 마디로 분할된 몸을 내 손가락에 감고, 작은 덩어리 모양의 머리를 들어 올리고, 실제로 있지도 않은 눈으로 나를 꾸짖어. 하지만 나는 그것들이 처한 곤경 앞에 마음을 다잡고 그것들을 작은 하얀 컵 안에 도로 넣은 뒤, 그것들이 다시 자리 잡을 곳을 찾아 몸을 꼬고 서로에게 감는 동안 밖으로 걸어나가지. 날씨가 추워 마른 잔디 속에서 움직이는 귀뚜라미가 한 마리도 없는 요즘, 그것들은 너희에게 주는 나의 선물이야.

당신들이 나를
바라보던 방식

1961년, 로워 앨라배마

친족들—어머니와 아버지, 외할머니와 외할아버지, 하얀
후광 속에 온전히 차분하게 잠겨 있는 외외증조할머니—
이 모두 내 주위에 모여 있다. 너무 일찍, 작고 허약하게 태
어난 나는 모든 사진 속에서 잠을 자고 있으며, 그들은 모든
사진 속에서 내 주위에 모여 머리를 기울인 채 내 입술이 또
다시 파래지지 않기를 바라며 각자 너무도 얕게 숨을 쉬며
나를 지켜보고 있다. 나는 너무 작고 항상 추위를 탄다. 하
지만 친족들은 마치 태양인 양 나를 보고 있다. 내 부모님과
외조부모님 그리고 외외증조할머니, 그분들 모두가 나를 지
켜보기 위해 모였다. 그분들은 내가 태양인 양, 그분들이 그
때껏 평생 추위를 탔던 양 나를 보고 있다.

나는 태양이다. 하지만 그분들은 행성이 아니다.

그분들은 우주다.

항상 하늘에 있는 건 아니다

몸집이 매우 큰 붉은꼬리말똥가리가 우리 이웃집에 살고 있다. 그 매의 수컷은 숨길 수 없을 만큼 화려한 색을 가졌고, 암컷의 경우 거의 갈색에 가까운 완화된 빛을 띤다. 이 매가 사냥용 횃대로 자주 사용하는 죽은 나무는 길에서 꽤나 멀리 떨어져 있어서 이 새의 정체성을 토론의 여지가 있는 문제로 만든다. 이웃들은 이 새가 독수리라고 확신하고 있다.

"집에 가서 카메라 가져오세요!" 내가 개를 산책시키고 있는데 어떤 여자가 자기 차를 세우고 말한다. "죽은 나무 속에 독수리가 있어요!" 혹시나 해서 집에 가서 카메라를 가져온다. 하지만 방금 내가 개와 함께 죽은 나무 앞을 지나쳤을 때 그 속에 앉아 있는 것은 커다란 붉은꼬리말똥가리였다. 내가 카메라를 가지고 올 때도 그 매는 여전히 거기에 있다.

우리 동네에서는 근처에 집을 지은 독수리에 관해 많은 이야기를 한다. 하지만 그것이 어떤 종류의 독수리인지는 아무도 궁금해하지 않는 것 같다. 처음 소문을 들었을 때, 나는 아마도 이웃들이 어린 대머리독수리를 보았을 거라고 생각했다. 성체 대머리독수리가 주위에 보인다는 건 모두가 알고 있다. 하지만 어린 독수리들은 항상 다른 새들에 도전한다. 일반적으로 미시시피강 서쪽에서 발견되지만 얼마 전 테네시주에 다시 들어온 종인 검독수리일 가능성도 있다. 몸에 발신기를 부착한 일부 검독수리는 컴벌랜드고원에서 겨울을 보내는 것으로 알려져 있다. 그러나 우리 동네에 사는 그 새는 상상력의 근육을 활용해야만 검독수리가 될 수 있다. 우리는 컴벌랜드고원에 살지 않으니까.

그 새는 분명히 붉은꼬리말똥가리지만 나는 이웃들에게 아무 말도 하지 않는다. 사람들은 자기에게 뭔가 특별한 일이 일어났다고, 자기가 신의 은총으로 선택받았다고 믿고 싶어 한다. 굳이 내가 이 근교 지역에서 아직 효력을 발휘하고 있는 환상의 광채를 그들에게서 빼앗아야 할까?

어느 날 책상 앞에 앉아 일하다가 경보를 발하는 대규모 큰어치 떼의 소리를 들었다. 그들 한가운데에 포식자가 있다. 몇 분이 흘렀지만 큰어치들의 격분은 수그러들 기미가 보이지 않는다. 그래서 나는 밖으로 걸어나간다. 아마도 독수리처럼 보이는 매 한 마리가 우리 집 정원에 내려앉은 것 같다.

하지만 하늘에는 아무것도 보이지 않는다. 나무 사이에도 아무것도 보이지 않고, 정원 한구석 전신주 위에도 아무것도 보이지 않고, 전깃줄 위에도 아무것도 보이지 않는다. 이윽고 나는 큰어치들이 경고성의 야유 소리를 내지르면서 위에서 내려다보고 있고 몸집이 더 작은 새들, 심지어 지면의 약탈자들까지도 덤불과 인동덩굴 위로 옮겨가 역시 아래쪽을 내려다보고 있는 것을 알아차린다. 이 정원에서 사냥하는 작은 쿠퍼매는 하늘로 옮겨 가기 전 고군분투하는 희생양을 더 잘 붙잡기 위해 잠시 동안 자기 사냥감에 만족

할 때가 많을 것이다. 하지만 지면에는 매도 없다.

정원 안으로 더 걸어가지만, 심지어 줌 렌즈로 지면을 유심히 살펴보지만, 여전히 아무것도 보이지 않는다. 잠시 후 그 새들이 뱀을 보고 있음이 분명해진다. 너비가 겨우 몇 미터에 지나지 않는 그 부지는 우리 옆집 뒤쪽 숲이 우거진 곳에서 우리 집 옆길로 이어지며 안락한 도시 풍경을 이룬다. 우리는 그 부지를 개의치 않고 내버려 둔다. 그 부지에 인접한 우리 집 정원의 일부도. 왜냐하면 그곳이 일종의 야생동물 통로로 쓰이기 때문이다. 매우 큰, 길이가 적어도 1.5미터는 되는 쥐잡이뱀 한 마리가 우리 집 아래 그리고 정원 전체를 맴돌며 사냥을 하고 있다. 하지만 내가 카메라로 살펴보지 않았다면 그 부지에서 뱀을 보지는 못했을 것이다. 나는 좀 더 가까이 걸어간다. 아주 조금만. 나는 뱀을 특별히 무서워하지는 않지만 그들이 나를 무서워한다는 걸 알고 있고, 그들에게 여지를 주고 싶다.

쓸모없는 카메라를 손에 든 채, 나는 바로 앞에서 뭔가 특별한 일이 일어나고 있음을 문득 깨닫는다. 커다란 뱀 한 마리가 천천히 이동 중이고, 그 뱀을 의식한 모든 명금*이 서로에게 큰 소리로 외치며 조심하라고 말하고 있다. 하늘에서는 기적이 전혀 일어나지 않는다. 기적은 평범한 뒤뜰의 축축한 잡초 속에서, 작년의 바스러진 나뭇잎과 두더지가 파헤쳐서 드러난 향기로운 흙 사이에서 일어나고 있다.

---

* 고운 소리로 우는 새.

혈연

1963년, 로워 앨라배마

그 사진 속에서 나는 온통 하얀색으로 차려입고 있다. 퍼프 소매가 달린 하얀 드레스, 가장자리에 하얀 레이스가 둘린 흰 보닛, 하얀 타이츠와 윤이 나는 하얀 하이탑. 모든 아기들이 하는 옷차림. 당신이 짐작하는 대로 부활절 사진이 틀림없다. 어떤 부모가 걸음마를 배우는 아기에게 1년에 한 번 이상 하얀 옷을 입히겠는가? 하지만 부활절일 리 없다. 포치 계단에서 나를 무릎 위에 안고 있는 외할머니, 그리고 외할머니 옆에 있는 외외증조할머니, 두 분 다 내 하늘하늘한 보닛과 잘 어울리는 백발의 후광 속에 짙은 색의 옷을 입고 계시다. 앨라배마에서 부활의 날에 네이비블루 색의 옷을 입는 농장 여인은 없을 것이다.

그 사진은 상식에서 벗어나 있다. 사진 속 외외증조할머니 옆에 내 어머니를 위한 자리가 있다. 그러나 어머니는 미소를 띤 채 우리 뒤쪽, 계단 한 단 위에 자리 잡고 있으며, 피사계 심도*에서 벗어나 초점이 약간 나가 있다. 4월에 내 남동생이 태어날 예정이기 때문에 어머니는 몸을 숨기고 있다. 어머니는 임신 중일 때 항상 카메라를 피해 숨려려 했다.

---

* 카메라로 사진을 찍을 때 초점이 맞은 것으로 인식되는 범위.

그 사진 속 세상에서 출생과 죽음이 전혀 눈에 띄지 않는다는 사실은 신경 쓰지 마라. 어머니가 덤플링과 함께 먹은 닭들은 모두 어머니의 할머니가 목을 비틀어 잡은 것이었다. 크리스마스용 햄은 모두 한때 어머니의 정원에 있던 새끼 돼지였다. 그 동네의 아기들은 부모의 침대에서 태어나 거기서 죽는 경우가 많았다. 묘지는 다음과 같은 끔찍한 문구가 묘비에 새겨진 작은 무덤들로 가득 찼다. '많은 이들의 강렬한 희망이 이곳에 묻히다.' '조물주의 왕관을 위한 또 다른 보석.'

외할머니의 셋째 아이는 너무 일찍 태어났다. 그래서 이름도 없었다. 외할머니는 그 아기에 대해 누구에게도 이야기하지 않았다. 하지만 수년이 흐른 뒤 나에게 이야기하셨다. 그 무렵 유산을 겪었던 나는 흐느낌을 멈추지 못하고 있었다. "나는 아기를 요강에 담아 침대 옆 마룻바닥에 놓았단다." 외할머니가 말했다. "그 일이 있은 뒤 나는 밤마다 오래 울었지. 그리고 낮에는 평소처럼 일을 하러 갔어."

둥지들

의식하지 못하는 쪽이 더 쉬울 것이다―쥐잡이뱀이 풀이 뒤엉킨 덤불숲 한쪽에서 천천히 나아갈 때 솜꼬리토끼가 조심스레 거기에 자리 잡고 있음을 알지 못하는 것, 그 토끼가 자기 배에서 뽑은 믿을 수 없을 정도로 부드러운 털뭉치를 들어 올리는 모습을 보지 못하는 것, 바로 다음 순간 뱀이 토끼가 낳은 아직 눈도 못 뜬 새끼들을 천천히, 거의 기계적으로 삼키고 있음을 알아차리지 못하는 것.

갈색 홍관조가 울타리 옆 호랑가시나무의 움푹한 곳 얼룩덜룩한 두 개의 알 위에 조용히 앉아 있는 걸 발견하지 않는 편이 낫다. 주황색 부리는 그 새가 갈색 나뭇가지들 안쪽 갈색 둥지 안에 있다는 걸 알려 주는 힌트일 뿐이다. 까마귀가 날개를 퍼덕이며 울타리 옆 땅으로 내려가는 소리를 듣지 않는 편이, 그 까만 머리가 나뭇잎들을 가로질러 급히 떨어져 내리면서 주위를 탐색하고 호랑가시나무에서 홍관조를 몰아내는 모습을 보지 않는 편이, 혹은 까마귀가 화난 수컷 홍관조의 몸짓과 암컷 홍관조의 애처로운 울음소리에 아랑곳하지 않고 홍관조의 알을 먹고 있음을 알아차리지 않는 편이 낫다.

오, 캐롤라이나굴뚝새가 화분에 심긴 양치식물의 잎으

로 감싸인 깊은 터널 안에서, 다른 존재의 눈에 보이지 않게, 하지만 눈이 옆에 달린 어치에게는 보이는 상태로 초조하게 기다리는 모습을 보지 않는 편이 낫다. 오, 어미 새가 믿을 수 없다는 듯 화분 가장자리를 깡충깡충 헛되이 뛰어다니는 모습을, 자신이 가져 온 애벌레들을 먹으려는 배고픈 입을 찾아 다니는 모습을 지켜보지 않는 편이 낫다.•

나무라봤자 이웃 소년들이 주위에서 공처럼 가지고 노는 작은 사마귀 알주머니를, 집주인이 빗자루로 처마에서 털어 낸 거미줄을, 혹은 영원••이 사냥하고 있는 연못 가장자리의 개구리알 다발을 구원하지 못할 것이다.

이 세상은 죽음을 토대로 번성한다.

그러나 봄 햇살 속에 가만히, 아주 가만히 있어 보아라. 그러면 잿빛머리 박새 한 마리가 당신의 머리칼을 거둬 모으러 다가올 것이고, 그것으로 새끼를 위한 부드럽고 따뜻한 둥지를 만들 것이다. 담쟁이덩굴이 집 한쪽 면을 기어오르는 모습을 지켜보아라. 그러면 어느 날 핀치 한 쌍이 담쟁이 잎사귀 사이에 균형을 잡고 자리한 작은 둥지에서 새끼들을 달래는 모습을 보게 될 것이다. 파랑새들이 나무에서 노래하는 소리를 들어라. 그러면 어두운 둥지 상자 속 구멍에서 어린 새가 입을 벌린 채 넓고 환한 세상을 생애 처음으로 유심히 응시하는 모습을, 그런 다음에는 스스로를 하늘

• 　어치는 다른 새의 새끼를 잡아먹기도 한다.
•• 　도롱뇽목 영원과의 동물.

에 맡기는 모습을 제시간에 보게 될 것이다. 적당한 날 창가에서 기다려 보아라. 그러면 로즈마리 덤불 아래 숨겨진 솜꼬리토끼 굴이 당신 앞에서 열리고, 작은 토끼들이 지난가을의 나뭇잎을 들어 올리고 엄마의 털을 한쪽으로 밀어 놓은 뒤 밖으로 나와 귀를 쫑긋 세우고 코에 주름을 잡고 민들레의 씁쓸한 첫맛에 몸을 웅크릴 것이다. 그건 정확히 그들이 원한 바로 그것일 것이다.

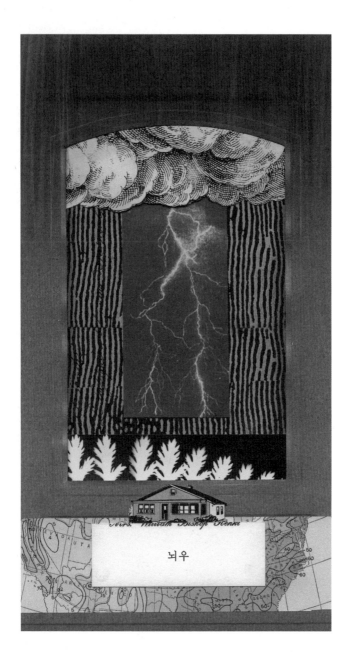

뇌우

폭풍우 속에서,
폭풍우로부터 안전하게

1965년, 로워 앨라배마

우리는 시골 조부모님 댁 현관 포치에서 시간을 보낸다. 천장 선풍기에서 나오는 바람이 벌레들을 날려 보내고 찌는 듯이 더운 공기를 휘저어 산들바람으로 불게 한다. 타운에 있는 우리 집에서는 매우 현대적인 생활을 하고 포치 같은 것은 없다. 콘크리트 계단이 있지만 돌출부가 가려지지 않아서, 비나 맹렬한 햇볕을 거의 피할 수 없다. 폭풍우가 몰려오면 아버지는 자신의 의자를 문설주 사이 출입문 바로 앞에 가져다 놓는다. 나는 폭풍우를 좋아한다. 내가 잠이 들면 아버지는 나를 안아 올려 어두운 집 안을 가로질러 출입문으로 가서 그 의자에 앉아 바람과 천둥 소리에 귀 기울인다.

비가 오면 나는 발가락 끝으로 비를 느낀다. 그러나 비나 폭풍우는 나의 젖은 일부일 뿐이다. 내가 무릎을 나이트 가운 아래 가슴까지 끌어올렸으니 말이다. 아버지는 자신의 코듀로이 재킷 단추를 풀어 옷자락을 내 쪽으로 끌어당기고 팔로 내 몸을 감싸 준다. 나는 아버지에게 몸을 기댄다. 아버지 몸의 온기와 바깥세상의 차가운 비를 동시에 느낀다.

041

비밀

테네시에서는 봄이 되면 늘 사나운 폭풍우가 몰려온다. 어느 해인가는 돌풍이 우리에게서 문 세 개 아래에 있는 팽나무를 강타해 한가운데를 부러뜨렸다. 시속 110킬로미터의 바람 속에 그 나무 꼭대기가 쓰러지면서 단풍나무 한 그루와 커다란 사이프러스 몇 그루를 들어내고 기다란 백향목 울타리를 뚫고 나가 옆집 자동차를 아슬아슬하게 지나쳤다.

그날 밤 지역 뉴스 프로그램은 나무들이 자동차를 박살냈다는 소식으로 가득했다. 그러나 우리가 직접 본 광경은 훨씬 더 드라마틱했다. 그 비극적인 팽나무는 알고 보니 완전한 구멍이었고, 그 구멍 안에는 약 4만 5천 마리의 야생 꿀벌이 살고 있었다. 꿀벌들이 〈초원의 집〉*에서 본 모습대로 부서진 나무줄기 밖으로 쏟아져 나왔다. 그 드라마에서는 아빠가 벌이 사는 나무에서 곰을 내쫓고, 그 덕분에 혼자서 꿀을 수확할 수 있게 된다.

이곳 교외의 집주인들은 평소 생활 양식에 따라 조심

---

* 19세기 말 미국 서부 개척시대를 살아간 로라 잉걸스 와일더(Laura Ingalls Wilder, 1867~1957)가 1932년에 발표한 자전적 소설을 드라마화한 것. 1974년에 제작되어 10시즌 204화까지 방영된 NBC 판이 가장 유명하다.

스러운 거리를 유지했다. 그 벌들이 길에서 세 걸음 떨어진 우리들 한가운데에서 얼마나 오랫동안 살아왔는지 누가 알겠는가? 또한 우리는 유모차를 끌면서 그리고 개를 산책시키면서 그 나무 앞을 매일같이 지나갔지만 벌에 쏘인 적이 한 번도 없었다. 그렇기는 해도, 흥분한 꿀벌 4만 5천 마리가 한 번에 하늘로 쏟아져 나오는 광경은 무시무시했다. 누군가 내슈빌 지역 양봉가 협회에 전화를 했고, 다음 날 아침 전문가가 찾아왔다. 그는 벌집의 크기를 측정했고, 나무의 쓰러진 부분에서 여왕벌을 포획했다.

사실 그 여왕벌을 찾아내는 건 어렵지 않았다. 여왕벌은 그 여왕벌을 공유하길 진정으로 원치 않는 한 무리의 일벌에게 둘러싸여 있었다. 하지만 얇은 셔츠 차림의 양봉가는 놀라지 않았다. 그는 그냥 팔을 뻗어 여왕벌을 푹 떠내 쓰러진 나무 옆에 그가 설치해 둔 상업용 벌집 안에 넣었다. 그런 다음 꿀이 뚝뚝 떨어지는 벌집 몇 조각을 모아서, 여왕벌을 찾는 동안 벌들이 먹을 수 있도록 나무 구멍 안과 주위에 문질렀다.

그것은 훌륭한 대처, 오랫동안 골칫거리였던 수분의 중요한 매개자이며 놀라울 정도로 건강한 그 곤충을 보존하기 위한 자연 친화적 대처였다. 늙은 개를 산책시키기 위해 데리고 나갈 때마다 나는 아직 서 있는 팽나무 줄기 부분에서 벌들이 여전히 쏟아져 나오는 것을 목격했다. 그 옆의 꿀과 벌집 주위에도 벌들은 어전히 윙윙거리고 있었다. 모든 일이 그 용감한 양봉가의 계획에 따라 진행되는 것처럼 보였다.

하지만 그토록 오랫동안 인간의 눈을 피해 안전하게 숨어 살던 야생 꿀벌들은 벌집을 지면에 닿게 하지 않는다는 아주 오랜 논리에 따라 자신들의 계획을 이미 수립한 뒤였다. 이틀 뒤 그들은 남아 있는 사이프러스 한 그루에 모여들었다. 그들은 서로에게 매달리고 서로의 위로 기어올라가면서 거대하고 요동치는, 아이스크림 콘 모양의 무리를 형성했다. 그 사이프러스 전체가 콧노래를 불렀다.

그런 다음 정찰병 꿀벌 한 마리가 새로 벌집을 지을 괜찮은 장소에 대한 정보를 가지고 돌아온 것 같았다—점심때 다시 확인해 보니 벌들은 사라지고 없었다. 돌풍에 쓰러진 나무, 적어도 한 세대 동안 그 꿀벌들을 비밀스럽게 지켜준 팽나무는 다시 조용해졌다.

견진성사

1966년, 로워 앨라배마

내 어머니는 작은 미늘벽 판자로 지어진 교회에서 열리는
미사에 수년 동안 참석하다가 공식적으로 등록을 했다. 그
때까지 어머니는 정식 교인이 아니었고, 영성체도 받지 않
았다—평생 감리교 신자였던 외할아버지가 마음 상하는 걸
원치 않았다. 외할아버지는 앨라배마주 남동부의 외딴 구석
에 파묻혀 사셨고, 미래의 사위를 만나기 전에는 한 번도 가
톨릭에 눈길을 준 적이 없으셨다.

어머니와 아버지의 결혼식 전날, 지역 상점 밖 홀섬 브
레드 벤치*에 모인 은퇴한 농부 중 한 명이 외할아버지에게
몇 가지를 알려 주었다. 그중 하나는 결혼식 집전을 맡은 사
제가 그날 밤 내 어머니와 동침할 예정이라는 거였다. 누군
가 진즉에 그걸 말해 주지 않았단 말인가? 늙은 농부는 그
것이 가톨릭 교칙이라고 말했다. 결혼 생활이 순조롭게 이
루어질지 확인하기 위해, 머지않아 2세들이 태어날 거라는
걸 분명히 하기 위해 결혼식 전날 신부가 반드시 사제와 자
야 한다는 것이었다.

---

* '홀섬 브레드(Holsum Bread)'는 미국의 유명한 식빵 브랜드로, 문맥으로 보아 홀섬
  브레드 회사에서 홍보용으로 상점 밖에 설치해 둔 벤치를 뜻하는 듯하다.

외할아버지는 지혜를 발휘해 아무 대꾸도 하지 않으셨
다. 그는 어머니가 아버지의 교회에 등록했을 때에야 결혼
식 전날 자신이 들은 끔찍한 이야기를 털어놓으셨다. 외할
아버지는 그 이야기를 믿지 않았다고 했다. 게다가 마침내
어머니가 가톨릭 교도가 된 걸 알게 되어 안도하셨다. "난
한마디도 하고 싶지 않았다, 딸아. 어쨌든 여자는 남편의 교
회에 속해야지."

여우와 닭의 우화

민무늬의 노란색 닭이 다른 민무늬 노란색 닭들 그리고 깃털이 곱슬곱슬하고 목이 둥글게 구부러진 갈색 바로크 닭 몇 마리와 함께 녹색 풀밭 위를 활보한다. 그들은 풀밭을 가로질러 움직이면서, 잠깐씩 걸음을 멈추고 파충류를 닮은 발을 풀밭의 열기 속에 담가 따뜻하게 덥히면서 정원과 목초지와 퇴비 더미를 가로질러 흩어진다. 그들은 지칠 줄 모르며 그루터기를 청소하고, 그들의 날카로운 검은 눈과 할퀴는 분홍색 발가락에 비하면 너무 천천히 기어다니는 작은 벌레들을 모조리 쫓아다닌다.

그들이 눈을 내리깐다. 그들은 여우가 숲 가장자리의 나무들 뒤에서 나와 다가오는 모습을 보지 못한다. 하지만 암말들이 본다. 암말들은 거친 털을 가진 여우가 덤비는 모습을 지켜보려고 벨벳처럼 부드러운 코를 목초지의 울타리 밑으로 들이민다. 닭은 통통하게 살이 올랐지만, 아마도 여우는 어린 것 같다. 말들은 고투가 아니어야 할 그 고투를 완전히 몰입해서 지켜본다. 다른 닭들은 시달리는 자매, 그 자매의 꽥꽥거리는 울음소리 또는 헛되이 퍼덕이는 날갯짓은 신경 쓰지 않고 무거운 날개를 퍼덕이며 서둘러 언덕 위로, 언덕 아래로, 여우가 숨어 있던 나무들의 낮은 나뭇가지

속으로 향한다.

노란 닭과 몸집이 거의 비슷한 헛간의 고양이가 이 싸움에 가담해 무기력한 여우를 나무들 속으로 다시 쫓아내면서 믿기 힘들게도 이 이야기의 영웅이 된다. 하지만 고양이는 자기의 승리에 의기양양해하지 않는다. 암말들도 깜짝 놀라 서로를 응시하지 않는다. 닭 역시 목숨을 건진 것에 고마워하지 않는다. 상처를 입었지만 치명적인 상처는 아니다. 하루이틀 정도 닭장 안에 얌전히 있으면 괜찮아질 것이다.

닭은 괜찮아질 테지만 자매 닭들은 그 닭을 혼자 둘 수 없고 혼자 두지 않을 것이다. 그 언덕에는 먹이를 쪼아 먹는 위계 서열이 있다. 이 표현은 은유가 아니다. 이제는 여우가 아니라 암탉들이 그 닭의 적이다. 민무늬 노란 닭들이나 화려한 장식의 갈색 닭들이나 다 마찬가지다. 이제 그 닭은 혼자 안전하게 살 수 없고, 무리와 함께 있어도 안전하게 살 수 없다. 옥수수를 던져 주던 손들이 저녁 식사용으로 그 닭을 손질한다. 여우는 오늘 밤 배를 주릴 것이다.

창문 속의 괴물

1967년, 로워 앨라배마

어머니가 어린 시절 잠을 자던 침실은 천장이 경사져 있었다. 그 안식처의 모든 모서리와 선이 다락의 절반 부분에 만들어져 있었다. 심지어 그 다락 자체도 못을 박아 만든 지붕 달린 통로에 나중에 되는대로 덧붙여 지은 것이었다. 방 두 개는 옥외 통로로 연결되어 있었다. 열기가 짓누르는 듯한 로워 앨라배마에서 유일하게 납득되는 구조의 집이었다. 어린 시절 어머니가 거기서 살게 되었을 때, 거기에는 문들이 있었고 방 네 개가 더 있었다. 아늑한 다락방도 두 개 있었다. 하나는 어머니의 것, 다른 하나는 어머니의 남동생 것이었다. 그로부터 수십 년 뒤 어머니가 병이 났을 때, 나와 내 남동생이 거기서 잠을 잤다.

임시변통으로 지은 그 구옥의 계단과 벽은 짙은 색의 소나무 패널로 덮여 있었고, 계단이나 계단참에 전등이 없었다. 그 갑갑한 방들에서 혼자 잠을 자기 위해 가파른 층계를 올라 위층으로 향하노라면 마치 지하실로 들어가는 것처럼, 지하세계로 올라가는 것처럼 느껴졌다. 여름이면 열기에 질식할 것 같았다. 하지만 끈끈한 침대 시트나 목덜미에 들러붙던 머리카락 혹은 밤새도록 뒤척이던 일은 생각나지 않는다. 기억 속 직조기는 계단 꼭대기에 있던 환풍기를 떠올리게 한다. 침실들 사이 계단참에 있는 거대한 지붕창에 설치된 환풍기는 축축하고 기분 나쁜 밤을 마주했다. 비행기 프로펠러 크기의 그 거대한 기계는 방충문에서 공기를 끌어당겨 고요한 집 안을 가로지르게 한 뒤 계단 위까지 올려보냈다. 환풍기의 회전날개와 어린 소녀의 손 사이에는 아무것도 없었다, 방충망도 철망도. 외할머니는 만약 내가 그걸 만지려고 하면 팔이 잘릴 거라고 말씀하셨다.

　　나는 결코 그러지 않았고, 그러고 싶은 유혹을 느끼지도 않았다. 하지만 밤이면 침대에 누워 그 환풍기 소리에 귀 기울였다. 환풍기의 포효 소리 때문에, 나는 벌레들이 밤에 노래하는 소리를 듣지 못했다. 그리고 아버지가 흐느껴 우는 어머니를 자동차에 태운 채 흙마당을 벗어나 길로 향하는 소리를, 타운의 우리 집을 두른 어둠보다 더 컴컴한 어둠 속으로 들어갈 때 나는 우두둑우두둑 하는 타이어 소리도 듣지 못했다. 부모님이 떠나는 소리를 듣지 못했다. 나는 더 큰 어떤 힘, 차갑고 설명할 수 없는 어떤 것이 나로 하여금 그 회전날개에 몸을 기울이게 만들고 그 안으로 빨려 들어가게 할까 봐, 검고 깊이를 알 수 없는 하늘로 나를 내던질까 봐 두려워하며 그 끔찍한 환풍기 소리를 귀 기울여 들었다.

　　더 이상 어둠을 견딜 수 없게 되면, 나는 다락방 전구의 줄을 당겨 불을 켜곤 했다. 그 방의 좁다란 문에는 내가 태어나기 전, 어머니가 아버지를 만나기 전의 추억이 담긴 둥글게 말린 조각들이 압정으로 고정되어 있었다. 4H 리본과 장례식장 부채, 결혼 청첩장, 꽃잎이 바스라져 가루가 된 코

사주였다. 나는 특히 어머니가 나를 낳기 전에 찍은 모든 사진을 좋아했다. 그중 한 사진 속에서 어머니는 쉬폰 스커트를 허리에 두른 채 잔디밭에서 포즈를 취하고 있다. 데이지 같은 나의 어머니, 보석 같은 나의 어머니. 다른 사진에서 어머니는 나지막한 돌벽 위 엷은 빛깔 드레스 차림의 소녀들 한가운데에 앉아 있다. 소녀들은 모두 햇빛 때문에 눈을 찡그리면서도 얼굴에 미소를 띠고 있다.

어머니는 언제 미소를 그쳤을까? 어머니의 드레스들은 언제 보석이 박힌 듯 반짝이는 잔디밭을 가로질러 화려하게 퍼져 나가는 걸 멈췄을까? 나는 항상 궁금했다. 길고 긴 일요일 오후에 어머니는 자신의 방에 커튼을 치고 누워 있곤 했다. 하지만 나는 다른 어머니를, 손목에 꽃 한 송이를 차고 댄스용 드레스 차림에 태평스러운 미소를 띤 영화배우 같은 어머니를 상상하는 걸 좋아했다. 그 소녀는 창문 속에 괴물이 있다는 걸, 그 괴물이 자신을 잘근잘근 씹어 조각 내 어둠 속으로 내던질 수 있다는 걸 아직 알지 못했다.

스노문*

도심 근교 지역에 사는 우리는 이 달(月)에 이름을 붙인 숲
사람들의 스펀지 같은 길들에서 멀리 떨어져 있다. 하지만
스노문 자체에서 멀리 떨어져 있지는 않다. 이 달은 우리가
여기에 오기 훨씬 전부터, 숲 사람들이 여기에 오기 훨씬 전
부터 그래 왔듯 헐벗은 나무들을 지나 떠오른다. 이제 세상
이 따뜻해지고 있다. 게다가 올해에는 스노문이 눈을 전혀
예고하지 않는다. 파랑새들이 햇빛이 내리쬐는 둥지 상자
안을 엿보고 있다. 별목련이 제철보다 몇 주 이르게 만개했
지만, 스노문은 늘 그랬던 것처럼 우표만 한 우리 정원의 검
은 나뭇가지 사이로 아름답게 떠오른다. 우리의 모든 원한
에 영향받지 않고 우리의 절망에 동요하지 않는 모습으로.

지구가 그 황금빛 광채를 가로질러 그림자를 드리우게
하자. 초록색 머리의 혜성이 어둠을 가로지르는 자신의 여
정에서 걸쇠를 풀고 쏜살같이 지나가게 하자. 스노문은 여
전히 그래야 하는 것처럼 뜨고 진다. 그것은 결코 타오르지
않았다. 그리고 결코 어두워지지 않을 것이다. 그 달이 발하

는 빛은 모두 빌려 온 빛이다. 그 변함없는 길은 우리의 길과 관련이 있다. 스노문은 숲 사람들에게 굶주림의 시기를 가져다주었다. 하지만 우리는 우리 스크린들의 광휘에 묶인 채 아늑한 집 안에서 포동포동하다. 스노문은 우리의 굶주린 자매다. 스노문은 우리의 더 밝은 쌍둥이다.

대청소

1967년, 로워 앨라배마

18년 동안 테네시주의 우리 집 현관 앞에는 지역 정치인들과 '트릭 오어 트릿' 놀이 하는 아이들 그리고 잡지를 파는 십 대 청소년들 말고는 아무도 찾아오지 않았다. 벽돌 길은 이끼에 덮여 매끄러웠고, 단풍나무 뿌리 때문에 우그러져 있었다. 손님들이 그 길을 사용하는 일은 드물었다. 집 주변 진입로를 따라 뒷문으로 이어지는 계단을 오르는 편이 더 나았다.

노쇠한 시부모님이 빨리 수리하라고 종용했고, 결국 우리는 바스러지는 벽돌을 더 나은 재료인 시멘트로 바꿨다. 나는 집 바깥 가장자리를 따라 나 있는 원숭이풀의 경쾌한 줄무늬와 화단의 잡초를 뽑을 때 쪼그려 앉을 견고한 장소에 반해 있다. 나는 그 시멘트 길이 나무들 바로 아래 어두워지는 빛 속에서 클로버 밭을 가로지르며 환대의 길처럼 어슴푸레 빛나는 모습을 좋아한다. 시멘트가 발을 디뎌도 될 만큼 굳자마자, 나는 길을 말끔하게 유지하는 일에 착수한다. 왼쪽, 왼쪽, 왼쪽, 나는 길 한가운데에서 바깥을 향해 빗자루를 휘두른다. 그런 다음 오른쪽, 오른쪽, 오른쪽으로 똑같이 휘두른다. 왼쪽, 왼쪽. 오른쪽, 오른쪽. 곧바로 바닥에 떨어진 과일 열매들을 치우고, 완만한 곡선을 이루는 길을 정돈하고, 약간의 혼돈에 일시적인 질서를 부여한다.

그러고 난 어느 날. 왼쪽, 오른쪽, 왼쪽, 오른쪽, 나는 메트로놈처럼, 괘종시계의 추처럼 또다시 빗자루를 휘두르고 있다. 왼쪽, 오른쪽, 갑자기 나는 내 몸에 비해 너무 큰 빗자루를 든 소녀, 빗자루 손잡이의 중간 아래쪽 부분을 손으로 잡고 도로에서 외조부모님 집으로 이어지는 오솔길을 가로질러 너무도 가볍게 끌고 가는 조그만 소녀가 된다. 외할머니가 말씀하신다. "얘야, 이렇게 앞뒤로 쓸려무나." 앞뒤로, 왼쪽, 오른쪽, 외할머니가 시범을 보이신다. 그리고 나도 해 본다. 몸을 굽히고 빗자루가 도토리 왕관과 잔가지와 바람에 날리는 갈색 장미 꽃잎 그리고 노상(路床)에서 이동해 온 바스러진 돌 조각 위 공기를 헛치는 모습을 살펴보는 동안, 빗자루의 짧고 뻣뻣한 털이 내 맨 발등을 긁고, 빗자루 대가 내 머리 꼭대기를 스치고 지나간다. 오래지 않아 나는 그 길이 흙으로 단단히 포장돼 있던 시절로 거슬러 올라가, 바로 그곳에서 내 친족이 네 세대 동안 해 온 동작을 하면서 외할머니의 시범을 다소간 따라잡고 있다.

왼쪽, 오른쪽, 왼쪽, 오른쪽. 그리고 이제 외할머니는 우리가 타운에서 라이트 하나만 켜고 쓸쓸한 카운티 로드를 운전해 내려가는 동안 포치의 그네에 앉아 어둠 속에서 우리를 기다리고 계신다—타운에서도, 두 개의 아스팔트 길이 들판과 들판과 들판 한가운데에서 만나는 교차로에서도 라이트 일부는 켜지 않는다. 어머니가 차 안에서 흐느껴 울며 기다리는 동안, 우리의 강인한 아버지가 나와 내 남동생을 뒷좌석에서 안아 올려 산책로 아래로 옮기고 포치를 가로질러 어머니가 소녀 때 잠을 자던 다락방으로, 행복한 소녀 시절을 보낸 방으로 데리고 올라가는 동안, 외할머니는 그네에서 일어나 진입로에 서 계신다. 외할머니는 어머니로서 항상 행복하지는 않다.

내가 얼마나 오래 어둠 속에 누워 귀 기울이고 있지? 그 오래된 집이 바람을 맞아 삐걱거리는 거대한 나무들 밑에 자리 잡고 한숨을 쉬는 동안, 나는 아버지가 길고 어두운 고속도로에서 어머니를 내게로 다시 데려오는 소리를 듣기 위해 얼마나 오래 기다리고 있지? 나는 기다리고 기다린다.

하지만 내가 침대에서 돌아눕자 전등 빛이 벽에 비친 나뭇잎 그림자 사이를 요정처럼 활공했고, 아래층 주방에는 외할머니가 요리와 집안일을 도우러 매일 오는 에올라와, 그리고 몸이 편찮으신 외할아버지와 함께 계신다. 에올라는 어디서든 매우 담백한 이스트 롤을 만드는데, 한번은 나를 위해 그때껏 내가 본 어떤 케이크와도 다른 생일 케이크를 구워 주었다. 프로스팅*으로 만든 하늘하늘한 후프 스커트를 입은 바비 인형이 한가운데 장식되어 있는 케이크였다. 일당 1달러를 받고 일하는 흑인 여성이 만든 스칼렛 오하라 케이크.

---

* 달걀 흰자, 설탕, 레몬즙을 섞은 아이싱에 버터나 생크림, 우유, 마시멜로, 캐러멜, 코코넛 등 다양한 향미를 혼합해 크림 상태로 만든 것. 케이크, 페이스트리, 쿠키 등의 속을 채우거나 겉을 장식하는 데 사용한다.

지금 나는 빗자루를 든 채 내 집 앞 산책로에 조용히 서서 에올라 생각을 한다. 그리고 길을 청소하는 적절한 방법을 내게 가르쳐 준 사람이 외할머니라는 걸 더 이상 확신하지 못한다. 에올라였을지도 모르지. 외할머니는 전혀 그러지 않았지만, 에올라는 일하러 다니는 날마다, 그 매일마다 내 외조부모님 집 앞 산책로를 청소하기 위해 물려받은 헌 신발을 신고 먼지투성이 도로를 걸어 내려가지 않았던가? 내가 물어봤을 때 알려 준 사람은 에올라가 아니었을까? 내가 콩들을 길게 꿰도록 해 준 에올라, 빵 반죽 쪼가리를 손으로 주무르게 해 주고 나에게 칠면조 파이를 구워 준 에올라? 이스트 롤 조리법을 남기지 않은 에올라? 씨앗 왕관들이 바람을 타고 그녀를 나에게 다시 데려다 줄 때까지 기억에서 잊혔던 에올라?

안전하게, 덫에 걸려

둥지 상자 안의 새끼 새들은 매로부터 안전하다. 바람도 피할 수 있고, 까마귀의 날카로운 눈과 붉은배 딱따구리의 무시무시한 혀로부터 보호도 받는다.

둥지 상자 안의 새끼 새들은 무력하다. 최고도에 달한 여름 태양에, 참새 부리의 격렬함에 취약하다. 상자 덕분에 둥지의 모든 면에 경계가 만들어져 있긴 하지만, 사실 그들은 쥐잡이뱀이 느긋하게 먹는 먹이다.

여섯 살 때 내가 알던 것들

1967년, 로워 앨라배마

정원에 피어나는 꽃들은 꽃이라 불리고, 공터에 피어나는 꽃들은 잡초라고 불린다.

공터에서 네 발치로부터 풀쩍 뛰어올라 달아나는 메뚜기는 네 발 옆에 똬리를 트는 방울뱀과 정확히 같은 소리를 낸다.

네 할머니가 링웜(ringworm)*이라고 부르는, 피부에 생기는 볼록한 붉은 반점 속에 벌레는 숨어 있지 않다.

테다소나무 꼭대기에서 네 이웃집들은 모두 작고 단순하고 허름해 보인다.

네가 대담하게 너의 남동생으로 하여금 중요한 규칙을 깨뜨리게 할 때, 곤란에 처하는 사람은 네 남동생이 아니다.

너보다 몸집이 더 큰 아이와 등 짚고 뛰어넘기 놀이를 하는 건 실수다.

———

* 전염성 피부병인 '백선'을 뜻한다.

노래기와 지네는 둘 다 간질간질한 예쁜 발을 갖고 있다. 하지만 지네는 물 것이고 노래기는 굴러 가기만 할 것이다.

네 어머니가 울고 있고 울음을 그치지 못한다면, 욕실 안의 작은 파란색 알약이 어머니가 잠들도록 도와줄 것이다.

여섯 살 때 내가 알지 못하던 것들

1967년, 로워 앨라배마

네가 믿는 신은 결코 다른 사람들이 믿는 신처럼 행동하지 않는다.

주기 피임법은 성인들의 비밀스러운 어떤 것이다. 그것은 그들을 매우 미치게 한다.

만약 너에게 아기 여동생이 있다면, 그건 네가 어머니의 뱃속에서 커 가는 아기가 여자아이이도록 남동생을 매수했기 때문이 아니라 두 개의 엑스(X)염색체 때문이다.

너의 모든 이웃집에서 흑인들이 일을 한다 해도, 그 이웃집에 사는 흑인은 없다.

새들이 베리 열매를 먹는다는 사실이 곧 너도 그 베리 열매를 먹을 수 있다는 걸 의미하지는 않는다.

네 아버지가 도시에 구한 새 일자리는 예전에 집에서 하던 일보다 좋지 않다. 하지만 아버지가 예전에 하던 일은 사라졌고, 그러니 새로운 일은 어찌 됐든 행운이다.

네 어머니도 일하고 싶어 한다. 하지만 어머니들이 일하지 못하게 하는 규칙들이 존재한다.

때때로 산타클로스는 크리스마스이브에 가격 인하를 받기 위해 상점이 문 닫는 시간까지 기다려야 한다.

몽고메리의 병원은 우리 집 병원보다 좋다. 그곳이 울음을 멈추지 못하는 어머니를 돕는 법을 알기 때문이다.

네 어머니의 눈물은 네 잘못이 아니다.

전기 충격 요법

1968년, 로워 앨라배마

"만약 아기가 남자아이라면 아기는 빌리 방에서 잘 거다."
아버지가 말했다. "만약 여자아이라면 너와 함께 잘 거고."

나는 여자아이이길 기도한다. 남동생에게도 여자아이가
나오게 해 달라고 기도하면 젤로(Jell-O)*를 주겠다고 말한다.
마침내 여동생이 태어났을 때 내가 아기의 손에 내 손가락
을 가져가자, 아기는 그 손가락을 잡고 꼭 쥐었다. 사람의 손
가락이 그렇게 작을 수 있다는 사실이 믿기지 않았다. 그렇게
작은 손가락이 그렇게 꼭 쥘 수 있다는 것도 믿기지 않았다.

"내가 아기였을 땐 어땠어요?" 엄마에게 물어보았다.
"로리가 내 아기 때랑 비슷해요?"

"네가 아기였을 때가 잘 기억나지 않는구나." 엄마가
말했다. "오래전 일이니 말이야."

여러 해가 흐른 뒤, 엄마는 분명하게 말했다. "네가 태
어나기 전후의 일이 잘 기억나지 않는구나. 병원 치료 때문
에 기억들이 전부 사라졌어."

이제 나는 알고 있다. 그 '치료'가 어머니에게 생명을
돌려주기 전에 어머니의 인생을 앗아 갔음을.

---

* 미국의 젤리 상표명.

063

안개 속에서

그것은 찬바람이 창문들을 덜거덕거리게 한 간밤에 찾아왔고, 오늘 아침 차가운 비가 물러간 후에도 계속 머물렀다. 그것은 올해에는 가을이 전혀 없을 거라는 걸 의미하는 듯하다. 길고 종잡을 수 없던 여름이 마침내 떠나갔다. 하지만 여름이 가을에 자리를 내준 건 아니다. 지금 이곳은 겨울이다. 겨울의 도래를 암시하는 듯 딱 하룻밤 동안 비바람이 몰아쳤고, 딱 하루 아침 동안 연못 위에 몽글몽글 감돌았던 안개는 바람에 날려가고 있다.

이런 상태가 지속되지는 않을 것이다. 테네시에서는 더 이상 겨울이 많이 춥지 않고, 최고 기온이 영하로 내려가는 일도 어쩌다 한 번씩일 뿐 흔치 않다. 아름다운 안개를 많이 즐기다 보면 안개가 더 좋아진다. 이행은 항상 소란과 혼란으로 표시되지 않는가? 특별할 것 없는 일로서, 그저 하나의 사실로서 "지금 나는 안개 속을 헤매고 있어요. 안개는 곧 흩어질 거예요."라고 말하는 건 얼마나 위로가 되는 일인지.

내가 사랑하는 늑대

1968년, 로워 앨라배마

여름을 향해 창문이 열린 어두운 시골집의 떨리는 흥얼거림 속에서 방은 고요하다. 긁힌 자국이 무수히 난 포치의 금속 지붕을 나뭇가지들이 비로 쓸듯 자꾸만 스친다. 모든 가지와 잔가지가 발톱처럼 할퀸다. 곤충들의 가늠할 수 없는 거대한 질서는 방충망 너머에 있을 뿐이다. 날개 달린 모든 생물이 나뭇잎의 쉼 없는 윙윙거림에 합류한다. 포치 밑에는 개 한 마리가 귀를 쫑긋 세운 채 눈을 감고 자고 있다. 하지만 나는 그 개가 계속 주시하고 있음을 알지 못한다. 부모님은 내가 부모님 없이 이곳에 머무를 때 잠을 자는 위층 침실에 있고, 나는 다락방 환풍기의 포효 소리 때문에 부모님이 내가 내는 소리를 절대 듣지 못할 거라는 걸 알고 있다. 무슨 일이 일어나 방충망이 떨어져 나갈 때, 그들은 내가 지르는 비명 소리를 듣지 못할 것이다. 부모님도 조부모님도 변화하는 이 집의 다른 쪽 면, 내 손이 닿지 않는 곳에 똑같이 잠들어 계셔서, 커다란 턱들이 내 주위에서 닫히고 나를 홀로 밤 속으로 데려갈 때 내가 울부짖는 소리를 듣지 못할 것이다.

나는 구멍이 너무도 많은 집 안에 깨어 있고, 나와 어두운 세상 사이에 놓인 것은 녹슨 방충망—그리고 내 옆 침대 속의 노부인—뿐이다. 내 외외증조할머니는 엄청나게 오래

사셨고, 나는 외외증조할머니가 이 방에서 얼마나 오랫동안 안전하게 주무셨던가를 떠올리면서 자신을 위로했다. 그모든 세월 동안 외외증조할머니는 창문을 열어 방충망 바로 너머 포치 그네의 삐걱거리는 사슬에 묶어 놓고 주무셨고, 밤 동안 아무런 해도 입지 않았다. 외외증조할머니가 침대 속에서 한숨을 쉬고, 돌아눕고, 조용히 다시 자리를 잡는 소리가 들린다. 하지만 창문에서 덜거덕거리는 소리가 나기 시작했을 때 외외증조할머니는 조용하고, 그 소리가 더 커졌을 때도 여전히 조용하다.

"올리 할머니." 내가 속삭인다. 나는 외외증조할머니 옆으로 살금살금 걸어가 어깨에 손을 얹는다. "올리 할머니, 창밖에 늑대가 있어요. 늑대가 들어오려고 해요."

올리 할머니가 팔을 뻗어 부드러운 손을 내 손 위에 올린다. 올리 할머니가 소리를 듣는 것이 느껴진다. 소리는 전혀 나지 않지만.

"애야, 그건 늙은 새 사냥개란다." 올리 할머니가 말한다. "너는 그 개를 무서워할 필요가 없어."

올리 할머니는 다시 잠이 든다. 하지만 얼마 지나지 않아 늑대가 돌아와 전보다 더 큰 소리로 울부짖는다. 늑대는 숨을 헐떡이고, 헉헉거리고, 으르렁거린다. 순식간에 늑대가 방충망을 뚫고 들어 올 것만 같다!

"그게 또 왔어요." 나는 꺽꺽거리며 말한다. 목이 바싹 말라서 비명을 지를 수도 없다. "그게 또 왔다고요." 다시 말한다. 너무 무서워서 침대에서 나가 올리 할머니를 흔들어

깨우지도 못한다.

　이 말이 입 밖으로 나오자마자 늑대가 뒷걸음을 친다. 늑대는 더 이상 실랑이를 벌이거나 끙끙거리지 않고 어둠 속에서 숨만 쉬고 있다. 외외증조할머니가 몸을 뒤척이는 동안, 늑대가 숨 쉬는 소리가 들린다. 늑대는 다시 으르렁거린다. 나는 내 침대와 올리 할머니의 침대 사이 두 걸음을 깡충 뛰어가 올리 할머니가 덮고 계신 이불을 거칠게 들추고 안으로 기어 들어간다. 늑대가 물러간다.

　올리 할머니가 몸을 떠는 것이 느껴지고, 나는 이불을 끌어올려 우리 주변으로 꼭꼭 덮는다. 올리 할머니의 떨림이 싱긋 웃는 웃음으로 변한다. "얘야, 그냥 내가 코 고는 소리야." 올리 할머니가 자신의 좁은 침대 안에 내 공간을 만들어 주기 위해 자리를 좁히며 나를 팔로 감싸안은 뒤 더 가깝게 끌어당기기 위해 모로 누우며 말한다. "늑대가 내 새끼를 안 데려갔네."

큰어치

어치, 집

1968년, 로워 앨라배마

내 일곱 살 생일이 되기 2주 전, 우리 가족은 로워 앨라배마의 바랭이가 자라는 붉은 모래 토양을 떠나 애팔래치아산맥 남부 레드 마운틴과 매우 가까운 곳에 건설된 요동치는 도시 버밍햄으로 이사했다. 그 이사는 충격이었다—나는 공개적인 갈등으로 훼손되지 않은 동네를 떠나, 물대포와 경찰견, 교회 폭파 등 인종차별과 관련한 격변으로 악명 높은 도시로 향하게 되었던 것이다. 하지만 나는 겨우 여섯 살이었고 그런 것에 대해 하나도 알지 못했다. 그저 소나무들이 그리울 뿐이었다.

외조부모님이 여전히 거기에, 외할아버지가 태어난 집에 사셨기 때문에 우리는 로워 앨라배마를 자주 방문했다. 그곳의 풍경이 내 안에 깊이 각인된 건 우리 가족의 긴 역사 때문일 테고, 또 그곳으로 자주 방문한 덕분이기도 할 것이다. 혹은 열린 창문들 덕분일 수도 있다. 그 창문들은 집 밖에서 일어난 일을 집 안에서 느낄 수 있었던 순간들을 제공해 주었으니까. 혹은 천진함 때문이었을 수도 있다. 천진함은 아침 식사가 끝나면 밖에 나가서 놀라고, 배가 고파 다시 집으로 향하게 될 때까지 돌아오지 말라고 어린아이들을 바깥으로 내보내곤 했으니까. 나는 소나무 숲의 피조물이고,

새의 지저귐 소리가 들리는 주름진 지형이고, 흐르는 개울이고, 각각의 발소리로 항복하는 너그러운 땅의 천 개의 녹색 그늘이다. 그 뜨거운 땅은 내가 가족 구성원으로서 형성되는 일의 뿌리가 되어 준 나의 일부다. 내가 그 땅을 결코 다시 보지 못했더라도, 나는 아픈 향수를 느끼며 그 땅의 정확한 특징들을 기억했을 것이다.

내가 태어난 그 장소에 관한 기억들을 목록화하려면 『잃어버린 시간을 찾아서』에 나오는 표현을 전부 동원해야 할 것이다. 하지만 그 모든 것을 놀라울 정도로 상세히 나에게 상기시키는 세 가지가 있다. 붉은 흙길, 솔잎 향기, 큰어치의 울음소리다. 그리고 이 셋 중 가장 강력한 것은 단연코 어치 울음소리다.

매가 가까이 있을 때 큰어치가 내는 *찌륵-찌륵, 찌륵-찌륵* 하는 경고음을 나는 좋아한다. 더 부드러운 *휘어 휘어 휘어* 하는 울음소리와 짝을 위해 부르는 플리즈 플리즈 노래를 좋아한다. 큰어치는 음역대가 매우 넓다—윙윙거리고, 딸깍거리고, 찍찍거리고, 휘파람 같은 소리를 내고, 낑낑거린다. 그리고 속삭임이라고 단언할 만한 소리도 낸다. 하지만 그들이 내는 소리 중 나를 1968년으로 곧장 데리고 가는 소리는 끽끽거리는 방충망 경첩 소리를 흉내내는 울음소리다. 나는 소나무 꼭대기로부터 그 소리를 듣는다. 그리고 즉시 로워 앨라배마의 바랭이 지역으로 돌아간다. 그곳의 흙은 붉은 모래이고, 솔잎이 내 모든 상상 속 집에 어울리는 향기로운 나무 그늘을 만들어 준다.

바니 비글이 야구를 하다

밖은 벌써 어둡지만 아직 저녁 식사 시간이 아니다. 우리는 연말에 버밍햄으로 이사했고, 나는 왜 내가 이 식료품점에 어머니와 단둘이 있는지 알지 못한다. 남동생과 여동생이 따라오지 않았으니, 그들은 틀림없이 아버지와 함께 집에 있을 것이다. 하지만 아버지가 집에 있다면, 퇴근해서 집으로 돌아가는 남편들이 저녁 준비에 아내들이 필요로 하지만 깜박 잊고 빠뜨린 물건들을 사가기 위해 상점에 밀어닥치는 이 시간에, 즉 하루 중 가장 좋지 않은 시간에 왜 아버지가 아닌 엄마와 내가 피글리 위글리(Piggly Wiggly)*에 온 걸까? 전에는 저녁 시간에 피글리 위글리에 온 적이 한 번도 없었던 것 같다. 하지만 나는 남자들이 식료품점의 규칙을 이해하지 못한다는 걸, 교통의 흐름을 타려면 카트를 어느 방향으로 밀어야 하는지 이해하지 못한다는 걸, 특히 저녁 시간에 통로 한가운데에 당황한 채 서 있는 건 식료품점 이용객으로서 좋지 못한 행실임을 자각하지 못한다는 걸 이미 알고 있었다.

　확실히 어머니는 서두르고 있었다. 실의에 빠진 채 통

---

* 　미국의 슈퍼마켓 체인.

조림 사이에 어리둥절한 표정으로 서 있는 남자들 옆을 어머니가 쌩하고 지나가려 했을 때, 책과 장난감이 진열된 코너에서 시간을 보내라며 나를 거기 놔 두었을 때, 아마도 내가 어머니의 움직임을 늦추고 있었을 것이다. 그때는 소매점들이 아직 인간적인 규모를 유지하던 시절이었다. 나는 피글리 위글리에 유괴범들이 숨어 있을지도 모른다는 생각 같은 건 전혀 떠올리지 않은 채 혼자 상점을 배회했다.

진열된 장난감들—먼지투성이의 셀로판지로 포장된 재스 게임과 실리 푸디 에그, 패들볼과 그린 아미 맨—은 친숙하면서도 시시했지만, 책들은 대부분 나에게 새로운 것이었다. 우리 집에 있는 몇 권 안 되는 어린이 책은 낭독용 고전, 동화와 동요, 성서 이야기, 내가 좋아하는 『유년기의 시 (*Poems of Childhood*)』 같은 구시대의 것이었다. 피글리 위글리에는 리틀 골든 북스**의 방대한 전집처럼 보이는 것과 연령대가 낮은 어린아이들을 위한 책이 주로 진열되어 있었다. 나는 늘어진 두 귀 사이에 모자를 옆으로 돌려 쓴 개 그림이 표지에 있는 녹색 책으로 손을 뻗었다. 우리 집에는 개가 없었고, 나는 우리가 새로 이사 온 도시에서 아직 친구를 사귀지 못했다. 그래서 그 무엇보다 개를 갖고 싶었다.

나는 책 표지를 찬찬히 훑어보았고, 야구 유니폼 차림의 소년들 그림에서 눈길이 멈추었다. 야구에 대해 들어 본 적은 있었지만, 직접 혹은 텔레비전으로 경기를 본 적은 한

** 1942년부터 출간된 어린이 책 시리즈.

번도 없었다. 그래서 소년들이 입고 있는 옷이 무엇인지 알아차리지 못했다. 이 소년들은 왜 파자마를 입고 잔디밭 위에 있지? 표지 맨 위에 인쇄된 글자를 힐끗 보았다. 당시에 나는 글자들이 소리를 만들어 내는 체계의 초급 단계를 배우는 중이었지만 아직 읽을 줄은 몰랐다. 그래서 책에 적힌 단어들은 나에게 아무것도 의미하지 않았다.

하지만 바깥에 나에게 닿지 못하는 어둠이 고이고 내가 식료품점의 밝은 조명 속에 서 있는 동안, 그 책 표지의 글자들이 갑자기 단어를 이루며 풀려났다. 바니. 비글이. 야구를. 하다. *바니 비글이 야구를 하다*(Barney Beagle Plays Baseball).:• 나는 생각했다. *오, 이건 야구를 하는 개에 관한 책이네.* 무슨 일이 벌어진 건지 알기 위해 책을 펼쳐 보았다. 그리고 다음 순간 내가 실제로 단어들을 읽고 있다는 걸 깨달았다. 내가 읽고 있었다! 나는 절망적인 표정으로 통조림 라벨을 유심히 살펴보는 아버지들을 요리조리 피하며 움직이던 엄마에게 달려가, 내가 책 속의 모든 단어를 큰 소리로 읽을 수 있고 전부 이해한다는 걸 보여 주었다. 엄마는 행복해하는 나를 보고 너무 기뻐서, 우리에게 돈이 전혀 없는데도 그 책을 사서 집으로 가져가도 된다고 말했다. 엄마가 나를 위해 그 책을 사 준다는 건 정말 생각조차 못 한 일이었다.

:• 1963년에 출간된 어린이 책. 비글 종 개인 바니 비글이 주인공으로, 시리즈 여러 권이 발간되었다.

개울 산책

회색 점판암인 그 바위는 커다란 선사시대 새의 깃털이 돌에 붙들려 화석이 된 것 같은 모양을 하고 있다. 엄청나게 크고 평평한 그 바위는 물 위에 외팔보*로 떠받쳐져 있다. 나와 남동생은 맨발로 바위를 가로질러 조심조심 나아간다. 우리는 항상 맨발이다. 우리의 발바닥은 두껍고, 콘크리트와 아스팔트 그리고 자갈 길로 단련되어 있다. 어쨌거나 이 번들거리는 바위 위에서 신발은 쓸모가 없다. 쓸모가 없다기보다는 오히려 해롭다.

우리는 계획에 대해 이야기를 나누지 않았고, 그래서 뚜렷한 의도 없이 개울의 바닥을 향해 나아가고 있다. 우리는 갈 데가 없고, 몇 시간 동안, 여러 날 동안 할 일도 없다. 계절은 여름이고, 가을은 아직 생각조차 할 수 없다. 학교는 매년 달라지고 매년 놀라울 것이다. 우리가 뜨거운 콘크리트 위를 맨발로 걷는 동안 수녀님들은 모두 어디에 숨어 있었을까?

우리는 학교나 수녀님들 생각을 하지 않는다. 우리는 아무것도 생각하지 않는다. 혹은 우리가 다른 쥐잡이뱀을 보게 될지 궁금해한다. 어떤 뱀이든 보게 되면 여기저기 떠

---

* 한쪽 끝은 고정되고 다른 쪽 끝은 고정되지 않은 보.

벌일 수 있을 것이다. 하지만 지금까지 우리는 쥐잡이뱀을 딱 한 번 보았을 뿐이다. 우리는 주로 벌레와 노래기를 찾아 개울 둑에 있는 바위들을 계속 돌 것이다. 우리는 낚시를 하지 않는다—아무도 우리를 낚시에 데려가지 않았다. 우리는 낚시를 즐길 만한 부류의 아이들이 아니다. 하지만 우리는 물속에 벌레를 던지면 물고기가 다가온다는 걸 알고, 물고기가 우리 다리의 각질을 오물거리는 걸 느끼고 싶어 한다.

때때로 둑에는 도롱뇽이 있다. 역류 가장자리에서 거품을 내뿜는 물속에는 때때로 올챙이가 있다. 물속의 돌출된 돌 밑에 때때로 가재가 있다. 그곳에서는 항상 잠자리—파란색, 진한 녹색, 진한 빨간색—가 반짝이는 물 위의 허공을 맴돌고 있다. 그곳에서는 항상 어치가 어두운 소나무에서 꾸짖고 있다. 우리는 그들을 보는 동시에 보지 않는다. 우리는 그들의 소리를 듣지만 그 소리를 결코 기록하지 않는다. 진흙과 흐르는 물에서는 썩는 냄새가 희미하게 난다. 하지만 그 냄새가 우리를 방해하지는 않는다. 혹은 최초의 호기심을 자극한다. 지금껏 우리는 그 냄새에 주목한 적이 한 번도 없다. 그것들이 우리의 시야에 보이는 광경이고 우리의 소리이고 우리의 냄새다. 평소 우리의 찻종 모양 손안에서 나는 숨결의 냄새 같은, 우리가 가장 커다란 바위에 엎드려 물속에 미끼를 넣고 흔들어 물고기들을 물 위로 솟아오르게 하려고 물가에 머리를 숙일 때 귀에 들리는, 우리의 몸속에 피가 도는 소리 같은.

더 아래로, 고속도로 가까이로 가면, 다른 쪽 둑의 점판

075

암에 단어 하나가 새겨져 있다. 그 글자들은 크고 유령처럼 하얗다. F U C K. 남동생이 그 단어를 소리 내어 읽는다. 가톨릭 학교에서 딕과 제인 격의 인물들인 데이비드와 앤**의 모험을 통해 아직 발음법을 배우고 있는 아이에게는 완벽한 단어다. "퍽." 남동생이 정확히 발음한다. 그런 다음 묻는다. "이게 무슨 뜻이야?"

"사람들이 미쳤을 때 하는 말이야." 내가 남동생에게 대답한다.

그게 무슨 뜻인지 나는 모른다.

우리는 집으로 향하기 위해 기어 올라야 하는 둑 쪽으로 조심조심 되짚어간다. 우리의 발 주위에서 피라미 떼가 경주를 벌인다. 바위 위 큰조아재비에서 메뚜기 떼가 솟아오른다. 각다귀 떼가 물 위에서, 우리의 작은 몸 주위에서 맴돌고 우리 뒤에서 다시 합쳐진다. 우리는 물에서 기어 나와 비스듬한 바위 위에 함께 앉아서 뜨거운 햇볕에 발이 마르기를 기다린다. 집에 돌아가니 저녁 먹을 시간이 거의 다 되었다. 하지만 시간은 알 수 없다.

** '딕과 제인', '데이비드와 앤' 모두 예전 우리나라 초등학교 교과서의 등장인물이었던 철수와 영희 같은 인물. 전자는 개신교 학교 교과서, 후자는 가톨릭 학교 교과서에 사용된 듯하다.

벙커

여름 내내 다람쥐들이 우리 집 아래 곳곳에 자기들이 파놓은 굴로 이어지는 좁은 구멍 안을 쏜살같이 들락날락했다. 문을 열면 다람쥐 한 마리가 쏜살같이 달려 화분의 화초 속으로, 나무 줄기 위로 혹은 그들이 벙커를 만들어 놓은 정면 현관 계단 아래로 사라진다. 짝짓기 철을 제외하고는 외로운 생물들. 그들은 자신의 종을 무시한다. 그들 각 개체는 자신만의 입구에서 벗어나지 않으며, 그 입구는 어둠 속으로 이어진다. 그들은 자동차 안에서 우편함을 확인한 다음 곧장 차고로 운전해 들어가는 이웃과 같다. 다정한 소식은 들을 일이 없다.

들락날락하긴 하지만, 다람쥐들이 안전한 터널에서 수십 센티미터 이상 벗어나는 일은 드물다. 지금쯤 우리 집 아래에는 틀림없이 수 미터의 터널들이 있을 것이다. 봄에 새끼를 낳고, 가을에 도토리를 저장하고, 겨우내 잠을 잘 굴이 측면에 파인 수 미터와 수 미터의 터널들이 있을 것이다.

그러나 그들은 아직 동면에 들어가지 않았고—10월 말이 되어 가는데도 기온이 고집스럽게 여름 수준에 머물러 있다—내 남편은 추위에 대비하는 다람쥐들의 미친 듯한 부산함에 불안해한다. "저걸 봐." 남편이 자기가 밖으로 걸어 나갈 때 다람쥐들이 몸을 숨기려고 황급히 움직이는 모습을 지켜보며 말한다. "내 생각엔 우리가 저 다람쥐들을 데리고 공원으로 가야 할 것 같아."

"너무 늦었어." 내가 말한다. "저 다람쥐들은 겨울에 대비할 시간이 없을 거야."

"여기 바깥 기온이 섭씨 32도야." 그가 말한다.

그는 굴 하나의 바깥에 우리와 연결된 덫을 설치하고 땅콩버터와 새 모이를 미끼로 놓은 다음 체육관으로 향한다. 2분이 지나지 우리 안에서 다람쥐 한 마리가 강력한 설치류의 이빨로 철사를 쏠고 있다. 나는 남편에게 문자를 보낸다. '돌아와, 한 마리 잡혔어.'

하지만 남편은 돌아오지 않는다. 10분, 15분이 흐른다. 다람쥐는 안전을 찾아 스스로 철사를 미친 듯이 씹어 대고 벗겨진 회색 입술을 문지르고 있다.

한 시간 뒤, 남편이 와서 텅 빈 덫을 들여다본다. "다람쥐는 어디 있어?" 남편이 묻는다.

"내가 보내 줬어."

"오." 남편이 말한다. "잘했어." 그는 햇살이 눈부시고 홀가분한 일요일 오후가 선물임을 이해하는 남자다.

나는 다람쥐들이 우리 집 아래에 만들어 놓은 굴을, 반투명한 피부와 모피를 얻기에 가장 부드러운 솜털을 지닌, 아직 눈도 뜨지 못한 새끼들을 부드럽게 안아 주는 잘게 씹힌 나뭇잎 부스러기를 생각한다. 그들을 한 번도 보지 못했음에도 그들을 본다. 나무 속에 매들이 머무르면 좋겠다. 다람쥐들이 내가 짐작하지 못하는 이유들로 계속 서둘러 건너가는 도로에서 이웃들이 조심해서 운전하면 좋겠다. 덤불 속에 사는 쥐잡이뱀이 너무 통통해서 다람쥐들이 만들어 놓은 굴 안으로 들어가지 못하면 좋겠다. 우리 집이 그들의 피난처가 되면 좋겠다.

아파치 스노 작전*

1969년, 버밍햄

그 소식이 들려올 때 아버지는 의자에 앉아 차가운 물이 담긴 유리잔에 캐내디언 미스트** 40그램을 넣어 휘젓고, 물이 방울방울 맺힌 유리잔이 작은 탁자에 원 모양의 물 자국을 남기는 걸 막아 주는 은색 테두리가 둘린 컵받침에 담뱃재를 쌓고 있었다. 월터 크롱카이트*가 텔레비전 화면에 나오고, 나는 내가 말하는 것이 모두 틀렸다는 걸 배우고 있다. '시멘트(*see*-ment)'가 아니라 '시멘트(*ce*-ment)'다. 그리고 '베트남(Vietnam)'은 '버밍햄(Birmingham)'이 아니라 '원자폭탄(atom bomb)'과 운(韻)이 맞는 단어다. 나는 바닥에 앉아 아버지의 무릎에 머리를 기대고 아버지의 냄새를 들이마신다. 브라일크림(Brylcreem)과 아쿠아 벨바(Aqua Velva) 그리고 담배와 땀 냄새. 월터 크롱카이트가 그 주의 사상자 수를 알려 주는 동안, 담배 연기가 내 주위에 떠다닌다.

나는 남동생을 올려다본다. 남동생은 몇십 센티미터

- 1969년 베트남 전쟁 중 북베트남 군대에 압력을 가하고 인접 해안 지방에 대한 공격을 막기 위해 미 육군과 남베트남 육군이 합동으로 행한 군사 작전.
- ** 캐나다의 위스키 상표명.
- * 미국의 전 앵커·방송 기자.
- ** 영국의 남성용 헤어 스타일링 제품 상표명.
- *** 미국의 애프터 셰이브 제품 상표명.

떨어진 테이블에서 그림을 그리고 있다. 집중하느라 혀를 입 가장자리로 밀어 넣고 머리를 한쪽으로 기울인 모습으로. 남동생은 한마디도 듣지 않고 있다. *저애는 절대 저곳에서 집으로 돌아오지 않을 거야.* 나는 생각한다. *베트남으로 떠나면 다시는 돌아오지 않을 거야.*

물론 그 애는 갈 것이다. 이 전쟁은 내가 사는 내내 지속되었다. 내 평생 동안 매주 뉴스에 사망자 수가 보고되었다. 이 전쟁은 결코 끝나지 않을 것이다.

담배 연기가 내 머리에, 어깨에 자리 잡고, 나는 "베트남" 하고 발음 연습을 한다. 베트남. 남동생 대신 그 외국 땅에 가는 법을 알아 내게 된다면, 그때 나는 거기서 쓸 말을 배워 둬야 할 것이다.

파랑새

국민 방위군

붉은목벌새가 다가올 이주를 위해 몸집을 불리고 황금방울새가 수확 없는 겨울에 대비해 꽃씨로 몸을 채우는, 풍성했던 계절이 경쟁의 계절로 바뀌는 늦여름이다. 내 급식기의 소유권을 주장해 온 벌새들이 하루 종일 황금방울새들을 쫓아내려 한다. 황금방울새들은 호박벌들을 쫓아내려 하고, 호박벌들은 치즈파리 애벌레들을 쫓아내려 한다. 붉은 말벌을 쫓아내려고 하는 동물은 없다.

올해 초 홍관조들은 한배에서 나온 어린 새들을 병으로 잃고 또 다른 어린 새들을 포식자들에게 잃었다. 하지만 여름이 끝나 가는 지금, 그들은 건강한 어린 새 두 마리와 함께 잇꽃 급식기에 있다. 어린 새들이 정원 주위에서 소리지르며 부모 새들을 따라다니고, 부모 새들은 해 뜰 때부터 한밤중까지 새끼들을 먹이고 잇꽃 급식기가 이제 자기 새끼들을 제외한 모두에게 출입 금지라는 사실을 멕시코양지니 가족에게 몇 번이고 계속해서 설명한다. 파랑새들을 위해 밀웜을 꺼냈을 때, 나는 그들이 먹는 동안 혹은 나뭇가지에 앉아 있던 수컷 홍관조—8월 털갈이가 한창이라 우스꽝스럽게도 대머리를 하고 있는—가 작은 전략 폭격기처럼 밀웜에 달려드는 동안 가까운 곳에 앉아 있어야 했다. 파랑새들과 멕시코양지니들이 인정하지 않는다 해도, 그 2천 제곱미터의 땅은 홍관조 수컷의 영역이었다.

돌아갈 몫은 여전히 풍부하다—꽃이 풍부하고, 씨앗이 풍부하고, 벌레가 풍부하다. 하지만 우리 정원에 사는 생물들은 공유하는 데 흥미가 없다. 그들에게 결핍이란 결핍에 대한 두려움과 같은 것이다. 진짜 위협과 상상 속 위협이 같은 반응을 유발한다. 나는 창가에 서서 그들을 지켜보고 있다. 그들의 사나움이 상기시키는 인간의 모든 갈등을 떠올리면서.

나에게 깊은 즐거움의 이야기를 해 줘

1970년, 버밍햄

우리는 더블베드 안에 있다. 나는 잠들어 있고, 여동생은 맨정신인 채로 공간을 만들어 주려고 내 옆에서 몸을 조금 움직인다. "이야기 좀 해 줘." 여동생이 큰 소리로 말한다. 여동생은 아기 침대 밖으로 기어 나올 만큼 컸지만, 속삭여 말하는 법을 알기엔 너무 어렸다. "이야기 해 줘!"

"내일 아침에 해 줄게." 내가 중얼거렸다.

"이야기 *하나만* 해 줘."

"옛날에 이야기를 듣고 싶어 하는 여자애가 있었어. 하지만 그 여자애 언니가 너무 피곤해서 그 여자애는 괜찮다고 말하고 잠이 들었대."

나는 잠을 자기 위해 태어났고, 나의 어린 여동생은 깨어 있기 위해 태어났다. "*긴* 이야기 하나 해 줘."

"긴 이야기를 생각해 내려면 시간이 좀 걸려." 내가 말한다. "조용히 좀 해 봐. 생각 좀 하게."

시간이 좀 흐른 뒤 어머니가 들러서 우리를 살폈다. 방은 어둡고 조용했지만, 복도에서 들어오는 쐐기 모양의 불빛이 여동생이 뜨고 있는 두 눈에 내리비쳤다. 엄마가 침대 가로 살금살금 걸어와 쪼그리고 앉아서는 여동생의 귀에 대고 속삭였다. "로리, 시간이 늦었어. 마거릿처럼 다 큰 언니들조차 깊이 잠들 만큼 너무 늦었단다."

"마거릿 언니는 잠들지 않았어요, 엄마. 언니는 이야기
를 생각하고 있어요."

∾

신뢰할 수 없는 서술로서 이 이야기는 분석하기 어렵다. 나
는 기억 속에 남아 있는, 어머니가 자주 해 준 이야기를 인
용하고 있다. 오래된 시절에 대한 어머니의 기억에서 나온
이야기를. 어머니의 기억이 얼마나 정확한지 내가 알 방법
은 없지만, 내가 어머니의 이야기를 글자 그대로 인용하고
있다고 확신한다. "언니는 이야기를 생각하고 있어요."

어머니가 하도 여러 번 들려주어서 나는 이 문장을 외
우고 있다. 나 자신이 말한 문장에 대해서는 확신이 덜하다.
하지만 나는 조부모님이 우리에게 물려주신 오래된 더블베
드에서 밤마다 상연되던 미니 드라마를 잘 기억하고, 여동생
도 그걸 기억한다. 나는 이야기를 생각하고 있다고 주장했다
—혹은 나는 기억하지 못하지만 여동생이 진실이라고 주장
하는 판본에서는 기도를 해야 한다고 말했다. 그런 다음 빠
르게 다시 잠이 들었다. 여동생은 어둠 속에서 기다렸다. 어
쩔 줄 모르며, 초조하게, 마침내 자기도 잠이 들 때까지.

어머니가 이 이야기를 왜 그토록 좋아하는지 나는 알
지 못한다. 나와 내 남편은 유아용 모니터를 통해 밤에 우리
의 어린 아들들이 낄낄거리며 어둠 속에서 서로를 깨어 있

게 하는 모습을 몰래 살펴보곤 했다. 나는 누가 자기들을 보고 있다는 걸 감지하지 못할 때 그 아이들의 마음이 작동하는 방식에 무척 놀랐다—그 아이들의 생활이 나 없이 펼쳐지는 방식에 놀랐다. 아마 우리 어머니도 내 여동생의 믿음에서 완벽한 천진함을 엿보는 것이 좋았을 것이다. 그리고 어머니가 너무나 큰 사랑과 절대적 기쁨을 가지고 그 이야기를 해 주었기 때문에 나도 이해가 된다.

내 여동생은 한쪽에서 다른 쪽으로 몸을 뒤집고 있다. 나는 잠들었지만 바스락거리기도 하고 격앙된 한숨을 쉬기도 하며 의식의 파도를 타고 있다. 어머니는 자신의 어린 딸에게, 마법 같은 이야기를 들을 태세를 갖추고 있는 믿음 가득한 어린아이에게 딱 들어맞는 단어들로 이루어진 이야기를 속삭여 들려주고 있다. 그 단어들이 어둠 속에서 그 아이 위에 떠다니고 그 아이를 달래 꿈속으로 데려가 주기를 기다리면서.

도토리 시즌

침실 창문 바로 바깥에 자라는 하얀 떡갈나무에 도토리가 아직 매달려 있지만, 우리는 도토리 시즌이 왔음을 알아차린다. 도토리가 아직 녹색이지만 청설모들은 기다림을 끝냈다. 동틀 무렵이면 청설모들은 멋진 떡갈나무 가지에 앉아 설익은 도토리 열매를 따서 한입 깨문 뒤 우리 집 지붕에 던진다. *쿵!* 그런 다음—쿵 쿵 쿵 쿵 쿵 쿵 쿵 쿵—청설모들이 모두 경사지에서 뒹굴다가—*쿵!*—홈통 안으로 들어간다. 잇따라 도토리 우박이 쏟아지고, 파죽지세로 해가 떠오른다.

　　어느 날 아침 나는 알람 소리에 잠에서 깨어났고, 도토리가 익은 것을 알게 되었다. 청설모들이 녹색 도토리는 거르고 갈색 도토리를 먹으며 살을 찌우고 있다. 청설모들은 모두 도토리 근처에 있다—도토리를 먹고, 나무 안쪽에 숨기고, 화단에, 데크(deck)의 화분에, 두더지가 땅속으로 지나간 탓에 밀어 올려진 흙 속에 묻는다. 청설모는 떡갈나무 숲의 조니 애플시드*다. 그들의 꼬리가 엄지손가락이 없는 손의 움직임을 따라가는 물결 모양의 호(弧) 속에서 위아래로

---

* 　Johnny Appleseed(1774~1845). 미국 개척 시대의 전설적 인물. 각지에 사과 씨를 뿌리고 다녔다고 한다.

까딱거리고, 그들의 영리한 손가락이 도토리 주위의 흙을 부드럽게 토닥거린다.

최근에 청설모들은 우리 집에 도토리를 심었다. 마침내 밤 기온이 서늘해졌고, 그들은 우리 침실 위 다락방을 겨울을 나기 위한 집으로 골랐다. 그곳은 어떤 인간의 손길도 닿지 않는 벽감이다. 알람이 울리기 전, 나는 그들의 집 바로 아래인 우리 침실에 누워 그들이 뛰어다니는 소리를 듣는다. 저 분주함은 뭐지? 청설모들이 너무 가까이에 있어서 그들이 몸을 긁어 벼룩을 떼어 내려고 걸음을 멈추는 소리까지 들린다. 하지만 그들은 내가 해를 끼칠 수 없는 한갓진 곳에 틀어박혀 있다.

혹자는 말한다. 그들이 전선을 씹어 대고 집을 태워 버린다고. 혹자는 말한다. 그들이 병을 옮긴다고. 어떤 병인지는 아무도 말하지 않는다. 하지만 해결을 위한 조언은 매우 많다. 독약을 먹여 그들을 갈증 나게 하면 물을 찾아 도망갈 테지만, 물 대신 죽을 자리를 찾게 될 것이다. 포획한 후 풀어 주는 인도적인 덫을 사용할 수도 있고, 순식간에 목숨을 끊어 주는 인도적인 덫을 사용할 수도 있다. 그러나 나는 덫을 놓기 위해 집 안에 구멍을 내고 싶지 않고, 그들을 죽이고 싶지 않다—혹은 더 나쁘게는 효과가 느리고 애매하며 올빼미와 매로 이어지는 독약 전달 체계를 사용하고 싶지도 않다. 나는 그들을 포획하고 싶은 마음이 전혀 없다. 그들이 알아서 떠나기를 바랄 뿐이다.

때로는 그들이 떠나지 않기를 바라기도 한다. 나는 조

명 앞 침대에 누워 그들의 발이 천장을 잽싸게 가로지르는 소리와 그들이 겨울에 대비해 식량을 비축하느라 천장에 도토리를 굴리는 소리에 귀 기울인다. 그들은 오랜 친구다. 어두운 방 위에서 펼쳐지는 그들의 바쁜 삶은 나에게 자장가다.

믿음

1970년, 버밍햄

황동 촛대가 황금빛 광채를 발하게 만들고 신도석이 마치 대리석으로 만들어진 듯 반짝이게 하는 교회의 백열등 조명 아래, 나는 어머니와 외외증조할머니 사이에 앉아, 향과 성수와 신부님의 사제복에서 나는 휙 하는 소리와 신부님의 딱딱한 구두가 단단한 바닥에 닿을 때마다 딸깍이는 소리 모두를 지루해하고 있다. "내가 진실로 너희에게 말한다." 신부님이 설교대에서 억양을 높여 말한다. "너희가 믿음을 가지고 의심하지 않으면, 이 산더러 '들려서 저 바다에 빠져 라.' 하여도 그대로 이루어질 것이다."

나는 어머니의 손을 잡고 백열 조명 쪽을 가리킨다. 그 조명 빛이 눈부신 다이아몬드의 커팅된 모든 면을 비추도 록 어머니의 손을 비튼다. 그 다이아몬드 반지는 내 어머니 처럼 남들의 수고를 처리해 주는—다른 임차인이 불만을 제기할 때마다 배관공이나 전기 기사를 부르고, 풀 베는 인 부와 일정을 잡고, 풀장 물의 염소 농도를 확인하는—대가 로 임대료를 내지 않고 아파트에 살았던 누군가가 끼고 있 던, 퍽 우스꽝스러운 반지다. 그 반지는 내가 이름을 물려받 았지만 한 번도 만나 본 적 없는 친할머니의 것이었다. 어머 니도 그 할머니를 만나 본 적이 없다. 하지만 그 반지는 항상 어머니의 손에 끼워져 있고, 나는 교회의 찬란한 백 개의 조명 아래에서 그걸 가지고 논다.

내 외외증조할머니의 반지는 그렇게 웅장하거나 빛나지 않는다. 하지만 내가 교회에서 올리 할머니의 손으로 하는 다른 놀이가 있다. 나는 올리 할머니의 손을 내 손안에 잡고 믿을 수 없을 만큼 부드럽게 손가락을 가로질러 움직이게 하면서, 할머니의 손이 내 손가락 밑에서 물처럼 유연하게 잔물결을 일으키는 방식에 놀라면서 부드럽게 토닥인다. 올리 할미니의 피부는 할머니의 오래된 성경책과 비슷하다. 그 성경책은 종이가 얇고 모서리가 닳아서 부드럽게 느껴진다. 나는 외외증조할머니의 가운뎃손가락 관절 위 피부를 살짝 꼬집는다. 그런 다음 놓아준다. 그 피부가 몇 초 동안 내가 사는 시대보다 훨씬 전 시대 빙산의 능선처럼 꼿꼿이 서 있을 수 있는지 확인하며 수를 헤아린다. 그것은 천천히, 천천히 내려앉는다. 천천히, 천천히 자신을 바닷속에 던진다.

강

강의 빛

이 어두운 숲을 누비던 최초의 인간들의 생활이 어땠을지 상상해 본다. 그들은 흐르는 물 위에 확 타오르는 불빛을 언뜻 보고, 가까운 나무의 그늘에서 걸어 나가 넓은 강 위에서 반짝이는 햇빛을 보았을 것이다. 숭고한 불길 속에 결합된 공기와 물과 빛을 보았을 것이다. 그 최초의 순간에 그들은 어둠 속에서 깨어난 느낌이었을 것이다—처음에는 눈이 뜨여 있는지 감겨 있는지조차 알지 못한 채.

그 순간 강은 물과 물고기와 물길에 생기를 주는 원천이 아니다. 그 순간 그것은 지면을 걷고 공기를 호흡하는 생물 전체를 삼킬 수 있는 요동치는 격분이 아니다. 강은 다른 무엇과도 다른, 그저 강 자체일 뿐이다. 강은 우리가 여기에 살기 훨씬 오래전부터 여기에 있었고, 우리가 사라진 뒤에도 여기에 있을 것이다. 강은 우리의 흔적을 전부 지울 것이다—악의 없이, 심지어 인식하지도 않고. 그리고 우리가 땅속으로 사라지고 우리의 모든 구조가 무너져 먼지가 될 때, 강은 다시 빛과 물과 하늘이 나무 사이에서 서로를 발견하는 장소가 될 것이다.

붉은 흙길

1972년, 로워 앨라배마

나는 열한 살이었고, 내 남동생과 사촌은 열 살이었다. 우리는 우리의 다리가 이끄는 대로 어디든 갈 만큼 충분히 자라 있었다. 피칸 과수원, 작은 블랙베리 밭, 교회 옆 묘지, 묘지옆 커뮤니티 하우스, 밖에 가스 펌프가 있는 상점, 그 상점의 여닫이문 바로 안쪽에 있는 1센트짜리 사탕 진열대에도. 어른들은 이웃이 때때로 피칸 나무 사이에서 방목하는 황소나 블랙베리 줄기 아래 똬리를 틀고 있는 쥐잡이뱀 혹은 다른 자연율에 따라 미니어처 기념물처럼 묘지 여기저기에 흩어져 있는 불개미 언덕을 걱정하면서도 우리에게 한마디도 하지 않았다. 우리 친할아버지가 우리 모두가 태어나기 수십 년 전 쥐잡이뱀 때문에 세상을 떠나셨음에도 말이다.

누군가 우리에게 어떤 경계들을 알려 주고 우리의 배회가 멈춰야 하는 구역을 표시해 주긴 했다. 하지만 그게 누구였는지는 기억나지 않는다. 할아버지의 밭 두 곳 사이에 나 있던 붉은 흙길을 갈아엎는 게 누구의 생각이었는지도 기억나지 않는다. 우리가 전에 걸어서도 혹은 이웃의 말을 타고도 한 번도 내려가 본 적 없는 길. 우리 조부모님이 사시던 아스팔트 도로 주변을 맴돌다가 다시 그곳으로 돌아가기 전 우리가 얼마나 멀리까지 걸어가 보기로 했는지, 그걸

096

어떻게 결정했는지도 기억나지 않는다. 그곳은 끝도 없이 단조롭게 펼쳐진 땅콩 밭일 뿐이었다. 아마 우리는 덥고 피곤했을 것이다. 혹은 그 방대하고 고요한 농업 지대—획일적이고, 텅 비고, 인간미 없는—가 우리에게 생경하고 편치 않게 느껴지기 시작했을 것이다. 우리는 다양한 피칸의 이름을 모두 알고 있었고, 시장에 내다 팔기 위해 그것들을 한 치의 실수도 없이 모으고 분류할 수 있었다. 500그램에 10센트였다. 하지만 우리에겐 땅콩을 수확할 일손이 없었고 그 밭에 결속감을 느끼지도 않았다.

우리는 이미 돌아서서 조부모님 댁으로 돌아가는 중이었다. 바로 그때 그 총이 모습을 드러냈다. 우리 모두의 기억이 일치했고, 우리 모두가 같은 방식으로 기억했다. 목구멍 속에 먼지가 느껴지던 것은 기억나지 않는다. 붉은 모래가 내 발톱을 에워싸고 큐티클 속에서 버스럭거리던 것도 기억나지 않는다. 우리가 항상 맨발이었음—신발을 신기에는 너무 더웠고, 샌들은 모래밭에서는 쓸모가 없었다—에도 불구하고 말이다. 그러나 내 남동생과 사촌이 기억하는 것처럼, 조용한 가운데 트럭이 우리 뒤쪽 길을 달려 내려가던 소리는 기억난다.

우리는 무섭다는 느낌 없이 트럭이 지나가도록 도로 가장자리로 옮겨 갔다. 내가 앞쪽에 있었고, 트럭이 속도를 늦추었을 때는 도로에서 떨어져 내 오른편에서 걷던 사촌과 남동생이 내 바로 뒤까지 나란히 와 있었다. 나는 그 여자의 화난 얼굴이 운전석에서 나를 응시하는 것을 보았고, 다음 순간 열린 조수석 창틀에 엽총이 걸쳐져 있음을, 그것이 곧장 내 머리를 향하고 있음을 알아차렸다. 남동생과 사촌이 먼저 그 총을 보았을 것이다. 아니면 트럭 바닥에서 으르렁거리는 개들—당장이라도 트럭 뒷문을 뛰어넘어 길로 내려올 수도 있는—만 보았을지도 모른다.

"너희는 이곳에 볼일이 없을 텐데." 여자가 말했다. "우리 집안 남자들이 아주 가까이에 있는데 너희가 이 도로에서 이렇게 서성거리면서 할 일이 뭐가 있어."

나는 걸음을 멈추고 그 여자 쪽을 돌아보았다. 내 남동생 혹은 사촌, 둘 중 한 명이 내가 계속 걸어가게 하려고, 내가 속도를 높이게 하려고 나를 앞으로 밀었다. "여긴 우리 할아버지 땅이에요." 내가 말했다. "그러니 우린 그 누구만큼이나 여기서 할 일이 많고요. 어쨌든 아줌마보다는 더 많아요."

"난 도시 여자애들이 우리 집안 남자들을 훔쳐 가게 하지 않을 거다." 그 여자가 말했다.

나는 큰 소리로 웃었다. 그 여자 집안의 남자들을 훔쳐 간다고?

그 여자가 엽총 방아쇠 당기는 소리를 우리가 들었던가? 아니면 우리가 그 소리를 상상한 걸까? 그때 내가 하던 말을 멈추었던가? 나중에 이 이야기를 할 때 남동생과 사촌은 내 말대답 때문에 우리 모두가 총에 맞을까 봐 무서워했던 걸 기억하고 있었다. 하지만 나는 무서워했던 기억이 나지 않는다. 너무 웃기다고 생각했던 것만 기억난다. 어린아이 세 명—그때가 1970년대이긴 했지만 그들 중 한 명만 남자아이였고 그 아이의 머리는 옷깃에 닿을 만큼 길었다—이 트럭을 운전할 만큼 혹은 다른 사람의 감독 없이 총을 쏠 만큼 나이 먹은 누군가에게 위협이 될 수도 있다는 발상이 말이다.

내가 기억하는 건 이런 것이다. 그 코미디 같은 상황, 세상의 명백한 현실과 정신 나간 어른이 느끼는 설명되지 않는 두려움 사이의 터무니없는 부조화.

어쨌거나 그 일은 종결되었고, 그 여자는 붉은 흙이 소나기처럼 쏟아져 내리는 가운데 으르렁거렸다. 트럭 바닥에서는 개들이 비틀거리며 발 디딜 자리를 다시 찾았다.

집에 도착했을 때 우리는 아무 말도 하지 않았다. 에올라가 문 쪽을 가리켜서 호스로 물을 뿌려 발을 씻으러 갔을 뿐이다. 아무도 총을 맞지 않았다. 아무도 쥐잡이뱀에게 물리거나 황소에게 받히지 않았다. 명백히 위험에 처해 있었음에도 우리는 아무런 해도 입지 않았다. 나는 몇 년이 흐른 뒤에야 그때 내가 전혀 안전하지 않았다는 걸 깨달았다.

다름

추분이 지났다. 하지만 테네시에서는 날씨를 통해 추분이 왔음을 알 수가 없다. 대부분의 해에 추분 기온이 32도 대에 머물고, 봄에 피는 데이지가 대개 좀 더 은은하게 돌아와 두 번째 인사를 한다. 어머니는 데이지 꽃을 결혼식 부케로 들었다. 그래서 그 꽃이 필 때면 나는 늘 그 햇살 같은 얼굴에서 어머니 평생의 기쁨을 생각한다.

　어느 해 가을, 데이지 한 송이가 다른 모양으로 꽃을 피웠다. 흔히 볼 수 있는 데이지처럼 평평하고 하얀 꽃잎들이 태양을 향해 벌어지고 꽃잎들 한가운데에 황금빛 원반 모양의 중심부가 있는 것이 아니라, 구(球) 모양을 한 중심부를 에워싼 꽃잎들이 수직으로 바닥을 향하고 있었다. 그해에 벌들이 우리 정원에 있는 평범한 데이지들과 그 데이지 중 한쪽을 더 선호하지는 않았다. 그러나 우리 인간은 다름에 예민하게 반응하며, 일반적인 성질과 차이를 보이는 드문 사례를 귀하게 여기는 경향이 있다. 이를테면 네잎 클로버가 행운을 가져다준다고 믿는다. 야생 까마귀가 버려진 새끼 고양이를 입양하고, 그런 모습을 찍은 동영상이 유행한다. 우리에게 그 이상한 모양의 데이지는 처음엔 놀라움을 가져다주었고, 그다음엔 조사 대상이 되었으며, 최종적으로는 기쁨을 가져다주었다.

그렇기는 하지만, 우리는 다른 인간들에 대해서는 이해심이 그리 깊지 못하다. 육체적·인지적·정서적으로 큰 차이도 없는 아이들이 변함없이 괴롭힘을 당하고, 정신 질환에는 너무나 큰 낙인을 찍어 버린다. 그래서 내 어머니는 내가 우울증과 씨름한 뒤에도 자신의 우울증 발작에 대해 절대 이야기하지 않으려 했다.

그렇기는 하지만, 잔혹한 특성에도 불구하고 인간은 공감할 줄 아는 종이다. 2007년에 베트남에서 심한 장애를 가진 선사시대 인간의 화석이 발굴되었다. 그 화석 인간의 골격은 클리펠파일 증후군이라고 불리는 선천성 질병의 특징인 융합된 척추뼈와 약한 뼈들을 보여 주었다. 그 남자는 사지 마비 환자였고, 자기 힘으로 음식을 먹거나 몸을 깨끗이 유지하지 못했다. 하지만 공동체 안의 다른 사람들이 돌봐 준 덕분에 성년기—알겠는가, 석기시대에 말이다—까지 생존했다.

1988년 우리의 신혼여행 때 나는 남편과 함께 샌디에이고 인류 박물관을 방문했다. 당시 그 박물관에서는 고대의 점토상을 전시하고 있었다. 그 인간 점토상은 한눈에 보기에도 뭔가 달랐다. 왜소증이 있는 사람, 팔다리가 없는 사람, 척추가 심하게 굽었거나 다지증(多指症)이 있는 사람. 안내 현수막에는 그 점토상들이 육체적 다름을 숭배한 부족 구성원들에 의해 만들어졌다고 설명되어 있었다. 우리가 장애라고 부르는 것을 그들은 축복으로 여겼다. 신은 그들 공동체로 하여금 그런 희귀한 보물을 돌보게 했고, 그들은 예술에서도 그런 믿음이 가치를 지니도록 공을 들였다.

잡초

때때로, 내가 잠을 이루지 못하거나 평소에도 절망적인 세계 뉴스가 더 절망적이 될 때, 이곳에 속해 있다는 무게는 떨쳐 내기 힘든 중압감으로 다가온다. 그럴 때 나는 어느 봄날 아침의 반짝임을 생각한다. 햇살 속에 서서 나비 정원에 물 주는 것을 생각한다. 정원 대부분에는 심지도 않은 잡초가 군데군데 자라나 있다. 그 잡초들은 손으로 잡아당겨 뽑아도 다시 자라난다. 나는 물을 뿌려도 동요하지 않는 아스클레피아스* 위의 애벌레들과 정원에 사는 흉내지빠귀 한 마리, 화가 난 까마귀 세 마리에 쫓겨 머리 위를 활공하는 붉은꼬리말똥가리, 둥지 상자 꼭대기에 서서 자기의 짝인 암컷 파랑새를 보호하는 수컷 파랑새를 생각한다. 암컷 파랑새는 그 안에서 알을 낳고 있다. 나는 그날 아침을 생각한다—여느 날 아침도, 여느 시간도 아니다. 그리고 스스로에게 말한다. *알이 되어라. 흉내지빠귀가 되어라. 잡초가 되어라.*

---

* 쌍떡잎식물 용담목 박주가리과의 한 속(屬)으로, 길이가 약 1미터이며 줄기에는 털이 나고 자르면 하얀 유액이 나온다.

토마토

불완전한 가정의 팔복

1972년, 버밍햄

어떤 계획이나 기도서 때문이 아니라, 잠든 집과 미지근한 인스턴트 커피 한 잔과 무릎 위에 웅크리고 앉은 살찐 개가 주는 위로 때문에 동트기 전에 일어나는 피곤한 어머니는 복이 있도다. 찰나의 천국이 그녀의 것이다.

180미터 길이의 주황색 연장선과 환풍기, 팬케이크용 불판, 기상 정보용 라디오 수신기, 실내용 안테나가 달린 화질이 좋지 않은 미니어처 텔레비전 그리고 또 다른 환풍기를 캠핑 장비로 갖고 있는 교외의 아버지는 복이 있도다. 그는 갱년기의 결혼 생활에서 평안을 유지할 것이다.

농장에서 태어났고 집에서 기른 토마토에 대한 갈망에 사로잡힌 어머니는 복이 있도다. 그녀는 오래된 롤러 스케이트를 목재 운반대 바닥에 박아 고정하고, 그 위에 흙과 씨앗이 담긴 통을 설치한다. 그리고 하루에 두 번 잔디밭을 지나, 그늘이 드리운 정원을 가로지르는 은빛 햇살을 따라 밝은 곳으로 끌고 간다. 그녀는 신을 경험할 것이다.

지점토로 만든 새턴 브이(V) 로켓* 모형이나 각설탕을 쌓아 만든 이글루 혹은 나무 꼬치로 만든 타이컨더로가 요새(Fort Ticonderoga)** 모형에 그리고 저울에 늘 토요일을 양보하는 아비 없는 아버지는 복이 있도다. 그는 편안함 속에서 위로받을 것이다.

카리용*** 같고 합창 같고 도취한 것 같은 웃음소리로 집 안의 모든 방과 모든 할인 영화관과 모든 학교 공연을 채우는 어머니는 복이 있도다. 심시어 아무도 그 농담을 알아듣지 못할 때조차 말이다. 그녀는 신의 아이라 불릴 것이다.

매일 아이들을 가톨릭 학교에 데려다준 뒤 키스와 "힘내!"라는 응원을 곁들이고 윙크하는 아버지는 복이 있도다. 그는 몇 번 안 되는 교사 회의에 호출될 것이다.

브래지어를 하지 않고 머리에 헤어롤을 말고 얼룩투성이의 신발을 신은 채 학교에 아이들을 데리러 오는, 그리고 필요하다면 주저 없이 차에서 내리는 어머니는 복이 있도다. 그녀는 계속 기다리지 않을 것이다.

집에서, 차에서 떠나면서 그리고 중요하지 않은 통화를 마치면서 하는 마지막 말이 항상 "사랑해"인 부모는 복이 있도다. 그들은 길을 잃고, 다시 찾고, 낙담하는, 그러나 왠지 모르게 여전히 온전한 아이들을 남겨 두고 떠날 것이다.

밤 산책

그것은 할리우드 기준으로 보아도 과장된, 달에 대한 말도 안 되는 만화영화다. 그 달이 영화관 스크린에 비쳤다면 아무도 그게 진짜였다고 믿지 않을 것이다. 터무니없을 정도로 둥근 모양, 진한 황금빛 색조, 황량한 검은색 나뭇가지 위의 따스한 검은색 하늘, 그것이 부드러운 빛의 둥지 한가운데에 자리 잡는 방식. 바람이 불고 잿빛 구름이 하늘 높이 달을 가로질러 돌진한다. 달은 타임랩스 영화에서 그런 만큼이나 빠르게 깜박였다가 원래의 상태로 돌아온다.

이런 날씨는 가을과 봄이 변화의 계절이라는 주장, 겨울에는 변화가 별로 일어나지 않는다는 나의 빈번한 주장을 혹독하게 꾸짖어 준다. 마지막 나날에는 햇볕이 훈훈하고 온화하게 내리쬐고, 인정사정없는 추위가 뼛속까지 파고들고, 거센 바람이 불어 나무를 휘게 한다. 그리고 이제 그 바람은 균일한 펠릿들 속으로 털털거리며 내려앉으면서 차가운 빗속에서 견디고 있다.

구름 때문에 달이 더 이상 보이지 않고 비가 더 세차게 내리면, 어두운 세계는 닫혀 버린다. 스크린이 컴컴해지고, 이제 중요한 건 사운드트랙뿐이다. 이웃의 풍경(風磬)이 찰그랑 소리를 내고, 그러고 나면 다른 집 풍경도 소리를 낸다. 헐벗은 플라타너스 가지들이 덜거덕거리는 소리를 내고, 마른 능소화나무 꼬투리들이 전신주를 기어오르며 좀 더 가볍게 달가닥거린다. 천으로 된 깃발이 딱딱 소리를 낸다. 돌풍 속에서도 흔들리지 않고 서 있는 오래된 매그놀리아의 뻣뻣한 잎사귀들이 캐스터네츠 소리를 낸다. 단풍잎이 거친 아스팔트 바닥으로 휙휙 떨어져 내린다. 기차가 삐이익 소리를 내며 지나간다. 사이렌 소리가 난다. 울타리 뒤 어둠 속에서 다리가 셋인 개가 가까이 다가오지 말라고 나에게 경고하며 조심스레 인사를 한다.

우리가 작별 인사를 할 때마다

"우리가 작별 인사를 할 때마다, 나는 조금씩 죽어 가요." 별다를 것 없는 화요일 오후, 부모님이 엘라 피츠제럴드의 노래에 맞춰 춤을 추고 있다. 어머니는 맨발이다. 아버지가 작업화를 신었지만, 어머니의 발가락은 전혀 위험하지 않다. 그 댄스 스텝은 그들 자신의 심장박동만큼이나 익숙하다. 이 노래 가사만큼이나 익숙하다.

나는 이름조차 붙일 수 없는 뭔가에 당황한 채 복도에 서서 지켜본다. 아버지의 팔이 어머니의 허리에 둘려 있다. 어머니는 발끝으로 서 있다. 어머니의 팔이 아버지의 어깨에 얹히고 머리는 아버지의 광대뼈 밑에 기대어 있다. 그들의 다른 쪽 손이 서로 얽혀 그들의 심장 사이에서 마주 잡고 있다. 그들의 스텝은 너무나 잘 훈련되어 있고 완벽하게 조화를 이룬다. 그들이 회전할 때 그들 사이에는 단 1센티미터의 빈 공간도 없다.

충영

어느 파티에서 우연히 다른 작가를 만났다. 주로 뒤뜰의 자연을 주제로 글을 쓰는—같은 마을에 사는—작가였지만, 그전까지는 실생활에서 한 번도 만나본 적이 없었다. "당신은 동식물 전문가 훈련을 받았나요?" 그녀가 물었다. 나는 구글러(Googler)에 더 가깝다고 고백할 수밖에 없었다. 나는 숲에서 놀면서 자랐고, 살아 오면서 세상 일이 버겁게 느껴질 때마다 숲길로 돌아가곤 했지만, 과학자는 아니었다. 참된 야생에 무지한 사람이 자연에 관해 글을 쓰려면 신경 소모가 많다. 하지만 무지의 이면은 놀라움이고, 나는 놀라움에 능숙하다. 어느 해 봄, 나는 우리 침실 창가에 서서, 지저귀는 소리가 들리지만 모습은 보이지 않는 집굴뚝새 한 마리를 카메라 줌 렌즈로 찾고 있었다. 그때 창문 바로 밖 떡갈나무 가지 위에 이상한 뭔가가 보였다. 골프공 크기의 스펀지 같은 꼬투리가 가느다란 나뭇가지 끝에 튀어나와 있었다. 전에는 그런 것을 한 번도 본 적이 없었고, 그것이 무엇인지 추측할 수가 없었다. 종양인가? 고치일까? 기생식물의 꼬투리일까? 어떤 검색어가 해답을 가져다줄까?

'떡갈나무 잔가지 끝에 달린 몽실몽실한 하얀 덩어리'라고 검색하니 마침내 우리 집 떡갈나무에 달린 것과 유사한 이미지가 떴다. 그건 충영(蟲癭)이라 불리는 일종의 종양이었다. 종양은 다양하고 종류도 많지만, 그것은 겨울에 어린 나뭇가지의 부드러운 끄트머리에 알을 낳는 작고 검은 벌레인 쏠개말벌에 의해 만들어진 종양이었다. 그 알들은 봄이 되어 잔가지에 종양이 생기기 시작할 때 부화한다. 그리고 알에서 깨어난 유충의 화학적 분비물이 나무로 하여금 털로 뒤덮인 충영을 형성하게 한다. 유충들은 날아갈 준비가 될 때까지 그곳에서 살 수 있다.

어떤 유충이 날개 달린 성체로 변모하는 과정을 변태(變態)라고 한다. 나는 그 과정을 목격함으로써 내 삶을 재조정할 작정이었다. 그래서 어린 말벌들이 봄 햇살 속에 출현하는 바로 그 순간에 참여할 수 있길 바라며 털로 뒤덮인 충영을 매일, 하루에도 몇 번씩 확인했다.

한편 그 떡갈나무는 자신의 본래 목적을 포기할 준비가 되지 않았다. 충영에서 출현한 것은 쏠개말벌 대신 형태가 완벽하지만 한눈에 보기에도 작은 한 쌍의 왜엽(矮葉)이었다. 그 나뭇잎들은 느른하게 뻗어 나가기 시작했다. 전형적인 떡갈나무 잎과 똑같진 않았지만 완전히 다르지도 않은 모습이었다. 충영은 외계 생물을 임신한 어떤 것의 외양을 띠고 있었고, 그 외계 생물은 완전히 부화할 터였다.

말벌들이 출현할 기미가 전혀 없이 한 달 남짓한 시간이 흘렀다. 나는 침실 창문을 통해 계속 충영을 지켜보았지만, 하루를 통틀어 지켜보는 횟수는 점점 줄어들었다. 그다음 달이 지나갈 때쯤, 충영은 쪼글쪼글해지더니 저절로 무너

지기 시작했다. 내가 말벌들의 출현 순간을 놓친 게 분명했다. 그래도 나는 남아 있는 막연한 호기심 때문에 그리고 아마도 습관 때문에 계속 창가에 가서 그 충영을 바라보았다.

생각해 보면 내가 원했던 건 일종의 마침표였던 것 같다. 자연이 자기 곁에 있는 것들만을 써서 필요한 것을 만들어 낼 때, 그것이 무엇을 의미하는지를 추정하고 결론 짓는 것 말이다. 하지만 자연과 생명에 관한 모든 문제가 그렇듯이, 나는 거두절미하고 이야기 속으로 들어갔다. 나는 시작을 눈치채지 못했고 끝을 목격할 권리를 빚지지 않았다.

신혼여행

내가 초경을 시작한 날, 아버지는 저녁 식사 뒤 함께 산책을 하자고 청했다. 여느 때와 다를 것 없는 산책이었고, 익숙한 습관이기도 했다. 아버지가 이렇게 말하기 전까지는. "오늘 네가 여자가 되었다고 네 어머니가 나에게 말헤 주더구나."

아버지는 내 손을 잡고 있었고—열세 살인데도 나는 여전히 내 몸의 절반으로 아버지의 손을 잡고 있었다. 다른 절반으로는 피를 흘리고 말이다—나는 반사적으로 그 자리를 피했다. 새로운 변모의 프라이버시를 음미하고 있는 소녀에게 그보다 더 끔찍한 말이 있겠는가? 그 순간 앨라배마 한가운데 내 발밑에서 화산이 폭발했다 해도, 나는 기꺼이 그 재 속에서 타 버렸을 것이다.

어머니는 기본적인 사항을 넘어서는 것은 하나도 가르쳐 주지 않았다. 어머니는 옷장 선반에서 내린 생리대 상자의 벨트를 어떻게 묶는지, 생리대를 얼마나 자주 갈아야 하는지, 그걸 어떻게 싸서 우리 집의 닥스훈트 개가 건드리지 못하도록 주방 쓰레기통으로 가져가는지에 대한 설명만 해 주었다. 반드시 그 쓰레기통에 버리는 게 절대적으로 중요했다.

어머니가 그런 말을 나한테 해 주라고 아버지에게 부

탁했는지, 아니면 두 분이 항상 그러듯 저녁 식사 전 함께 위스키 잔을 기울일 때 어머니가 아버지에게 그날 하루 동안 일어난 일들을 이야기한 것뿐인지 알 수는 없었다. 딸의 첫 생리를 축하해 주는 건 워터게이트와 베트남 전쟁이 일어난 혼돈스러운 시절 전후(戰後) 문화의 유물이었고, 입구 정문이 움푹 꺼진 아파트에 살던 우리 가족은 돈이 별로 없었다.

가톨릭교도들은 성적인 것에 결벽증이 없는 편이었고, 내가 슬픔의 성모 학교(Our Lady of Sorrows School)에서 교육받은 내용 중엔 여성의 생식기 구조를 그린 포스터 크기의 도표를 포함해 인간의 생식에 관한 과정이 있었다. 지시봉으로 무장한 선생님이 정확한 발음으로 강조해 고함을 질렀다. 난관, 난소, 자궁내막, 음핵. 가정생활과 성의 도덕적 영향에 관한, 종교 수업 맥락에 따른 그 모든 것.

엄마가 그 주제에 관해 소극적으로나마 이야기하는 데는 1년이 좀 넘게 걸렸다. 나는 큰 소리로 웃었고, 엄마는 온전한 문장 하나를 입 밖으로 소리내어 말했다. 그것으로 그 주제는 종결되었다. 그후 수년이 지나서도 나는 엄마가 자기 자신이나 나의 성생활에 대해 에둘러서라도 언급하는 걸 한 번도 듣지 못했다. 우리 엄마는 고상한 척해, 나는 이렇게 결론 내렸다.

그 신혼여행 독사진을 언제 아버지의 양말 서랍에서 발견했는지는 기억나지 않는다. 흑백 폴라로이드 사진인데, 사진 속 엄마는 하늘하늘한 실내복과 가운 세트 차림이다. 갓 빗질한 머리로 복도에 서 있고, 전경에는 침대 귀퉁이가 보인다. 엄마의 미소는 청량하고, 매우 정직하고, 행복해 보인다.

"이거 뭐예요?"

"결혼식 날 밤에 내가 찍은 거다." 아버지가 내게서 사진을 건네받아 찬찬히 살펴보며 대답했다. 엄마가 처음으로 아버지와 함께 잠자리에 들기 전에 찍은 사진이었다―수줍은 기미조차 없는 여자의 사진.

아이답게 나는 엄마에게 물었다. "그런데 결혼하기까지 왜 그렇게 오래 기다렸어요?"

때때로 엄마는 가톨릭의 산아 제한 반대를 완곡하게 내세웠다. "아직 가정을 꾸릴 형편이 아니었어." 때로는 이런 말도 했다. "우린 춤추는 걸 좋아했지. 그런데 결혼을 하고 아기들이 태어나면 춤추러 갈 기회가 줄어들잖아."

아이들을 키울 돈이 없었다. 베이비시터를 고용할 돈이 없었다. 다시 말해 내가 생긴 것이 부모님이 그토록 오래 기다리다가 결혼한 이유였다. 이 세상만큼 넓은 요람 같은 그들의 사랑 속에 자리 잡고 살아온 나. 너무나 장엄하게도 항상 그들 우주의 중심이라고 느껴 온 나. 그런데 실상 그들은 내가 그들에게 오는 걸 원치 않았다. 그들은 계속 춤출 수 있기를 원했다.

어머니가 돌아가신 후, 50년 넘게 앨라배마의 다락방에 있던 상자 안에서 나머지 신혼여행 사진들을 찾아냈다. 먼젓번 사진과 연결되는, 결혼식 다음 날에 찍은 것으로 생각되는 어느 사진에서는 엄마가 사진사고 아빠가 피사체다. 아빠는 모텔 욕실의 거울 앞에 서서 면도를 하고 있다. 하지만 내가 상상하고 싶은 건 엄마다. 침실로 이어지는 복도에 맨발로 서서 아직 내 아버지가 되지 않은 새신랑과 친밀한 삶을 즐기는 엄마를 볼 수 있다고 나는 생각한다.

외할머니가 전하는
외외종조부*님의 죽음 이야기

1976년, 앨라배마

윌프레드 오빠가 죽었을 때 내가 없었나? 아마 그랬을 거야. 1976년 5월, 아니, 6월에 오빠는 우리와 함께 교회 모임에 가고 싶어 했고, 자기 첫손주인 조지프를 데리고 왔단다. 윌프레드 오빠는 조지프를 무척 자랑스러워했지. 우리 어머니는 그 일요일에 그들과 함께 집으로 가셨고, 다음 일요일에도 그들과 함께 집에서 시간을 보낼 예정이었어. 아마 그날이 아버지 날이었을 거야. 윌프레드 오빠는 화요일에 출장을 갔지. 물론 가족들에게 작별의 키스를 했고. 목요일에 그들이 나에게 전화해 윌프레드 오빠가 혈압약을 가지러 돌아갔다가 죽은 채로 모텔 방에서 발견됐다고 말했어. 그래, 오빠를 너무도 자주 만나 왔기 때문에 우리는 그 일을 당하고 지독히도 속상했지.

자식을 잃고 우리 어머니는 비탄에 잠기셨단다. 처음에 오빠를 보기 위해 장식된 관 앞으로 갔을 때, 어머니는 거기 서서 오빠를 바라보고는 이렇게 말했어. "왜 나일 수는 없었던 거지?" 그런 다음 흐느껴 우셨어. 어머니가 우신 건 그때 딱 한 번뿐이었지. 장례식 날 사람들이 어머니를 우리

---

* 외할머니의 남자 형제.

118

집으로 데려왔고, 나는 나가서 어머니를 얼싸안았지. 어머니는 눈물을 조금 흘리셨어. 많이 울진 않으셨지. 그리고 윌프레드 오빠는 어머니와 함께 보내기로 했던 아버지 날 전 토요일에 땅에 묻혔단다.

청설모 막아 주는 핀치 급식기,
평생 보증

원뿔 모양 부리에만 딱 들어맞는 작은 구멍 주위의 쇠고리들은 가장 끈질긴 설치류가 이빨로 갉아도 열리지 않게 되어 있다. 급식기의 꼭대기와 바닥 모두 편하게 분리해 채우고 청소할 수 있다. 고정된 부품들도 엄지손가락이 없는 청설모의 손으로는 다룰 수 없다. 급식기 안의 씨앗은 검은 니게르(niger)*다―황금방울새를 위한, 청설모에게는 혐오스러운 잔치. 그러니 새 용품을 파는 상점에 가서 전문가들에게 말하라.

전문가들은 청설모를 만나 본 적이 없었다. 청설모는 7월 4일 포틀럭 파티의 옥수수처럼 니게르 씨앗을 양손으로 하나씩 입 쪽으로 당겨 횃대 옆 급식기를 약탈했다. 녀석들은 급식기의 움푹 들어간 입구에 맞도록 입을 작게 만든 다음, 씨앗을 차례로 핥아먹었다. 그것은 몇 시간이고 계속되는 포옹이며 키스다. 청설모는 씨앗을 하나씩 하나씩 뱃속에 채운다. 청설모가 가진 건 시간뿐이고, 격분과 억지에는 흔들리지 않는 '청설모 막아 주는 핀치 급식기'는 인내심과 시간을 통해 해제된다. 청설모는 내가 팔을 뻗으면 창문에

---

* 에티오피아 원산인 국화과의 한해살이 허브. 씨와 식용 기름을 얻기 위해 기른다.

손이 닿는 거리의 책상 앞에 있다는 걸 안다. 하지만 나는 청설모를 걱정하지 않는다. 그저 창 너머를 지켜볼 뿐이다. 나는 어떤 식으로든 청설모 걱정은 하지 않는다.

항상 아이들이 있어야 한다

1976년, 앨라배마

외외종조부님의 장례식이 끝나고 운구자들이 관을 교회 밖으로 옮길 때, 외외종조모님이 그들을 멈춰 세웠다. 외외종조모님은 관 위에 쓰러져 노쇠한 양팔을 연신 관 너머로 내밀며 인생이 끝장난 사람처럼 통곡했다. 내 남동생과 여동생 그리고 사촌들까지 우리 다섯 명은 그 엄청난 상실에 완전히 압도되지는 않은 채 앞쪽 신도석에서 지켜보았다. 외외종조모님의 두 다리가 무게를 견디지 못하고 후들거리자, 우리 부모님과 외조부모님이 다가가 둘러싸고 일으켜 세웠다.

우리는 서로의 얼굴을 바라보았다. 이제 무슨 일이 일어날까? 그리고 우리는 무엇을 하도록 요구받을까? 우리가 좋아하는 외외종조모님이 억제되지 않는 비탄으로 울부짖었고, 그 모습은 그때껏 우리가 보아 온 그 어떤 인간의 모습과도 비슷하지 않았다.

우리 중 나이가 두 번째로 어린 아이가 웃음을 감추려고 기침을 했을 때, 나머지 아이들은 신도석 사이로 주저앉았다. 우리는 다 같이 바닥에 옹기종기 모였고, 간신히 삼킨 웃음에 목이 막힌 채로 팔 안에 얼굴을 파묻었다.

선로들

수십 년 뒤 아버지가 돌아가실 집으로 우리가 이사한 지 얼마 되지 않았을 때 일이다. 아버지는 동네 주변을 걷다가 도로 가장자리의 한 곳을 발가락으로 톡톡 두드렸다. 그곳 아스팔트에는 녹슨 시가 전차 선로가 드러나 있었다. "나는 매일 바로 이곳에서 아버지가 일을 마치고 집으로 돌아오시길 기다렸단다." 아버지가 말했다. "아버지는 매일 전차에서 내려 이렇게 물으셨어. '오늘 하루 착하게 지냈니?' 그리고 매일 나는 아니라고 대답해야 했지." 아버지는 자기 어머니의 기분은 개의치 않았고, 형제와 싸우거나 닭을 괴롭혔다. 그리고 내가 만나 본 적 없는 친할아버지는 커서 나의 완벽한 아버지가 되는 그 소년과 함께 걸어서 집으로 돌아와 허리벨트로 소년의 엉덩이를 때리곤 했다.

친할아버지는 내 아버지가 다섯 살이었을 때 교통사고로 돌아가셨고, 아버지는 할아버지에 관해 한 가지 말고는 거의 아무것도 기억하지 못했다. 자신이 어렸을 때 전차 정거장에서 아버지를 만나 함께 걸어서 집으로 돌아와 두들겨 맞곤 했다는 것.

123

외할머니가 전하는
외할아버지의 죽음 이야기

1977년, 로워 앨라배마

보자, 그때가 크리스마스 전 목요일이었지. 나는 맥스를 병원에서 집으로 데려왔단다. 맥스는 무척 기분 좋아 보였고, 나도 기분이 좋았어. 나는 그를 위해 의자 하나를 들였지—의자를 하나 샀고 그걸 집으로 배달해 달라고 부탁했단다. 나는 말했어. "10시까지 꼭 도착하게 해 줘요." 그리고 그들은 그렇게 해 주었어. 병원에 그가 혼자 힘으로 앉고 일어설 수 있는 의자가 하나 있었단다. 그가 말했어. "집에 이것과 같은 의자가 하나 있으면 좋겠어." 무심코 나온 말이었지만, 그런 식으로 일이 진행됐던 거야.

차 안에서 그는 나무들을 바라보았고, 화초가 심겨 있는 곳 등 온갖 것을 유심히 살펴보았단다. 그는 정신이 무척 맑았어. 우리는 정원 안으로 운전해 들어갔지. 맥스 주니어가 거기에, 피칸나무 아래에 있었단다. 우리는 맥스를 보행 보조기에 의지해 자동차 밖으로 나오게 했고, 맥스는 자동차 앞에서 이리저리 걸어 다녔단다. 우리가 현관문을 열었고, 맥스가 문 안으로 들어갔어. 내가 말했지. "거기 당신 크리스마스 선물 보여요?" 맥스가 고개를 끄덕였어.

그게 다였지. 맥스의 발이 미끄러지기 시작했고, 내가 붙잡았지만 맥스는 바닥에 쓰러져 엎드렸어. 나와 맥스 주니어는 할 수 있는 조치를 다 취했어. 하지만 우리 중 사람의 의식을 회복시키는 일에 관해 잘 아는 사람은 없었지. 니나가 아래쪽 상점을 향해 소리쳐 도움을 청했지. 거기에는 남자 한 명만 있었는데, 그 남자가 와 주었어. 니나는 구급대도 불렀지. 모두가 맥스에게 달라붙어 애를 썼단다. 그러나 그는 다시 숨을 쉬지 않았어.

우리는 병원에 도착했고, 의사가 나와서 말했어. "너무 늦었습니다."

"맙소사, 그가 가 버렸나요?" 내가 물었지.

의사가 대답했어. "예. 너무 늦었습니다."

나와 맥스 주니어 둘 다 거의 무너져 내렸지. 의사는 우리를 붙잡고 이렇게 말했어. "내가 댁에 함께 있었더라도 아무것도 하지 못했을 겁니다. 이 환자는 모든 게 한꺼번에 멈춰 버렸어요."

우리는 집으로 돌아가 올리비아에게 전화를 했지. 너희 모두가 다음 날 아침까지 집에 함께 있어 주었고. 너도 알다시피 다음 날은 금요일이었어. 우린 크리스마스이브에 맥스를 매장해야 했단다. 장례식 날엔 비가 퍼부었어. 크리스마스이브이고 비가 그렇게 많이 왔는데도 사람들이 얼마나 많이 와 주었는지 뚜렷이 기억나는구나.

집으로 돌아가 내가 잠자리에 들었을 때, 너희들 다섯 명이 다 함께 조용히 들어와서—난 아직 잠들지 않았고, 너희들은 매우 조용히 방 안으로 들어왔단다—말했지. "미미, 우리 크리스마스트리 만들어도 돼요?" 내가 대답했지. "물론 되지. 외할아버지도 너희가 그러길 바라실 거야."

금잔화

어머니가 잡초를 뽑다

1978년, 버밍햄

주방은 더러운 접시들로 가득할 수 있고, 조리대는 작은 설탕 알갱이와 엉긴 우유 웅덩이로 가득할 수 있다. 커튼 꼭대기는 꽥꽥거리는 소리로 슬픔을 발산하는 왕관앵무새에게서 떨어져 내린 배설물로 더러워질 수 있다. 그 소리가 너무도 구슬퍼서 견디지 못한 어머니는 앵무새를 오랫동안 새장에 가둬 두었다. 거실의 의자들에는 빨랫감과 해묵은 잡지와 우편물들이 아직 지불하지 않은 청구서와 함께 쌓여 있을 수 있다. 내 여동생이 잊어버리고 놓아둔 학교 교과서와 아직 초등학생인 그 아이의 여러 가지 문제지도. 질서에 대한 어머니의 열망은 이 모든 삶의 혼돈과는 상관이 없다. 너무 부족한 공간과 너무 부족한 돈. 아름다운 뭔가를 만들어 낼 기회를 거의 얻지 못하는 그 모든 것들. 아름다움을 창조해 낼 기회는 우리가 임대해 사는 성냥갑의 문 건너편에서 항상 기다리고 있다.

    어머니는 절대 정원 일을 미리 준비하지 않는다—특별한 장갑도, 정원용 고무 나막신도, 원예용 도구를 넣는 주머니가 달린 뻣뻣한 캔버스 천 앞치마도. 대부분의 경우 도구도 없다. 어머니는 집 밖으로 걸어 나가—혹은 차에서 나와 현관문까지 가기 전 가방들을 내려놓으면서—흙 속에

손을 넣고 그곳의 초록 식물에 속하지 않는 초록 식물들을
잡아 뽑는다. 또 다른 정사각형의 나지(裸地)가 나타난다. 거
기에는 금잔화 씨앗들을 위한 공간이 있다. 작년에, 주름진
꽃잎을 지닌 그 노란 꽃들이 갈색이 되고 본래 모습과 유사
한 허약한 모습으로 말랐을 때 어머니가 건져 낸 씨앗들이
다. 가벼운 청구서가 어머니의 침대 발치 이불 밑에 있고,
서명하지 않은 성적표가 서류들로 어수선한 벽난로 선반 위
어딘가에 있지만, 어머니는 언제든 작년의 씨앗에 손을 댈
수 있다. 어머니가 걸어 다니는 바로 그 땅은 나중에, 여름
에 황금빛으로 덮일 것이다.

날아가 버리다

1978년, 버밍햄

그 녀석의 얼굴은 우스꽝스럽다. 래기디 앤디*처럼 붉은 뺨, 정교한 볏. 녀석은 이 커튼봉에서 저 커튼봉으로 이 문 꼭대기에서 저 문 꼭대기로 급습하며, 신이 나서 신문을 잘게 찢고 내 책의 책등을 야금야금 갉아 먹으며, 동그란 잿빛 혀로 접착제를 찾아 표지를 헤집으며 집 안을 자유롭게 출입했다. 녀석은 인간이 사용하는 단어 몇 개를 알긴 했지만, 대개 이해하기 어려운 자기의 언어로 내 여동생의 장난감들에 대고 음모를 중얼거리고, 속을 채운 동물 인형들 사이에서 발을 질질 끌고, 폭동을 선동하려 했다. 그리고 테디베어가 자기 짝이라고 주장하면서 내 여동생에게 쉬익쉬익 소리를 질렀다. 여동생이 테디베어를 치우려 하면 노란 볏이 납작해졌다.

내가 부르면 녀석은 나에게 날아왔다. 하지만 키스하기 위해 가만히 있는 만큼이나 자주 내 입술을 깨물었다. 녀석은 긁어 주는 걸 좋아했다. 얼굴의 모든 모서리를 내 손앞에 들이댔는데, 녀석의 그런 믿음이 나를 황홀하게 했다. 나는 녀석의 볏 뒤쪽, 동그랗고 하얀 눈 아래, 회색 부리 밑을 문질러 주었다. 녀석의 깃털 아래 뜨거운 피부와 피부 아

---

* 미국 작가 조니 그루엘(Johnny Gruelle)이 창조한 빈티지 인형. 역시 빈티지 인형인 래기디 앤(Raggedy Ann)의 남동생이다.

래의 빠른 맥박을 느낄 수 있었다. 새로운 깃털이 날 때, 녀석은 내가 손가락으로 문지르며 깃털 하나하나를 펼치는 동안 깃털을 고르며 기다리는 모습을 보였다. 포슬포슬한 새로운 깃털에서는 흙 냄새와 낯선 냄새가 동시에 났다.

때때로 녀석은 해를 입었다—가스레인지 불꽃에 너무 가까이 다가가 깃털을 그슬렸고, 문에 쾅 부딪쳐 발톱이 전부 빠져 버렸다. 하지만 녀석이 새장 안 나무 횃대 위에서 서성거리고, 막대를 깨물고, 닫힌 문을 양쪽 발로 움켜잡고 쌕쌕거리며 너무도 비통하게 한탄을 하는 바람에, 우리는 자유를 향한 녀석의 요구에 항상 굴복할 수밖에 없었다. 120제곱미터라는 한계를 가진 자유.

결국 녀석은 날아가 버렸다. 어느 날 내 어머니가 덧문을 엉덩이로 밀어 열고 식료품 봉투를 들어 올리려고 몸을 굽혔다. 그러자 녀석은 어머니의 머리에 내려앉았다가 하늘을 향해 맹렬히 덤벼들었다. 내가 밑에 서서 허공에 손가락을 쳐들고 부르는 동안, 녀석은 나뭇가지 위에서 뒤뚱뒤뚱 걷고 다른 나뭇가지로 폴짝폴짝 뛰며 키 큰 소나무 속에 오래 머물렀다. 오래지 않아 어둠이 내려 녀석의 모습이 보이지 않았다. 하지만 녀석이 스스로에게 "예쁜 새. 키스, 키스, 키스."라고 말하는 동안 나는 녀석의 목소리를 따라갔다. 녀석이 소나무에서 떠나는 모습을 나는 보지 못했다.

일주일 넘게 시간이 흐른 뒤, 기적이 일어났다. 일요일 아침에 아버지가 나를 깨웠다. 아버지의 손에는 신문이 들려 있었다. 컬러로 인쇄된 그 신문 속 사진에서 한 노인의 손가락 위에 우리의 까다로운 왕관앵무새가 앉아 있었다. 우리는 구부러지고 발톱이 빠진 회색 발가락을 보고 그 녀석임을 곧장 알아보았다. 아버지가 신문사에 전화해 그 사진을 찍은 사진가에게 연락을 했다. 그 사진가는 모호한 정보들을 알려주고 그 노인의 집에 관한 대략적인 묘사를 해 주었다.

우리는 공장과 공업단지를 지나, 더 이상 '타운'이라고 부를 수 없는 타운의 한 곳으로 차를 몰고 갔다. 흙길, 수많은 이동식 주택과 클랩보드로 지은 패널 집, 묘목이 분투하며 웃자란 부지가 있었다. 내가 타협하지 못하는 세상이었다.

우리는 입구에 세워진 완전히 망가진 자동차 한 대, 자동차의 바퀴가 있었을 자리에 받친 콘크리트 벽돌, 벗겨지고 있는 빨간 페인트로 그 집을 알아보았다. 사진 속 노인이 우리의 노크에 응답하기까지는 어느 정도 시간이 걸렸다. 노인은 문을 열고는 뒤로 물러섰고, 아버지도 상황을 설명하며 뒤로 물러섰다. 노인이 자동차를 가리키며 말했다. "여기는 집 창문에 방충망이 없어서요."

나는 한 번에 두 걸음을 옮겼다. 앵무새는 발을 둥글게 웅크린 채 아직 따뜻한 몸으로 차 뒷좌석에 누워 있었다. 아마도 닫힌 차 안의 열기 때문에 죽은 것 같았다. 우리가 새를 찾으러 그 집 포치에 들어섰을 때 이미 죽어 있었던 것 같았다. 나는 앵무새를 손으로 감싸 올려 얼굴에 갖다 대며 울었다. 그 순간에서 내가 또렷이 기억하는 건 익숙한 그 새의 냄새 그리고 아버지와 그 노인이 허물어져 가는 계단 맨 아랫단에 나란히 서 있던 모습이다.

그리스도 교회

1978년, 버밍햄

어느 날 아버지가 방과 후 내가 일하던 어린이 신발 가게로 와 나를 차에 태우더니 우리 집에서 한 모퉁이를 돌아가면 나오는 그리스도 교회 주차장으로 데려갔다. 그는 차를 세우고 말했다. "네 어머니가 하루 종일 울고 계신다. 네가 자기를 사랑하지 않는다고 생각해."

나는 아버지를 바라보았다. 아버지가 무슨 말을 하는 건지 전혀 알 수가 없었다. "엄마가 왜 그런 *생각*을 하실까요?"

"네 어머니 말로는 오늘 아침에 너와 다퉜다더구나. 무엇 때문에 다퉜는지, 네가 자기에게 뭐라고 했는지는 말하지 않으려 했어. 대체 네가 무슨 말을 했길래 네 어머니가 하루 종일 우는 게냐?"

나는 열일곱 살이었고, 그날 하루 어머니를 특별히 염두에 두지 않았다. 비단 그날 하루만이 아니라 평소에도 어머니나 나에 대해 별다른 생각을 하지 않았다. 그래서 어두운 교회 주차장에서 아버지에게 추궁을 당하면서도, 어머니를 울게 만들었을 만한 말을 한마디도 떠올리지 못했다.

내가 말했다. "난 학교 가기 전에 엄마와 다퉜던 게 기억 안 나요."

132

이주자들

매년 봄 길 건너편에 사는 새들을 관찰하는 나의 이웃이 이렇게 말했다. 자기는 붉은가슴밀화부리들이 길고 긴 이주 중 하루 이틀 동안 자신의 급식기로 돌아오길 기다리고 있다고 말이다. 실제로 그들은 매년 봄 그녀가 그들을 위해 특별히 내다 놓은 잇꽃 씨앗을 포식하려고 제시간에 나타난다. 나도 잇꽃 씨앗 급식기를 줄곧 채워 놓는다—주로 잇꽃 씨앗을 좋아하지 않는 유럽 찌르레기의 방문을 막기 위해. 나도 매년 봄 붉은가슴밀화부리들을 찾기 시작했고, 매번 실망했다.

그러던 어느 해에, 나는 꽉 찬 2주 내내 매일 밀화부리들을 보았다. 처음에 그들은 내가 문밖으로 나가자마자 겁을 먹고 나무에 부딪치며 놀랐지만, 이내 나에게 익숙해졌다. 나는 화초에 물을 주면서, 비로 쓸면서 데크 주위를 걸어 다녔고, 밀화부리들은 급식기 뒷면에서 한동안 나를 찬찬히 살펴보다가 먹이를 먹으러 돌아갔다. 그들은 하루 종일 차례를 기다리며 줄을 섰다. 횟대가 급식기를 향해 열릴 때까지 가까운 나뭇가지 위에서 기다리는 것 같았다.

테네시는 밀화부리들을 위한 중간 기착지다. 밀화부리들은 중앙아메리카와 남아메리카의 깊은 우림에서 겨울을

133

보낸다. 하지만 짝짓기와 새끼 양육은 주로 미국과 캐나다 최북단 지역에서 이루어진다. 애팔래치아 고원 지대 역시 그들의 마음을 끄는 점이 있다. 내 이웃은 우리의 손님들이 조지아주 북부의 산으로 향할 거라 확신한다. 왜 아니겠는가? 그녀의 짐작은 그 어떤 짐작만큼이나 타당성이 있어 보인다.

하지만 기후변화로 인해 명금의 이주 양상이 복잡해지면서 그런 짐작이 점점 어려워지고 있다. 봄이라는 계절에 변화가 생겼고, 평소 적도 지역의 정글을 떠나 북아메리카로 이동하는 명금들은 자신들이 마주할 거라 기대한 식량원을 구하기에는 너무 늦게 도착한다. 수천 년 동안 명금들의 이동 경로는 식물이 피고 지는 전형적인 성장 시기와 일치했었다. 그런데 그들이 도착했을 때 평소 의지해 오던 베리들이 오래전에 시들어 버렸다면 그들은 무엇을 먹겠는가? 밀화부리들—기후변화에 큰 타격을 받는 종 중 하나—이 결국 내 급식기로 찾아온 이유는 뭘까? 그들은 왜 여기 와서 머무르고 머무르고 머물렀을까?

그들이 어디에 있든, 어디로 가든, 진지한 새 관찰자들이 가장 큰 관심을 갖는 것은 우리 지역을 지나가는 새들이다. 나는 진지한 새 관찰자는 아니지만, 급식기에서 새로운 새를 목격하거나 새 물통에서 낯선 새를 목격하면 여전히 전율을 느낀다. 나는 그 이국적인 일별을, 먼 나라로 여행 간 듯한 그 느낌을, 그리고 비록 짧더라도 그들의 낯설고 이질적인 노랫소리를 듣는 것을 무척 귀하게 여긴다. 어느 날 저녁 바깥을 내다보았을 때, 짙어 가는 황혼 속에서 수컷 풍금새 한 마리가 물을 마시고 있었다. 전에 이 정원에서 그 새를 본 적은 한 번도 없었고 이후에도 보지 못했다. 나는 그 예쁜 새를, 그 새가 황혼의 어스름 속에서 물 마시는 모습을 내 방 창가에 서서 지켜보던 몇 초의 순간을 자주 생각한다. 나에게 그 새는 뼈가 앙상하며 선홍색을 띤 은총의 화신처럼 보였다.

초원의 빛

차체가 큰 랜드요트 스테이션 왜건에서도 우리는 매우 빽빽하게 끼어 앉았다. 뒷좌석에 내 고등학교 시절 남자친구와 그의 화난 여동생이 앉았고, 나는 그들 사이에 앉아 있었다. 그런 탓에 더위 속에서도 그들 두 사람의 피부는 서로 결코 닿지 않았다. 그들의 부모는 앞좌석에 있었다. 어린 남동생들은 맨 뒤칸에서 온갖 여행 가방들과 함께 부대끼고 있었다. 우뚝 솟은 옥수수 밭과 해바라기 밭이 끝없이 펼쳐진 중서부를 시속 90킬로미터로 이동하며 반쯤 가로질렀을 때, 그러잖아도 힘이 없던 에어컨이 완전히 고장 나 버렸고, 그와 함께 스파이 게임이나 앞 좌석의 아이스박스 속 초콜릿 우유 덕에 생겨났던 활기도 사라져 버렸다.

콜로라도 평원의 말끔한 마을에 도착하니, 친척 아주머니와 아저씨 그리고 사촌이 내 남자친구의 할머니 집에서 쏟아져 나왔다. 수많은 친절한 사람들 무리가 우리를 맞아 주고 집에 온 것을 반겨 주었다. 누군가가 다음 날 밤 페르세우스 자리 유성군이 멋진 쇼를 보여 줄 거라고 언급했고, 다른 누군가가 담요를 가지고 그들 일족이 평소에 가는 대초원의 한 장소로 가라고 말했다. 내 남자친구의 아버지는 이렇게 말했다. 나처럼 앨라배마의 축축하고 차가운 공기 속에서 살아온 아이는 그날 밤 공기가 희박한 콜로라도 평원 고지대에서 보게 될 밤처럼 별이 가득한 밤을 본 적이 없을 거라고.

8월이었지만 깊은 밤에 사람들이 깨웠을 때 우리는 스웨터를 걸쳐야 했다. 이틀 동안 더위 속에 차를 타고 와서 모두 무척 피곤했음에도 내 남자친구와 그의 여동생은 싸우지 않았고, 유성우를 보러 갔던 어린 시절을 떠올리며 웃었다. 도로를 벗어나 풀밭으로 들어갔을 때 초원의 흙은 전혀 평평하거나 부드럽지 않았고, 스테이션 왜건은 우리 머리가 지붕에 부딪칠 정도로 덜커덩거렸다. 나는 모든 것에 놀랐고, 내가 아무것도 이해하지 못한다는 걸 깨달았다.

그리고, 오, 그 별들은 마치 동화 속에 나오는 별 같았다. 별들이 세상 가장자리로부터 하늘을 가로질러 세상의 다른 가장자리로 마구 쏟아져 내렸다. 심지어 첫 번째 유성이 내 한쪽 눈 모서리에서 깜박이기도 전에 나는 머리를 뒤로 젖히고 행성 전체가 회전하는 것을 느꼈다. 나는 그 즉시 바닥으로 내려와, 초원이 기울어져 이 작고 파란 세계를 받치고 있는 검은 공동(空洞) 속으로 나를 던지기 전에 재빨리 붙잡을 뭔가를 찾았다.

그들 가족은 끝에서 끝까지 펼쳐진 퀼트 이불 속에 조용히 누워 있었다. 풀밭 저쪽에서 한 어머니가 어린 남자아이 한 명을 자동차 밖으로 나오도록 구슬리기 위해 꼭 안아주겠다고 말하는 소리가 들렸다. 하지만 그 남자아이는 마음을 바꾸지 않았다. 남자아이가 말했다. "난 너무 작잖아요. 저건 너무 커요, 난 너무 작고요."

일식

불의 고리

1991년 겨울에 남동생이 개기일식 관찰에 관한 애니 딜라드의 황홀한 에세이를 읽었고, 그런 다음 혼자서 그걸 보러 가기로 결심했다. 그는 미국 본토에서 개기일식을 볼 다음 기회를 노렸다. 그런데 그 날짜까지 한참 남았다는 사실을 알게 되자—2017년까지는 개기일식이 일어나지 않을 터였다—남동생과 올케는 멕시코 시골의 어느 산에서 일식을 관찰할 계획을 세웠다. 태양을 가리는 달의 그림자가 보일 가능성이 있는 가장 가까운 장소였다.

그들이 거기서 실제로 무엇을 보았는가에 대해서는 현재 약간의 의견 충돌이 있다. 올케는 애니 딜라드가 묘사한 그대로, 어둠의 벽이 멕시코 계곡을 가로질러 자기 쪽으로 질주했다고 기억한다. 그러나 남동생은 그것에 관해 책에서 읽은 것만 기억할 뿐이다. 그들은 육지를 가로질러 시속 2,900킬로미터로 여행하는 달의 그림자를 보았을까? 아니면 일식에 관해 책에서 읽은 것과 실제로 경험한 것이 기억 속에서 뒤섞여 버린 걸까? 그 현상이 너무나 빠르게 일어나서, 계제 나쁜 깜박거림이 내 남동생으로 하여금 올케가 본 것을 놓치게 했을 수도 있을까?

나도 그 희귀한 현상을 무척 보고 싶었다. 하지만 거리가 멀고 익숙하지 않은 곳에서 보고 싶지는 않았다. 내 나라에서, 큰어치들과 함께 그걸 보고 싶었다. 갈라진 빛이 우리의 미크라테나거미들이 밤중에 좁은 오솔길을 가로질러 매달아 놓은 복잡한 거미줄 위에서 번득이는 모습을 보고 싶었다. 태양의 조각들이 야생 무궁화를 가로질러 깜빡거리는 모습—이지러지는 태양의 이미지를 지면으로 투사하고 모든 그림자에 달 모양의 구멍을 남기면서 숲을 커다란 핀홀 카메라로 바꾸는 부분 일식의 효과—을 보고 싶었다.

2017년에 나에게 기회가 왔다. 나는 그것을 보기 위해 가까운 공원의 들판에 도착했다. 벌써 사람들이 빙 둘러서서 정확히 언제 그 현상이 일어날지 각자 추측하고 있었다. 언제 하늘의 색이 짙어질까? 언제 공기가 마치 다른 어떤 행성의 태양 빛이 비치는 것처럼 희미하게 빛나기 시작할까? 언제 새들이 나무로 날아와 앉을까?

그다음엔 나 자신의 말로 표현하지 않은 의문이 있었다. 이 모든 것이 언제 끝날까? 내가 무엇을 보았는지 알게 될까? 내가 본 것과 보려고 준비한 것 사이의 차이를 말할 수 있을까?

나는 아직 알지 못한다. 형언할 수 없는 어떤 것, 나 자신의 언어를 넘어서는 어떤 것이 평범한 하늘에서 일어났다는 사실을 알 뿐이다. 공기가 파란색이 되고, 그다음엔 은색이 되었다. 개가 짖었다. 어떤 새가 내가 알지 못하는 소리로 노래하기 시작하더니, 돌연 조용해졌다. 공기가 차가워졌다. 그리고 미드나이트 블루 색조의 하늘에서 갑자기 금성이 희미하게 빛났다. 초원 가장자리의 나무들 아래 있던 사람들이 노지(露地)의 어둠 속으로 옮겨 가 있었다. 다시 내려다보니, 그들은 그들 모두를 천사처럼 보이게 하는 후광을 입고 있었다.

그리고 하늘에는 모든 것 한가운데에 불의 고리가, 태양처럼 밝게 타오르지만 태양과는 전혀 다른 은색의 얇은 불길이 있었다. 그건 그때껏 내가 본 그 무엇과도 달랐다. 하지만 그래도 나는 그걸 알아보았다. 정확히 내가 들은 그대로였기 때문이다. 당신은 내슈빌 싸구려 술집의 열린 문에서 그것이 퍼지는 소리를 들을 수 있다. 사랑에 대한, 욕망에 대한 노래를. 그것은 욕망처럼 타오르고, 타오르고, 타올랐다. 그리고 나로 하여금 내가 보잘것없고 하찮다고, 하지만 생명력으로 빛난다고 느끼게 했다. 고대인들은 일식이 세상의 종말을 가져온다고 믿었다. 하지만 나에게 세상의 종말은 오지 않았다.

나는 태양이 다시 충만하게 차오르기를 기다리지 않고 집으로 향했다. 동료 인간들 중 누구에게도 말하지 않고, 그들의 그 어떤 세속적 관심사도 듣지 않고 그곳을 벗어나야 했다. 공기가 아직 충만한 은색인 동안 떠나야 했다. 집으로 가는 내내 작은 초승달 모양의 빛 조각들이 도로에 반점들을 찍었다. 나를 세상 속 내 자리로, 내 집 문가로 다시 이끈 그 작은 길은 분열된 빛으로 채워져 있었다.

다시 한번, 브란덴부르크 협주곡

1980년, 버밍햄

최고학년 봄에 우리는 선생님이 죽어 가고 있다는 걸 알았다. 사실 선생님은 얼마 전부터, 우리가 저학년이던 겨울 이후로 죽어 가고 있었다. 하지만 선생님의 믿음은 흔들리지 않았다. 선생님에겐 어린 자녀들이 있었고, 그래서 선생님은 그 암이 자신이 십 대였을 때 가슴을 앗아 간 암처럼 지속되지 않는 혹은 영구적 손상을 유발하지 않는 블랙베리 윈터—제철이 아닌 때의 일시적 한파—같은 것이라고 믿었다. 우리 역시 그렇게 믿었다. 어떻게 그러지 않을 수 있었겠는가? 우리는 어린아이였고 죽음은 우리를 붙잡지 못했다.

앨라배마에 봄이 왔다. 하지만 우리 선생님에게는 봄이 오지 않았다. 그때쯤 선생님의 머리카락이 빠져서 없어졌고, 목소리는 힘이 없어서 거의 속삭이는 듯했다. 선생님은 오래전에 전통적 방식으로 학급을 이끄는 일을 그만두었다. 상태가 괜찮은 날에는 가족 한 명이 선생님을 차에 태워 학교로 데려와 교실에 들어오게 했지만, 대부분의 날에 상태가 좋지 않았다. 선생님은 집에서 학교로 사람을 보내 우리 숙제를 거둬 오게 하거나 우리에게 또 다른 숙제를 내주게 했다. 카세트테이프로 재생되는 선생님의 떨리는 목소리를 통해 숙제들이 전달되었다—읽기 수업에서 무엇을 발견해야 하는지에 대한, 셰익스피어 비극이나 낭만주의 시 혹은 토머스 하디의 소설에 관한 발표를 위한 언급들. 책과 연극 그리고 시에 관한 너무나 많은 것이 기억난다. 내가 기억하는 그런 상세한 것들은 다른 어떤 고등학교 수업에서도 다루지 않았다. 나는 『리어 왕』의 상당 부분을 지금도 암기하고 있다.

그 기억할 만한 해의 기억할 만한 모든 순간 중 나 자신의 재앙들을 가로질러 나를 붙잡아 준 것은 선생님이 죽어가고 있다는 사실을 깨달은 그해 봄에 우리가 읽은 어떤 이야기였다. 선생님은 얇은 레코드 판과 복사용지 한 묶음이 든 상자를 들고 교실에 들어왔다. 선생님 뒤에서는 선생님의 의붓아버지가 도서관에서 가져온 레코드 플레이어가 얹힌 카트를 밀고 있었다.

하지만 거기서 기억은 수포로 돌아간다. 이제 그날을 묘사하려 하면, 선생님의 손에 들린 레코드 판 상자 안에 쌓여 있었다고 생각되는 복사용지에 대해 확신이 서지 않는다. 아마도 선생님은 그 이야기를 복사해서 나눠 주지 않았을 것이다. 그게 아니라 그 이야기는 우리가 1년 내내 잘 펼치지 않은 교과서 속에 있었을 것이다. 이 모든 이미지가 절대적으로 또렷하고, 나는 그것들을 믿는 것 이상으로 잘 알고 있다. 하지만 내가 너무 자주 꺼낸 탓에 그것들은 가장자리가 닳아서 부드러워지고, 그 윤곽들은 신뢰할 수 없는 것이 되었다.

그것이 전쟁 중의 한 남자에 관한 이야기였다는 걸 나

는 안다. 그 남자는 유개화차 안쪽에 앉아 눈을 감았다. 그리고 바흐의 브란덴부르크 협주곡을 마음속으로 연주함으로써 대학살에서 스스로를 지웠다. 우리가 그 이야기를 읽은 뒤, 선생님은 레코드 플레이어 뚜껑을 열고 레코드 판을 커버에서 조심스럽게 꺼내 턴테이블에 얹었다. 선생님이 바늘을 레코드 판 위에 내려놓자, 브란덴부르크 협주곡 1번의 소리가 콘크리트 벽돌 건물의 창문 없는 교실을 가득 채웠다.

그토록 아름답고 그도록 별세계의 것 같은 어떤 것이 인간의 머릿속에서 구상되고 인간의 손에 의해 생명을 얻었다는 사실을 나는 믿을 수가 없었다. 그날의 많은 세부들이 서서히 사라져 간다—잘 생각나진 않지만, 틀림없이 학급 토론이 있었다. 하지만 머릿속에서 떠나지 않고 맴도는 바흐의 브란덴부르크 협주곡 1번 F장조 2악장의 바이올린 선율을 나는 죽을 때까지 기억할 것이다.

내 머릿속에 각인된 그 영어 수업 이후 그리고 내가 줄곧 사랑할 선생님의 죽음 이후 수십 년이 지났다. 그렇게 시간이 흐르면서 비탄이 비탄 위에 쌓여 갔고, 왜 그 병사가 세월이 흘러도 변치 않는 그 음악에서 위안을 찾으려 했는지 내가 이해하게 되었다는 생각이 든다. 그때 이후 내가 녹음으로, 라디오로 셀 수 없이 자주 들어 온 그 음악 말이다. 하지만 처음으로 그 음악을 라이브로 들었을 때, 오케스트라가 브란덴부르크 협주곡 여섯 개를 모두 연주하는 것을 들었을 때, 그 불가해한 아름다움 한가운데에서 내가 생각할 수 있었던 건 『리어 왕』에 나오는 한 구절이었다. "왜 개에게, 말에게, 쥐에게 생명이 있어야 할까? 그리고 너는 왜 전혀 숨을 쉬지 않는가?"

내가 잠을 자던 동안

1982년, 내슈빌

나는 새장 속 아기 새들에 관한 꿈을 꾸고 있었다. 그리고 내가 잠을 자는 동안 눈이 내리기 시작했다. 눈은 높이 쌓였고, 조용히 하고 조용히 시키면서 내가 전에 그림책과 영화에서 본 적이 있는 방식으로 세상의 거친 모서리들을 둥글게 만들었다. 나는 주방 창가에서 살펴보려고 익숙하지 않은 집 안의 아래층으로 내려갔다. 바깥에 보이는 것이 모두 적갈색과 철색, 황톳빛과 잿빛의 그늘이었지만, 동트기 전의 고요 속에서 방 안은 빛으로 가득해 보였다. 잿빛이 약해지더니, 하얀색에 자리를 양보했다.

　나는 친구의 어린 시절 집을, 고아원 자리에 있는 전쟁 전의 병원을 방문하는 중이었다. 친구가 전에 그곳을 나에게 구경시켜 준 적이 있어서, 마치 혼란스러운 여행에 의해 소환된 꿈처럼 느껴졌다. 하지만 그건 꿈이 아니었다. 버려진 아이들이 길 바로 건너편의 기숙사 건물에 여전히 살고 있었다. 내 친구의 아버지가 그 자리에서 고아원을 운영했고, 병원은 그와 그의 가족을 위해 개조되었다. 그들의 침실은 1층의 옛 간호사들 구역에 있었다. 옛날에는 병원이 더 아래 지하층에 있었고, 수술실—수술용 도구 트레이와 에나멜 테이블이 먼지가 두껍게 쌓인 채 남아 있었다—은 내가 잠을 자던 곳인 2층에 있었다. 모든 장소 중 가장 버림받은 곳은 한때 아이들 놀이방으로 사용된 지붕창이 있는 다락방이었다. 아기용 철제 요람이 아직도 벽을 따라 줄지어 놓여 있었다.

나는 어둑한 주방의 창가에 서서 하늘에서 눈이 쏟아져 내리는 모습을 지켜보았다. 거기 얼마나 오래 서 있었는지는 모르겠다. 이윽고 창문 밖 여명 속에서 뭔가가 형태를 갖추기 시작했다. 움직임이 있지만 왠지 모르게 꼼짝 않는, 살아 있는 어떤 것이었다. 마침내 새 급식기가 팽나무 가지에서 저절로 풀어졌고, 그 주위에서 홍관조들이 자리를 차지하려고 서로 떼밀었다. 눈이 내렸고, 그 새들도 내려앉고 있었다. 그리고 다시 날아올랐다—내리는 눈과 검은 나뭇가지를 배경으로 움직임 안에서 움직이는 흐릿한 형체, 급식기에서 쏟아진 씨앗으로, 그리고 다시 뒤로, 또다시 계속해서 휘몰아치는 진홍빛 소동. 나는 창가에 서서 지켜보았다. 내가 그들과 함께할 수 있다는 걸 알 때까지, 그날 밤 내 꿈속에 그 날개들이 나올 거라고 믿어질 때까지 지켜보았다.

얼룩무늬 새끼 사슴

보기

나는 시력이 좋지 않다. 약시를 교정하지 않은 결과다. 어떤 아기들은 선천적으로 약시를 가지고 태어난다. 하지만 내 눈에는 뚜렷한 이상이 없어서, 내가 한쪽 눈으로만 세상을 본다는 걸 아무도 알지 못했다. 약시를 개선하는 방법은 우세한 눈을 덮어 가리는 것이다. 하지만 시력이 교정될 가능성은 적다. 결국 나는 서른 살이 다 되어서 안과 의사를 찾아갔다―눈을 덮어 가리는 치료법이 도움이 될 나이에서 수십 년이 지난 뒤였다.

눈과 연결되어 작동하는 뇌의 부분이 어린 시절 동안 충분한 입력을 경험하지 못한 탓에, 안경을 낀 뒤에도 나는 여전히 주로 한쪽 눈으로, 늘 불완전하게 세상을 보았다. 나는 실명의 가족력이 강한 집안에서 태어났다―외할머니가 녹내장으로 실명하셨고, 어머니는 시력 감퇴를 겪었다. 외삼촌은 양쪽 눈에 혈전이 생겨 고생했다. 그리고 나는 하루도 온전한 시력으로 살지 못하는 것을 대수롭지 않게 여겼다. 시력이 있다는 사실만으로도 감사한 마음이 가득했다.

하지만 더 잘 볼 수 있기를 바라지 않을 수는 없다. 나는 명금들이 이동하는 철인 봄과 가을을 매년 고대한다. 하지만 내가 여행하는 작은 굴뚝새와 울새를 본 적은 참으로 드물다. 두 눈으로 사물을 보게 해 주는 뇌 기능이 작동하지 않을 때, 우리는 제한적인 도움을 받는다—누군가 나에게 "저기 좀 봐!"라고 말하고 그쪽 방향을 가리킨다면 거기에 무엇이 있는지에 대한 좋은 정보를 제공하는 셈이다. 무척 조그만 생물을 보아야 할 때, 나는 카메라의 줌 렌즈 기능에 의존한다. 심지어 내가 무슨 사진을 찍었는지 확실하게 알기 위해 사진 파일을 컴퓨터에 업로드해 더 큰 화면으로 보기도 한다.

내가 즐겨 산책하는 호수가 있는데, 거기서 좋은 점 중 하나는 늘 가까이에 다른 사람이 있어서 "저기 좀 봐요!" 하고 말해 준다는 것이다. 서로 모르는 사이지만 놀라운 장면을 공유하고자 하는 자연스러운 인간적 충동 덕분에 나는 수년에 걸쳐 그 호수의 지형을 잘 알게 되었고, 익숙하지 않은 길 위에서 내가 놓칠 수도 있는 비밀을 목격하려면 어디를 봐야 하는지 안다. 가로줄 무늬 올빼미가 특정한 다리 가까이에 있는 죽은 나무 위에 자주 앉아 있다는 걸 나는 안다. 멋진 파란색 왜가리가 호수의 작게 굽이진 곳 물에 잠긴 통나무 위에 사진처럼 조용히 서 있을 때가 많다는 걸 나는 안다. 야생 칠면조들이 날개를 퍼덕이며 하늘로 날아오를 때 떨어진 깃털이 지면에 흐트러진 나뭇잎들과 뒤섞인다는 걸 안다. 비버들이 소리 없이 호수에서 나와 기어오르는 둑을 안다. 어느 해 여름에 나는 나보다 시력이 좋은 한 낯선 사람 덕분에 울새의 숨은 둥지를 어디서 찾아야 하는지 알게 되었다.

또한 어느 해 늦봄에 이 숲에서 태어난 얼룩무늬 새끼 사슴을 어디서 찾아야 하는지 알게 되었다. 하지만 어디를 찾아봐야 하는지 안다고 해서 반드시 그걸 볼 수 있는 건 아니다. 그해 가을에 조카 아이와 함께 그 호수 주변을 걸으며 나는 오랫동안 그 흰색 새끼 사슴을 보고 싶었다고 말했다. 그로부터 1분도 안 되어 조카가 말했다. "보세요! 저기 그 녀석이 있어요!" 정말 새끼 사슴이 거기에 있었다. 녀석은 나무들을 지나 다가왔고, 어미 사슴과 녀석의 쌍둥이 형제가 바로 옆에 있었다.

그 새끼 사슴의 모습은 볼 만했다. 녀석은 나무 그늘 사이에서 환하게 빛이 났으며, 거의 자기 키만큼이나 큰 다 자란 화이트 스네이크루트*를 헤치고 조심스레 나아오고 있었다. 어미 사슴을 따라가던 그 녀석은 어느 지점에서 자기 힘으로 넘기엔 너무 큰 장애물을 맞닥뜨렸는지 갑자기 허공으로 뛰어올랐다. 한순간 새끼 사슴의 연약한 발굽이 늦은 오후의 햇살 속에서 반짝였다. 만약 그때 나에게 카메라가 있었다면, 그리고 내가 그 순간에 맞춰 셔터를 눌렀다면, 새끼 사슴은 마치 달아나고 있는 것처럼 보였을 것이다.

그 오솔길은 산책하는 사람들로 붐볐고—날씨 좋은 주말 오후에는 항상 붐빈다—우리 주위의 사람들이 모두 이렇게 말하고 있었다. "저기 좀 봐!" 그런 다음 얼룩무늬 새

---

* 등골나물속의 북미산 식물. 동물이 이것을 먹으면 길항근이 수축을 일으키며 떠는 병이 생긴다.

끼 사슴이 오솔길을 따라 걷는 모습을 지켜보려고 걸음을 멈추었다. 부모들은 아이들을 데려와 높이 안아 올려 주었다. "저기 좀 봐라!"

안경 없이도 잘 보는 내 예쁜 조카는 오솔길 아래쪽 옷솔버섯**으로 뒤덮인 쓰러진 나무 앞에서 잠시 멈추었다. 조카가 나무의 움푹 들어간 곳에 거의 숨겨져 있는 무당벌레 한 마리를 가리켰다. "콜로라도에서 하이킹을 하다가 무당벌레 한 떼를 본 적이 있어요. 그래서 한 곳에 모이는 그 무당벌레 무리를 부르는 명칭이 있는지 알아보려고 구글을 검색해 봤죠." 조카가 말했다. "그런데 그 명칭이 '사랑스러움(loveliness)'이더라고요."

** 소나무, 가문비나무 같은 침엽수의 고목에 자라는 버섯. 백색부후균으로 구멍을 형성한다.

외할머니가 전하는
외외증조할머니의 죽음 이야기

1982년, 로워 앨라배마

그래, 그 일이 있고 얼마 뒤 우리 어머니가 골반 골절상을 입으셨지. 우리는 어머니가 퇴원하신 뒤 목욕을 시켜 드리려고 생각했단다. 하지만 어머니는 우리가 목욕시켜 드리는 걸 허락하지 않으셨어. 성경에 보면 자식들이 부모의 벌거벗은 몸이나 그 비슷한 것을 봐선 안 된다는 말이 나와. 정확한 표현은 기억나지 않지만, 어머니는 그 성경 구절을 굳게 믿으셨지. 그래도 어머니는 에올라가 목욕시켜 드리는 건 허락하셨어.

어머니는 보행 보조기에 의지해 계속 걸었지만 끔찍한 고통을 겪으셨어. 골반을 정말로 주의 깊게 다뤄야 했단다. 그래서 우리는 다시 의사를 찾아갔고, 의사는 엑스레이를 찍어 보더니 이렇게 말했어. "핀들이 빠져 버렸군요. 빠진 핀들이 살을 파고들어 가서 통증이 많이 느껴지는 겁니다." 그런 다음 이런 말을 덧붙였어. "그런데 이 자리에서 바로 핀을 빼낼 수는 없으니 일단 진통제를 놓아 드리겠습니다. 더 이상 걸으시면 안 됩니다. 수술을 해서 핀을 다시 박는 게 좋을 것 같아요." 어머니는 바로 그것이 자신이 원하는 거라고 대답하셨어.

수술은 철저하게 진행되었지. 의료진이 수술하기 전

시간을 오래 끈 것 같지는 않았어. 상태가 단번에 좋아졌고 어머니는 웃고 계셨지. 어머니는 말씀하셨어. "오늘 몇 걸음을 걸었단다." 그래서 우리 모두 너무나 기분이 좋았어.

하지만 어머니는 음식을 드시지 않으려 했어. 내가 나서서 음식을 드시게 하려고 했지. 나는 어머니에게 음식을 먹이려고 하면서 이렇게 말했어. "오, 어머니, 이러지 마세요!" 그러자 어머니는 너도 아는 너무나 이상한 표정으로 나를 쳐다보고는 이렇게 말씀하셨어. "너 평소엔 나에게 그런 식으로 말하지 않잖니." 내가 어머니를 꾸짖고 있었던 거야.

다음 날 아침, 기억나기로는 내가 어머니와 함께 입원실 안에 있었어. 나는 일어나서 어머니에게 걸어가 어머니의 팔에 손을 얹었어. 그러자 어머니의 팔이 확 달아올랐지. 그 즈음에 의사가 걸어 들어왔고, 나는 의사에게 말했어. "선생님, 어머니 몸에서 열이 나고 있어요." 그러자 의사가 곧바로 위치를 바꿔 책상으로 가더니 다른 의사를 불렀어. 그들은 나를 입원실에서 내보내고 요추천자*를 실시했지. 어머니는 내내 이렇게 말씀하셨어. "밀드레드, 이분들이 이걸 하지 않게 좀 해 줘." 하지만 너도 알다시피 나는 아무런 조치도 취할 수 없었단다. 그 일이 있고 나서 어머니는 더 이상 이야기를 하지 않으셨지.

그 즈음에 올리비아가 전화를 해서 나에게 말하더구

---

* 뇌를 감싸고 있는 경막과 뇌 사이의 공간에 있는 뇌척수액을 뽑거나 약을 투여하기 위해 시행하는 처치법. 대개 요추에서 실시하기 때문에 요추천자라고 불린다.

나. "어머니, 내가 갈까요?"

나는 이렇게 대답했단다. "글쎄다, 우리가 집으로 돌아갈 때까지 기다려 보는 게 어떻겠니."

그러자 올리비아가 말했지. "어머니를 위해 갈게요. 올리 할머니를 위해서가 아니라."

다음 날 아침 의사들이 말했어. "환자분에게 의학적으로 문제가 생겼습니다." 그러고는 우리를 위층으로 옮겨 가게 했지. 나는 그들에게 항상 분노를 느낀단다. 그들은 어머니가 죽어 간다는 걸 알고 있었으니까.

어머니는 이 방으로 옮겨졌어. 그리고 조용히 누워 계셨지. 근육 하나 움직이질 못했어. 내가 아기 침대를 안에 들여놓았고, 올리비아는 커다란 의자에 앉아 있었지. 너도 알다시피 올리비아는 올리 할머니가 보이는 곳에 있었단다. 마침내 올리비아가 말했어. "올리 할머니가 숨을 안 쉬세요." 어머니는 그렇게 돌아가셨지.

홍관조, 일몰

나무들 너머의 공간, 드넓은 하늘이 닿는 모든 곳이 여전히 파란색이다. 편평한 평면에 검은 나뭇가지가 펼쳐져 있다. 그 모습이 마치 판지에서 잘라 낸 하늘색 면포에 붙여 넣은 심세한 장식무늬 같다. 동쪽의 나무 꼭대기에서 꼭대기로 옮겨 가는 순수하고 눈부실 정도로 푸른 빛은 그곳이 갈색 풀과 여명처럼 흐릿하고 바스락거리는 너도밤나무 잎, 휴면기에 들어간 수국의 유령 같은 마른 꽃잎과 플라타너스의 하얀 비늘 같은 잎으로만 만들어진 적갈색 세상이 아니라는 유일한 표지다.

땅이 시들어 간다. 하지만 하늘은 서쪽에서 빨간색과 주황색과 노란색이 짙어지면서 붉어 갈 권리를 포기하지 않을 것이다. 가을 잠깐 동안의 꿈속에서 햇빛이 단풍나무의 헐벗은 나뭇가지 속 하늘을 포착하고 옷을 입힌다. 온통 분홍색이고 적갈색이고 황금색이다. 가까운 나무 꼭대기에 앉아 있던 홍관조가 광채를, 불꽃을 터뜨린다. 그리고 그 순간 중요한 건 아무것도 없다—흙도, 달가닥거리는 나뭇가지도, 홍관조가 시간 맞춰 지면으로 내려앉는 방식도, 차가운 돌도 아직 중요하지 않다. 그리고 나도, 내 일족도 냉담해질 것이다.

신경 쓰지 말기를. 그 겨울 나무와 홍관조, 그 작은 신(神), 그에게로 이끌고 그에게 모이는 불타는 빛만 신경 쓰기를. 그 황혼의 주인, 다가오는 어둠을 맞이하는 자를.

황혼

1982년, 오번

나는 랜드그랜트대학교(land-grant university)*에 들어갔다.
다른 경쟁 교육 기관의 학생들이 농과대학이라고 일축하던,
시골에 있는 학교였다. 3학년까지도 거기서 소를 딱 한 마
리밖에 못 보았지만. 어린 시절을 거의 야외에서 보낸 나에
게, 대학 생활은 받아들이기 힘들 정도로 폐쇄적이었다. 매
일 나는 붐비는 기숙사에서 벽돌길을 따라 붐비는 강의실
로, 붐비는 대학교 사무실로, 붐비는 카페테리아로 갔고, 그
런 다음 다시 기숙사로 돌아왔다. 교양 과목 강의를 듣는 건
물에서 1.5킬로미터가 안 되는 곳에 들판과 연못, 소나무 숲
으로 이루어진 더 완만한 지형의 캠퍼스가 있었다. 하지만
나는 삼림학과와 농학과 학생들이 직업 과정을 배우는 그
축소된 세계에서 한가하게 탐험하고 어슬렁거릴 시간이 없
었다.

3학년 늦가을의 어느 날 오후, 나는 혼란에 빠졌다. 기숙
사의 책상 앞으로 옮겨 가기 전, 저녁 식사로 학생들이 붐비
기 전, 나는 샌드위치 하나를 손에 넣기 위해, 문학 수업 과제
인 제라드 맨리 홉킨스**의 시를 읽을 조용한 몇 분을 기대하

---

* 모릴법(Morrill Acts)의 규정에 따라 연방정부의 원조를 받을 자격이 있는 대학교.

며 카페테리아에 들렀다. 학생들은 많지 않았지만, 그 휑뎅그렁한 홀에 조용함과 비슷한 건 전혀 없었다. 스피커가 존 쿠거**의 잭과 다이앤에 관한 짧은 노래를 쾅쾅 울려 댔다. 나는 손가락으로 귓구멍을 틀어막고 책 위로 몸을 기울였다. 내 혈관 속을 쿵쾅거리며 흐르는 다급한 핏소리가 잭과 다이앤이 하는 것처럼 시의 멋진 도약률***과 처절하게 싸움을 벌였고, 결국 나는 책을 덮었다. 기숙사 로비 안으로 걸어 들어갈 때도 내 심장은 여전히 쿵쾅거리고 있었다. 나는 가방을 아무렇게나 내던지고 서성거리다가 밖으로 향했다.

장소를 옮겨 내 몸이 야외의 더 큰 몸짓으로 확장되는 걸 느끼니 기분이 좋았다. 보폭이 성큼성큼 커지고 폐가 공기를 마음껏 받아들이는 걸 느끼니 크나큰 안도감이 들었다. 나는 축구 경기장을 지나고 여학생 클럽을 지나 농학과에서 현장 실습용으로 사용하는 부지의 붉은 흙길에 다다를 때까지 계속 걸어갔다. 건초 더미가 점점이 흩어져 있는 풀밭에서 얼룩무늬 소들이 태평한 얼굴을 내 쪽으로 돌렸다. 건초 더미들은 흡사 거대한 금색 실패처럼 보였다. 울타리 말뚝에 못질로 고정해 둔 텅 빈 파랑새 상자들이 기울어 가

** Gerard Manley Hopkins(1844~1889). 영국의 시인. '도약률'이라는 운율법을 사용한 독창적인 시를 썼다.

** John Cougar(1951~). 1980년대에 큰 인기를 끈 미국 로커. 〈잭 앤드 다이앤(Jack & Diane)〉은 그의 다섯 번째 앨범 《아메리칸 풀(American Fool)》(1982)의 수록곡으로, 빌보드 싱글 차트에서 7주 동안 1위를 했다.

** 강세 하나에 약음절 넷이 따르고 주로 두운, 중간운, 어구의 반복으로 리듬을 갖추는 운율.

는 햇살 속에 빛나고 있었다. 붉은꼬리말똥가리—내가 이름을 댈 수 있는 유일한 종—가 울면서 하늘을 미끄러지듯 날아갔다.

나는 숨을 고른 뒤, 주위가 온통 장관이라는 고양된 감각을 느끼며 계속 걸어갔다. 오직 황혼녘에만 평범한 한 인간이 빛과 어둠 속을 동시에 걸을 수 있다—발은 어둠 속에서 터덜거리고, 눈은 밝게 빛나는 해를 올려다보면서. 그것은 영원을 향한 일별이다. 빛과 어둠이 동시에 존재하는 무한한 시간의 개념을 혼란스럽게 만드는.

풀밭이 끝나고 시험림(試驗林)이 나오자 바람이 다시 불어왔고, 층층나무 잎사귀들이 햇빛 속에서 위로 올라가고 아래로 떨어지고 했다. 나뭇잎이 바람을 타고 옮겨 다니는 모습보다 더 아름다운 광경은 별로 없다. 캠퍼스의 사각형 안뜰에서 그런 광경이 흔하기는 했지만, 왠지 모르게 나는 그 광경을 기억에 남기지 못했다. 저녁이 다가올 때면 나뭇잎이 하늘에서 빠르게 선회했지만—헤일리 센터 밖 인도에 서 있는 사람이라면 누구나 그 장면을 보았을 것이다—나는 그 장면도 놓쳤다.

그곳, 그 숲속에서 나는 나무들이 어둠에 젖어 드는 소리를 들었다. 이때로부터 꽤 시간이 흐른 뒤 나는 홉킨스대학교에 서류를 제출했고, 스스로 그곳을 떠났다. 잎사귀가 떨어지지 않은 그 골든그로브 나무는 지금도 풍성한 잎사귀들을 바람에 날려 보내고 있을 것이다.

외할머니가 전하는 자신이 총에 맞은 날 이야기

1982년, 로워 앨라배마

11월 29일이었지. 나는 바느질을 하다가 피곤하고 지루해졌어. 어머니가 돌아가신 9월 이후 한참이 지난 기분이었단다. 1977년 내 남편이 죽었을 때 어머니는 내게 너무도 큰 위로가 되어 주셨지. 그런데 이제 나에게는 마음을 기댈 곳이 전혀 없는 것 같았어.

　나는 운전을 해서 그 지역의 작은 상점에 가기로 마음 먹었단다. 거기서 내 가장 친한 친구와 그 상점의 주인인 그 친구 아들 토머스를 만날 수 있을 거라 생각했어. 10분 정도 그곳에 있었는데, 한 남자가 문가에 와서 자기 차에 기름을 넣고 싶다고 했어. 토머스는 그 남자에게 빨간 라벨의 캔을 원하는지 아니면 녹색 라벨의 캔을 원하는지 물었지. 그러자 그 남자가 다시 바깥으로 나가 자기 차로 가서 소총을 가지고 돌아왔어.

　나는 그 남자의 왼쪽, 문 바로 안쪽의 흔들의자에 앉아 있었지. 내가 올려다봤을 때 그 남자는 자기 오른쪽에 있는 토머스에게 총을 겨누고 있었어. 내가 큰 소리로 외쳤지. "토머스!" 그러자 그 남자가 내 쪽을 돌아보더니 내 가슴에 총을 쐈어. 덕분에 토머스가 자기 권총을 집어 들 시간이 있었단다. 토머스는 남자에게 두 번 총을 쐈고, 남자는 곧바로 숨이 끊어졌어.

누군가 구급차를 부르기까지 시간이 많이 흐른 느낌이었어. 사람들은 보안관과 검시관도 불렀지. 병원으로 실려 가는 내내 나는 의식이 있었고 엄청난 통증을 느꼈단다. 수술을 받은 뒤, 나는 고리 하나가 내 몸을 둘러싸 받치거나 나를 보호해 주는 듯한 기이한 느낌을 받았어. 지금은 그게 하느님의 존재였다고 확신한단다. 나는 온갖 종류의 생명 유지 장치—호흡 보조 장치, 인공 심장 장치, 산소 호흡기, 링거, 카테테르* 등—의 도움을 받았지. 하지만 죽을지도 모른다는 생각은 하지 않았단다.

12월 23일에 퇴원을 했어. 의사들하고 다른 사람들은 이렇게 말했지. "이렇게 살아 계신 건 기적이에요." 그러면 난 늘 이렇게 대답했단다. "기적이라는 걸 나도 알아요. 나의 하느님께서 기도에 응답하신 거죠."

남편이 투병하던 마지막 나날 동안 그리고 그후 어머니의 와병 기간 내내, 나는 그들을 위해 강해지게 해 달라고 기도했지. 나는 그들을 건사하고 싶었단다. 그러다가 그들이 세상을 뜨고 나자, 나를 필요로 하는 사람이 아무도 없다는 생각이 들었어. 지금은 하느님이 다른 뭔가를 위해 나를 필요로 하신다는 걸 알지. 난 그것이 뭔지 하느님이 나에게 보여 주시길 기도하고 있단다.

---

* 체내에 삽입해 소변 등을 뽑아내는 도관.

바벨탑

1984년, 필라델피아

1984년이었다. 필라델피아에 있는 대학원에 진학하기 위해 앨라배마를 떠날 때, 나는 아름답지만 무지몽매한 남부에서 영원히 벗어났다고 생각했다. 지금은 어떻게 그런 착각을 한 건지 상상조차 할 수 없지만 말이다. 스물두 살이었던 나는 테네시주 채터누가 북쪽으로 발을 들여놓은 적이 한 번도 없었다. 여행을 해 본 경험이 하도 없어서—그리고 지리적으로 너무나 문맹이어서—필라델피아에 도착할 때까지 저녁 뉴스 날씨 코너의 주(州) 이름이 표기되지 않은 지도에서 펜실베이니아주를 짚어 내지도 못했다.

심지어 영어 박사 학위를 따야 한다고 생각하는 이유를 말하지도 못했다. 어학에 능숙한 사람들을 사로잡는 의문들—텍스트의 세부, 사전에 나오지 않는, 문장 형성에 중요한 영향을 미치는 요소, 역사적 맥락에 따른 미묘한 차이—은 내게서 아무런 흥미도 끌어내지 못했다. 나는 왜 글쓰기 과정에 지원하지 않았을까? 아마도 취업에 유리한 공부를 해야 한다고 막연히 생각했기 때문일 것이다.

한때 필라델피아에서 대학원 과정을 공부했다고 사람들에게 말해야 할 경우, 즉시 목구멍 뒤쪽에 덩어리가 생겨난 듯 목이 메어 왔다. 그 감각은 30년간 더러운 인도를 걸을 때마다, 배기가스 가득한 무거운 공기를 호흡할 때마다 느껴 온 공포와 절망을 떠올리게 하는 상기물이다. 나는 웨스트 필리의 주도로(主道路) 안으로 걸어 들어갔고, 무더웠던 그 첫날 밤 산들바람이라도 들어오도록 창문들을 열어 놓고 자동차 소리가 잦아들기를 기다리며 잠들지 않은 채로 누워 있었다. 자동차 소리는 결코 잦아들지 않았다. 배달 트럭의 기어들이 밤새도록 길모퉁이의 신호등 앞에서 삐거덕거렸고, 네 층 아래 어두운 거리에서는 낯선 사람들이 투덜거리고 욕설을 해 댔다.

형제애로 유명한 그 도시 곳곳은 내가 어울리지 않는 곳에 와 있다는 은유였다. 식료품점 주차장의 홈리스 여성은 자기 밑에 펼쳐진 물웅덩이에 무관심했고, 몸 색깔이 적갈색과 갈색인 참새와 비둘기가 내가 두고 떠나 온 큰어치와 진홍색 홍관조를, 앙알거리듯 우는 그 새들을 대체했다. 심지어 평생 내가 간절히 보고 싶어 한 심설(深雪)조차 높이 쌓였을 때 보니 검댕이 점점이 박혀 있었다. 자연 세계가 너무도 그리웠던 나는 오래된 치토스를 바닥에 놓아두어 내 기숙사 방 벽에 살고 있는 생쥐 한 마리를 길들였다. 내 맨발 발가락을 가로질러 잽싸게 달려가는 생물의 섬세한 발을 느끼기 위해서였다.

나는 딱딱해진 붉은 흙길을 샌들 신은 발로 쿵쿵 밟으며 떠나 온 앨라배마 풍경을 그리워하다 향수병을 얻었다. 그 도시는 내가 있을 곳이 아니었으니, 오, 내가 듣던 강의들이 안겨 준 고통은 더욱 크게 느껴졌던 것이다. 내가 공부했던 죽은 언어들—영어 고어와 라틴어—은 내가 문학 이론 과정에서 들은 그 어떤 내용보다 문학에 대한 나의 생각과 많이 연결돼 있었다. 문학 이론 과정의 목표는, 적어도 내가 알아차릴 수 있는 한에는, 저자의 의도와 상세한 독서를 통해 독자가 스스로 얻어 낸 의미 둘 다로부터 문학을 해방하는 것이었다. "텍스트는 독자와 관련 없는 그 무엇도 의미할 수 없습니다." 이 분야의 전문가인 교수님이 말씀하셨다. "심지어 '의미하다'라는 단어조차 아무것도 의미하지 않아요."

열네 살 때부터 시인이 되고 싶어 했던 나에게, 모든 영어 단어에 의미가 없다는, 적어도 다른 사람들과 신뢰할 만한 의사소통을 할 수 있는 의미를 창조해 내는 힘이 전혀 없다는 전제하에 이어지는 강의는 자연스럽게 느껴지지 않았다. 나는 젊었고, 두려워하면서도 오만했다. 어쩌면 나는 어떤 의향을 가지고 명분을 옹호하며 논쟁을 벌이기에는 지나치게 자주 칭찬을 받아 온 건지도 몰랐다.

"'의미하다'라는 단어조차 아무것도 의미하지 않아요." —그 말은 내게 도발적인 발언으로 느껴졌다. 나는 손을 들고 말했다. "우리가 도서관에 있고 교수님이 제 위, 『리어왕』과 『제인 폰다의 워크아웃 북』이 꽂혀 있는 사다리에 서 계신다고 가정한다면." 나는 얼굴이 붉어진 채 말을 더듬으며 내가 느낀 것보다 훨씬 자신감 없게 들리는 목소리로 말했다. "그리고 제가 '그 비극을 저에게 건네주세요.'라고 말한다면, 교수님은 어떤 책에 손을 뻗으실 건가요?"

강의실의 다른 학생들, 젊은 학자들은 이미 포스트구

조주의 문학 이론의 기본 개념에 정통해 있었고, 분명 내가 하는 말이 엘리 메이 클럼펫*이 할 만한 말이라고 생각했을 것이다. 학생들이 큰 소리로 웃었고, 나는 다시는 손을 들지 않았다.

　필라델피아에 간 지 얼마 되지 않았던 시절, 한번은 내가 살던 아파트 밖에서 자동차 충돌 사고의 우레처럼 요란한 소리가 일요일 오후의 상대적인 고요함을 깨뜨렸고, 무슨 일이 일어난 건지 보려고 주민들이 전부 밖으로 나오는 바람에 아파트 건물이 텅 비어 버렸다. 그때 내 이웃들도 나만큼이나 길을 잃은 듯 어쩔 줄 모르는 표정이었다. 이 말은 은유가 아니다. 그들은 대개 앨라배마보다 더 먼 어떤 곳에서 이주해 온 사람들로, 서로 혹은 나와 의사소통을 하지 못했다. 우리가 단어들의 의미에 합의하지 못했기 때문이 아니라, 우리가 아는 그 어떤 단어도 같은 언어에 속하지 않았기 때문이었다.

• 　1993년에 개봉한 미국 코미디 영화 〈비벌리 힐빌리스(The Beverly Hillbillies)〉의 주인공.

베어 루인드 합창단

고생스러운 여름 더위가 길게 이어지고 이어지고 이어졌다. 그리고 가뭄이 일반적인 수준에서 심한 수준으로 그리고 극심한 수준으로 악화하고 악화하고 악화했다. 땅에 떨어지기 전 끝부분이 말려 올라가고 색이 녹색에서 갈색으로 변하며 불꽃 같은 색으로 시들어 가는 나뭇잎들이 세상이 돌고 있음을, 세상은 거대한 유리 언덕을 매번 더 빠른 속도로 굴러 내려가는 커다란 파란 공에 지나지 않음을 우리에게 상기시켰다.

내가 좋아하는 계절은 봄이다—가을이 올 때까지. 그 다음으로 좋아하는 계절은 가을이다. 변화의 계절들. 일어나라고, 매일의 질주하는 모든 순간이 언제나 마지막 순간임을, 마지막 시간임을, 내가 정확한 호흡을 할, 혹은 구름이 특별한 파란색의 하늘을 가로질러 휙휙 지나가는 모습을 지켜볼 유일한 순간임을 잊지 말고 기억하라고 나에게 말해 주는 계절들.

필멸의 존재인 인간이 이런 상기물들을 필요로 한다는 건 얼마나 어리석은지, 그러나, 오, 세상이 손짓할 때, 세상이 찻종 모양의 손을 내밀고 "가까이 기대. 이걸 봐!"라고 말할 때 주목하는 건 얼마나 더 쉬운지. 그 나뭇잎은 결코 그 그늘과 똑같은 진홍색 그늘이 되지 않을 것이다. 창문 바로 너머의 화살나무 속 그 어린 새들은 결코 대머리나 장님이 되지 않을 것이다. 황금빛으로 반짝이는 것은 결코 그 상태에 오래 머물지 못한다.

하지만 겨울이면 플라타너스의 헐벗은 가지들이 자기들이 여름 내내 보호한, 내 머리 30센티미터 위에 있는데도 거의 보이지 않던 흉내지빠귀 둥지를 보여 준다. 밤하늘에는 별들이 너무도 많이 흩어져 있어서 가로등만이 유일한 방해물이다. 붉은꼬리말똥가리가 차가운 노란 발 위로 깃털을 부풀리고, 절대 변하지 않을 거라고 내가 맹세할 수 있는 너무도 고요한 태도로 땅을 조사한다.

추수감사절

1984년, 필라델피아

겨울방학은 12월 초순이 되어야 시작하기 때문에 향수병이 아무리 심한들 추수감사절 전에 고향에 간다는 건 말이 되지 않았다. 하지만 어두운 밤들이 길어지고 바람이 더욱 춥게 불어오면서 나는 흔들렸다. 너무 늦었나? 내가 계획을 바꿀 여지가 아직 있을까?

너무 늦었다. 물론이었다. 너무, 너무 많이 늦었다. 게다가 보고서도 써내야 했다. 학점을 받기 위한 보고서였다. 게다가 나는 차가 없고 비행기표에 쓸 여윳돈도 없었지만, 연휴 기간의 비행기표를 예약하는 것도 잊어버렸다. 사실 비행기표 구매는 대학원생이 받는 급료로는 가당치 않았다. 암트랙*은 매진이었고, 길고 긴 버스 여행은 너무 벅찰 것 같았다. 아무래도 고향에서 1,600킬로미터 떨어진 필라델피아에서 추수감사절을 보내게 될 것 같았다.

"여기서 견딜 수 있을 것 같지가 않아요." 그 주 일요일 매주 하는 통화에서 내가 부모님에게 말했다. "내가 할 수 있을지 모르겠어요."

"그냥 집으로 오려무나." 아버지가 말했다.

---

* 미국의 여객 철도 공사.

"너무 늦었어요." 그때 나는 울고 있었다. "그 방법은 너무 늦어 버렸다고요."

"넌 언제든 집에 올 수 있어, 애야." 아버지가 다시 말했다. "설령 네가 개자식과 결혼한다 해도, 넌 언제든 그 녀석을 떠나 집으로 올 수 있어."

아버지에게 빈정거리는 의도는 전혀 없었다. 아버지는 토머스 울프**를 읽은 적이 없다—아마 토머스 울프에 대해 들어 본 적도 없을 것이다. 아버지가 나에게 해 준 말은 부모가 자식에게 하는 애정 어린 안심시키는 말, 부모님이 살아 계신 한 항상 나를 위한 자리가 있을 거라는 사실, 내가 그곳에 속한다는 걸 항상 믿지는 못하더라도 언제나 내가 속할 자리가 있을 거라는 사실을 상기시키는 말이었다.

하지만 수십 년이 지난 지금은 그때 아버지가 나에게 한 말이 가족 내에서 나의 자리가 영원할 거라는 사실을 상기시키는 말 이상이 아니었을까 하는 생각이 든다. 그 말이 아버지의 새끼 새들이 아직 모두 둥지 안에 있던 날들, 원이 온전히 닫혀 있고 아버지와 어머니가 일군 가정이 완전했던 날들에 대한 아버지 자신의 그리움을 표현한 말이 아니었을까 하는 생각도 든다. 나는 고향을 떠난 첫 번째 아이였다. 하지만 부모님이 아버지의 오래된 소형 밴 뒤에 연결한 빈

** Thomas Wolfe(1900~1938). 미국의 소설가. 시정이 넘치는 독특한 문체로 소설을 썼다. 『천사여 고향을 보라』, 『때와 흐름에 관하여』, 『그대 다시는 고향에 가지 못하리』 등의 작품을 남겼다.

유홀(U-Haul)** 트럭이 덜거덕거리는 채로 필라델피아의 내 아파트 앞 도로 경계석을 떠나 장거리 운전을 해 앨라배마로 돌아가려고 멀어져 갈 때, 나는 부모님의 외로움을 염두에 두지 않았다.

그때 나는 그것을 그다지 염두에 두지 않았다. 하지만 지금은 자주 그 생각을 한다. 1984년 연결 상태가 좋지 않던 유선 전화를 통해 들은 아버지의 말을 생각한다. 그 말은 추운 필라델피아에 있던 나의 향수병 걸린 마음에 와닿았다. 나는 스쿼시 캐서롤과 크랜베리 렐리시를 먹을 수 있도록 나를 제시간에 집으로 데려간 필사적인 여행을, 그레이하운드풍 어둠의 심연으로 들어간 26시간의 버스 여행을 생각한다. 나 자신의 행복들을, 좋은 남자 그리고 우리가 함께 이룬 가족과 함께한 그 모든 세월을, 나를 몰입하게 하는 일—어느 상실의 계절에 뒤따른 모든 것—을 생각한다. 오로지 내가 아버지의 말을 귀담아들었기 때문에. 내가 집에 돌아왔기 때문에.

**   미국의 이삿짐 트럭 렌탈 업체.

파랑새

떠들썩한 왕국

봄이면 나는 새 둥지를 찾곤 했다. 나는 관목의 가지들과 가지가 낮게 달린 나무들을 떠나, 나무막대와 줄 그리고 작은 플라스틱 조각들로 이루어진 덩어리—어수선한 흉내지빠귀 둥지—를 자세히 들여다보았다. 쭈그리고 앉아 홍관조의 깔끔한 갈색 그릇을 올려다보려 했다. 멕시코양지니가 나뭇잎 속에 밀어 넣은 해먹을 찾으며 벽돌을 타고 올라오는 담쟁이덩굴을 훑어보았다. 캐롤라이나굴뚝새가 지은 소용돌이 모양의 터널을 구성하고 있는 양치식물을 확인했다. 큰어치가 우듬지 안과 밖으로 날아다니는 모습을 내 방 창가에서 지켜보았고, 그들이 새끼를 숨겨 둔 나뭇가지들에서 와이(Y)자 갈고리를 찾아내려 했다.

이런 일들은 지난 10년 동안 새들이 둥지 트는 철에 내가 행해 온 충실한 의례였다. 우리의 귀여운 잡종 강아지 베티가 어린 새들에게는 악몽 같은 존재였기 때문이다. 베티가 폴짝폴짝 뛰고 나무에 기어오르는 탓에, 나는 급식기를 떼어 내고 새 물통을 비워 냈다. 명금들을 정원으로 초대하지 않기로 했다. 그래도 명금들은 우리 정원에 둥지를 틀었다. 아마 우리 정원이 새들에게 쉴 곳을 제공하는 숲의 한 귀퉁이로 연결되기 때문이었을 것이다. 아마도 새들이 거의

173

어디에나 둥지를 틀기 때문이었을 것이다.

베티를 봄과 여름 내내 집 안에 가둬 놓을 순 없었다. 하지만 새로 온 새들이 매우 취약한 상태일 때 며칠 동안 집 안에 가둬 둘 수는 있었다. 그런데 그러려면 새끼 새들이 언제쯤 둥지를 떠날지 알아야 했고, 내가 둥지들을 찾아내고 계속 지켜보아야 했다. 둥지 안에 있는 새의 종이 무엇인지 그리고 그 새의 알이 부화한 날을 알면, 그 새의 새끼가 언제 다 자라 이소할지 추측할 수 있을 것이다.

뭔가를 아는 깃의 문제는 그걸 모를 수가 없다는 점이다. 홍관조 둥지 안에 알 두 개가 있음을 안다는 건 홍관조 새끼들의 대략적인 이소 날짜뿐만 아니라, 어제 오후 내가 어미새를 확인한 때와 오늘 아침 둥지가 비어 있는 걸 발견한 때 사이에 쥐잡이뱀이 홍관조 알을 정확히 몇 개 먹어 버렸는지 알게 되는 걸 의미한다. 당신이 알지 못하는 상실도 상실이다. 하지만 그것은 당신의 희생을 요구하지 않고 그래서 아무런 고통도 유발하지 않는다.

인간은 이야기를 하는 생물이다. 봉쇄된 고속도로 차선에서 사고로 구겨진 금속 차체를 보려고 목을 길게 빼고, 교통의 흐름이 느려지는 그 순간부터 남아 있는 것들에서 서사를 만들어 내려고 하는. 하지만 우리의 이야기들은, 그것이 무척 비극적이라 할지라도, 구체성이 중요하다. 파도에 쓸려 익사한 시리아 소년 이야기는 우리를 밤에 비통한 기분으로 깨어 있게 한다. 시리아에서 줄을 지어 탈출하는 400만 명의 난민 이야기는 마치 수학 문제처럼 보인다.

실패한 둥지에 대한 비통함이 완전히 다른 음역 속에 울려 퍼진다. 하지만 그것은 여전히 비통함이다. 테네시에 서는 홍관조가 한 계절에 두 번 둥지를 짓는 일이 흔하다. 그러면서 매번 2~5개의 알을 부화시키지만, 새끼 중 소수만 살아남는다. 세상은 그 많은 홍관조를 넉넉히 수용할 정도로 크지 않으며, 새끼를 먹여야 하고 포식자들도 먹어야 한다. 눈매가 날카로운 까마귀가 홍관조 둥지에서 갓 부화한 새끼 새를 훔쳐 내 자기 새끼에게 먹일 거라는 사실에 혼란스러워해서는 안 된다. 하지만 나는 그 주의 깊은 홍관조가 월계수 나무에 튼튼한 둥지를 짓는 동안 매일 지켜보았고, 며칠 낮과 밤 동안 홍관조가 그 알들 위에 앉아 있는지, 새끼 새들을 먹이기 위해 얼마나 여러 번 둥지로 왔다 갔다 했는지, 폭우 속에서 새끼 새들을 몇 번이나 피신시켰는지 계산했다. 매일, 매일같이.

베티가 세상을 떠나자, 나는 봄에 새 둥지들을 위해 정원을 확인하는 일을 그만두었다. 하지만 지금도 새—우리 집 데크 바로 너머 나뭇가지 위에서 암컷에게 먹이를 먹이는 수컷 큰어치, 살아 있는 내 개가 햇살 아래에서 잠을 자는 사이 개의 궁둥이에서 헐거운 털을 뽑는 털이 촘촘한 박새, 뒤뜰의 깊은 그늘에서 이끼를 모으는 박새—가 둥지를 짓는 기미가 보이면 저절로 눈이 돌아간다. 그들이 짓는 둥지를 살펴보지 않을 수가 없다.

어떤 일이 부자연스럽지 않고 자연의 질서에 어긋나는 것도 아닐 때 자연에 개입하는 건 잘못된 일이다. 하지만 나는 스스로를 견디지 못한다. 까마귀 한 마리가 홍관조 둥지 너무 가까운 곳에 내려앉으면 나는 빗자루를 들고 밖으로 달려 나간다. 붉은 말벌 한 마리가 알을 품고 있는 파랑새를 둥지 상자에서 쫓아내면 나는 새집 지붕의 나무에 비누를 문지른다. 내가 개입하는 모든 방법은 굴욕적이다.

　　최근 몇 주 동안 나는 캐롤라이나박새 한 쌍이 내 사무실 창밖 파랑새 상자에 둥지 짓는 모습을 지켜보았다. 파랑새 한 마리가 와서 그들을 쫓아내려 했을 때, 나는 비가 쏟아지는 가운데 몇 미터 떨어진 곳에 서서 다른 둥지 상자를 올리고 있었다. 파랑새는 내 행동에 주목하지는 않았지만 박새들을 괴롭히던 짓을 멈추었고, 그러자 모든 게 괜찮아 보였다. 이윽고 집굴뚝새 한 마리가 모습을 드러냈다.

　　어느 해에 굴뚝새 한 마리가 내가 지켜보던, 둥지를 짓던 박새 한 마리를 죽인 적이 있었다. 그래서 집굴뚝새가 높고 짧게 지저귀며 구애하는 소리가 들렸을 때, 나는 반사적으로 박새가 얼룩덜룩한 알 다섯 개를 품고 있는 파랑새 상자 쪽을 바라보았다. 그곳 새집의 지붕 위에 음악과 맹렬함의 깃털 달린 결합체가, 갈색 굴뚝새가 꼿꼿이 앉아 제 영역을 주장하는 내용일 수밖에 없는 노래를 부르고 있었다. 속이 비고 무척 깨끗한 새로운 둥지 상자는 열 걸음 떨어진 곳에 있었다. 하지만 굴뚝새는 그 둥지 상자에는 흥미가 없어 보였다. 나는 책상에서 일어나 밖으로 나가 곧장 굴뚝새를 향해 걸어갔고 새는 날아가 버렸다.

　　이틀 뒤 박새가 사라지고 둥지도 비었다. 나는 파랑새

수컷 두 마리가 공중으로 뛰어오르고 서로 마구 부딪치며 상자 때문에 싸우는 동안 창가에서 지켜보았다. 굴뚝새는 정원 가장자리의 덤불 속에서 여전히 노래를 부르고 있었다.

행진

1985년, 몽고메리

나는 앨라배마의 셀마로부터 160킬로미터가 조금 안 되는 곳에 살았다. '피의 일요일'로 유명해진 1965년의 그날 나는 세 살이었다. 그리고 20년 뒤에도 나는 여전히 아는 것이 별로 없었다. 평화를 사랑하는 600명의 아프리카계 미국인이 용기를 얻기 위해 에드먼드 페터스 다리에서 무릎 꿇고 기도했을 때 주 경찰관들이 그들을 곤봉으로 때려잡았음을 나는 알고 있었다. 그러나 투표권을 주장한다는 이유로 살해당한 지미 리 잭슨에 대해서는 들어 본 적이 없었다. 백인 우월주의를 옹호하는 행위가 실제로 어떤 짓인지 조지 월리스*가 알아야 한다고, 그러니 지미 리 잭슨의 시신을 몽고메리로 운반해 국회의사당 계단에 놓아 두자고 누군가가 말했을 때, 바로 그 순간에 그 행진**이 처음으로 구체적인 형태를 띠게 되었다는 사실을, 나는 알지 못했다.

---

* George Wallace(1919~1998). 미국의 정치인. 1960년대에 앨라배마 주지사를 네 차례 지냈다. 오랫동안 인종 분리 정책 철폐에 반대했으며 대통령 선거에도 출마했으나 암살 위협을 받은 뒤 인종 차별주의적인 사상을 버리고 과거를 참회하여 화제가 되기도 했다.

** '피의 일요일'이라고 불리게 된 1965년 3월 7일의 몽고메리 행진. 이 행진을 계기로 앨라배마주를 비롯해 미국 남부 전역에서 수백만 명의 흑인이 다시 투표를 할 수 있게 되었다.

178

1985년, 나는 아는 것이 정말 없었지만 '피의 일요일' 20주년을 맞아 기념 행진에 참여해 셀마에서 몽고메리까지 걸었다. 그 일이 오랫동안 마음속에 간직해 온 계획이었다고 말할 수 있다면 좋을 것이다. 하지만 처음부터 행진을 할 생각은 아니었다. 나는 집회에 참석해 행진이 모두 끝난 뒤 연설을 들으려고 친구 두 명과 함께 남쪽으로 차를 운전해 갔다. 그러나 프랫빌을 막 지난 지점 마을 밖 멀리에 **교회에 다니세요, 그러지 않으면 악마가 여러분을 사로잡을 겁니다**라고 여행자들에게 경고하는 표지판이 있었고, I-65 도로 상행선이 봉쇄되어 자동차들이 지나갈 수가 없었고, 우리 자동차가 있는 쪽은 2차선 도로로 변했다. 양쪽 방향의 운전자들은 혼란스러워하거나 그냥 궁금해했다. 교통의 흐름이 꽉 막혀 후드에서 트렁크까지의 거리만큼도 움직일 수가 없었다. 그런 상황에서 집회 참석을 위해 몽고메리까지 계속 갈 일은 아닌 것 같았다. 그래서 차를 세웠다. 바로 그때 도시를 향해 행진하는 사람들의 선두 집단이 도로 건너편에 도착했다.

그들은 손에 손을 잡은 채 혹은 서로의 목에 팔을 두른 채 활기 넘치게 웃고 노래하며 걷고 있었다. 그들 중 몇몇이 진홍색 토끼풀이 피어나고 있는 중앙 분리대를 건너다보았고, 차에 기대어 서 있는 우리를 보았다. 우리가 손을 흔들었고, 그들도 손을 흔들어 답했다.

이윽고 그들 중 몇 안 되는 사람들이 손짓을 했고, 나와 내 친구들은 멈춰 서서 서로를 바라보지도 않은 채 서행하는 차들을 이리저리 휙휙 피해 중앙 분리대를 넘어갔다. 우리가 다가가는 것을 보고 그 무리 전체가 응원의 함성을 보냈다. 그들 중 몇 명—우리가 그들과 합류한 지점에 가장 가까이 있던 사람들—이 우리의 어깨에 팔을 걸치고 내가 한 번도 들어보지 못한 가사의 노래를 목청이 터져라 부르며 우리를 포옹했다.

그때로부터 30년 넘게 시간이 흘렀지만, 나는 한 나이 든 여성이 팔을 뻗어 내 옷소매를 붙잡아 행진하는 군중 쪽으로 끌어당겼을 때 그녀의 얼굴에 떠올랐던 미소를 어전히 또렷하게 떠올릴 수 있다. 지금도 중앙 분리대 속의 축축한 토끼풀 냄새가 나는 것 같다. 뺨이 불타듯 뜨겁고 심장이 쿵쾅거리던 것도 여전히 느껴진다. 나는 그렇게 커다란 기쁨과 희망으로 가득 채워졌다. 그런데 갑자기 그들이 내가 알아듣지 못하는—절박하게 알아듣고 싶었지만—노래를 불렀고, 그들의 목소리에 내 목소리를 보탤 수가 없어졌다. 함께 노래할 수가 없었다.

고요하게

나는 잠시 쉬며 아스클레피아스를 확인한다. 애벌레 한 마리가 먹는 걸 멈춘다. 애벌레의 얼굴은 여전히 나뭇잎 쪽으로 기울어져 있다.

　나는 황혼 속에서 진입로를 걸어 내려간다. 소나무 밑에 솜꼬리토끼 한 마리가 꼼짝 않고 있다. 귀나 콧잔등 한번 씰룩거리지 않는다.

　길가에 암컷 토끼가 자기 위에 솟아 있는 나무들만큼이나 고요하게, 움직임 없이 서 있다. 내 차가 그 옆을 지나간다. 암토끼의 부드러운 코는 떨림이 없다. 부드러운 옆구리 역시 올라가지도 내려가지도 않는다. 공기의 흐름 때문에 꼬리 끝의 털이 휘날릴 뿐이다.

　나는 호랑가시나무의 가지 사이를 재빨리 훔쳐보고, 둥지를 짓고 있던 홍관조가 움직임 없이, 눈 한번 깜박이지 않고 나를 똑바로 바라본다.

～

세상은 여기서 살아가기 위해 내가 무엇을 알아야 하는지 매일 가르쳐 주고 있다.

~

너무 많은 움직임의 소용돌이 속에서,

　　움직이지 않고 고요하게 있기.

　　조용히 하기.

　　귀 기울이기.

향수병

나는 필라델피아를 떠났다. 하지만 결심과 행동 사이에는 많은 굴욕이 있었다. 끊임없이 흘린 눈물, 떨쳐 버릴 수 없을 것 같은 질병, 내가 들은 모든 강의의 불완전 이수. 사실 나는 모든 걸 다시 시작하기로 결심하고 1월에 필라델피아로 돌아갔다. 하지만 48시간 뒤 남부로 가는 기차 표를 구입했다. 자정 가까운 시각에 특별 객차 안으로 휘청거리며 들어갔고, 뒷좌석에서 하모니카로 호보송°을 연주하는 한 남자를 발견했지만 놀라지 않았다. 나는 윌리 넬슨°°의 영화속 비극적인 여주인공이 되었다.

공부의 초점을 옮겨 좀 더 마음에 드는 과정을 찾아볼 수도 있었을 것이다. 하지만 나는 그러는 대신 켈리 걸°°°의 타이피스트로, 내가 다닌 고등학교의 임시 교사로, 야간에 가톨릭 서점을 혼자 지키는 직원으로 그 학기를 보냈다. 그날 어떤 '일'을 했든, 일을 마치고 집으로 돌아가는 길에는 비디오 가게에 들러 〈해롤드와 모드(Harold and Maude)〉를

°   1930년대 불황기의 미국에서 일자리를 구하기 위해 이 도시 저 도시로 떠돌던 하층민 노동자들이 부르던 노래, 또는 그런 사람들을 묘사한 노래.

°°   Willie Nelson(1933~). 미국의 유명한 컨트리 음악 가수이자 배우, 사회운동가.

°°°   미국의 인력 공급 회사. 정식 명칭은 Russell Kelly Office Service and Kelly Girl Service, Inc.다.

빌렸다. 좀 더 호소력 있는 작품이 들어왔을지 몰라 늘 신작 코너 진열대를 확인했지만, 그런 작품은 하나도 없었다. 밤에 내가 보는 건 항상 〈해롤드와 모드〉였다.

나 자신을 포함한 모든 사람에게 학교로 돌아갈 거라고 말했다. 기분이 나아지는 대로 첫 학기 교수님들에게 제출하지 못한 보고서들을 완성하고 가을에 다시 시작할 생각이었다. 부모님은 말을 삼갔다. 밤늦은 시각 주방에 가기 위해 어두운 거실을 지나 걸어가던 아버지가 잠시 걸음을 멈추고 물었다. "뭘 보고 있니, 얘야?"

"〈해롤드와 모드〉요."

"아."

확실히 나는 어디로도 가고 있지 않았다. 그중에서도 필라델피아는 가장 아니었다.

남동생의 졸업 때문에 6월에 대학으로 돌아간 나는 대학원 추천서를 써 주신 교수님들, 나의 탈출을 돕게 되어 너무도 기뻐해 주셨던 분들을 피해 다녔다. 겨우 2년 전 절망에 빠져 몰래 배회하던 실습 현장들을 가로질러 걷던 나는 예전 라틴어 선생님에게 달려갔다. 2년 넘게 일주일에 5일씩이나, 다른 강의들이 시작하기 전 아침 7시에 강의비도 받지 않고 라틴어 강의를 해 주셨던 선생님 말이다—그 대학교는 겨우 학생 네 명을 위해 라틴 문학 과정을 개설하기를 꺼렸다. 나는 한 시간 동안 선생님 집의 포치에 앉아 내가 스스로를 이해하는 데 실패했음을, 비참한 운명으로 이끌린 것을 한탄했다.

"돌아가지 마." 선생님이 말했다. "그 대신 빌리와 함께 사우스캐롤라이나로 가거라. 거기서 빌리가 미술 석사 학위를 공부하는 동안 너는 글쓰기 석사 학위를 따도록 해. 레포트 대신 시를 쓰는 거야."

길 바로 건너편 들판에서 메뚜기가 윙윙거리고, 파랑새들이 메뚜기를 잡아채려고 울타리 말뚝을 위에서 덮치는 중이었다. 나는 여름 열기가 가득한 앨라배마의 그 현관 포치에 앉아, 선생님이 내 앞에 제시하는 또 다른 미래를 숙고했다. 시를 쓴다. 그것은 한 사람의 삶을 붙들어 줄 생명줄이었다.

드러내다

모두들 알다시피 안개는 소리 없이 낀다. 하지만 시(詩)에서 그러는 것을 제외하고는 조용히 내려앉지 않는다. 이 세상에서 안개는 분주하다. 그것은 귀찮게 쫓아다니는 고양이와 할퀴는 참새를 미찬가지로 감춰 준다. 그것은 날카로운 나뭇가지를 무디게 만들고, 구부러진 잔가지를 펴 주며, 섬세한 녹색 그늘 속에서 모든 나무를 더 부드러운 모양으로 만들어 준다. 숲 깊은 곳에서 안개는 어린 가지와 실처럼 가느다란 줄기를 따라 보석들을 하나하나 깔아 두면서 숨어 있던 거미줄을 꿈의 풍경 속으로 일깨운다. 하늘에서는 어쩔 수 없이 아침 해가 타오른다. 하지만 세상은 당분간 안개에 속해 있다. 안개는 감추고 보여 주고 하느라, 우리가 아는 것을 감추고 우리가 보지 못한 것을 우리 눈에 드러내느라 분주하다.

무화과

자연은 진공을 혐오한다

1985년, 컬럼비아

사우스캐롤라이나에서 나 자신으로 돌아가는 길을 발견했
다. 그것이 그 대가로 가져간 것은 반짝이는 철망 울타리에
들끓는 개미, 햇빛 속에서 은처럼 반짝이는 수천 개의 새로
운 날개였다. 동물원에서 탈출한 매가 주 의사당 계단에서
줄을 끌면서 비둘기들을 즐겁게 죽이고 있었다. 콩가리 늪
속 어느 나무 안에 똬리를 튼 갈색 물뱀의 모습은 가슴을 미
어지게 했다. 내 창문 밖 층층나무의 유황 냄새가 번개에 의
해 반으로 분열되었다. 어둠 속 가면올빼미의 울음소리. 신
선한 무화과의 맛.

둘씩

봄이면 박새들이 둥지 상자로 이끼 뭉치를 가져온다. 그리고 홍관조가 자기 암컷에게 씨앗을 하나씩 먹인다. 파랑새 암컷은 모든 둥지 자리를 주의 깊게 점검한다. 수컷 구혼자들이 누군가 암컷의 기준에 부응하기를 바라며 암컷을 호위한다. 붉은꼬리말똥가리가 같은 호(弧)의 반대쪽 하늘에서 원을 그리며 빙빙 돈다. 그리고 짝이 없는 수컷 흉내지빠귀가 밤새도록 노래를 부른다. 그 흉내지빠귀는 누군가 자기 노래를 받아 줄 때까지 계속 노래할 것이다.

키스

1986년, 컬럼비아

그 벤치는 딱딱하고, 여기저기가 굽어 있었고, 평평하지 말아야 할 부분들만 평평했다. 잔디는 눕기에는 너무 축축했고, 밤의 어둠 속에서 사우스캐롤라이나의 강 유역에서만 발견되는 모기 비슷한 벌레들—크고, 계속 출현하고, 바퀴벌레보다 수가 더 많은—이 무리를 지어 날아다녔다. 몇 시간 전 내가 디트(DEET)* 대신 뿌린 미끄러운 스킨소소프트(Skin So Soft)**가 끈적거렸다. 나름대로 최대한 친환경적인 방식을 사용해 본 거였는데, 모기를 격퇴하는 데에는 아무런 도움도 되지 않았다. 내가 학생들을 가르칠 때 즐겨 입는 치마가 엉망이 되고 있었다—속절없이 주름이 생기고, 벗겨진 녹색 페인트로 점점이 얼룩지고, 새똥으로 더러워진 채. 나는 이것들 중 그 무엇도 뚜렷이 기억하지 못했다.

하지만 그것들은 어떻게든 틀림없이 기억되었을 것이다. 어떤 면에서 나는 수십 년이 흐른 뒤에도 그것들을 모조리 완벽하게 떠올릴 것이다—다발로 묶인 긴 면 치마의 천에서 느껴지던 감촉, 손바닥으로 찰싹 때려잡은 모기에서

---

* 방충제 다이에틸톨루아마이드(diethyltoluamide)의 속칭이자 상표명.
** 미국 에이번(Avon)사에서 판매하는 목욕용 오일의 상표명.

191

나온 사람 피와 섞인 스킨소프트의 짭짤하면서도 들쩍지근한 냄새, 우리의 발목을 핥고 발치에 고이던 축축한 풀의 느낌, 벤치 좌석이 너무 깊어서 무릎 부분의 혈액 순환을 차단하던 일. 나는 오래된 코미디 프로그램 〈래프인〉 속의 에디트 앤:* 같았다. 너무 짧아서 지면에 닿지 않는 내 다리가 앞으로 쭉 뻗어 있었다. 나는 전혀 아이 같지 않았다.

내가 남동생과 함께 살던 다락방 아파트와 학부생들에게 글쓰기를 가르치던 강의실 사이 어딘가에 위치한, 가운데에 녹슨 그네 세트가 있고 조명이 비치지 않는 빈터 같은 소공원 안쪽엔 우리뿐이었다. 나와 같은 대학원 과정에서 공부하던 한 남자—처음 의문이 생겨났을 때 그런 것에 관해 일찍부터 분명하게 말할 수 있는 사람이 누가 있으랴만은, 친구 이상의 관계가 되기 직전의 이성 친구였달까?—가 걸어서 집으로 바래다주겠다고 제안했을 때는 벌써 날이 어두워지고 있었다.

전에 우리는 멀리 걸어 본 적이 없었고, 둘 중 아무도 서둘러 내 집에 도착하려 하지 않았다. 우리가 인도에서 벤치로 얼마나 걸어갔는지, 그 벤치가 그곳 어둠 속에 있다는 걸 우리가 어떻게 알았는지, 점점 길어지던 4월의 햇살이 비추는 동안 여기저기를 돌아다니다가 그 빛이 저물 때부터 그곳

:* 미국의 배우 릴리 톰린(Lily Tomlin, 1939~)이 로완 & 마틴의 텔레비전 시리즈 〈래프인(Laugh-In)〉(1967~1973)을 위해 창조한 캐릭터. 인생에 관한 다양한 성찰을 제시하는 다섯 살 반의 소녀로, 성인인 톰린이 방송용으로 만든 거대한 의자에 앉아 이 역할을 연기했다.

에 계속 머물렀는지, 그런 것들은 기억나지 않는다. 강의실로 한참 동안 걸어갈 때 학년별로 분류하지 않은 보고서들을 죄다 넣어 다닐 수 있도록 어머니가 만들어 주신 태피스트리 가방을 내가 어디에 놓아두었는지도 기억나지 않는다. 내가 신발을 벗었던 일이나 스커트를 휙 끌어 올렸던 일도 기억나지 않는다. 내가 서둘렀는지, 혹은 우리가 어떻게 키스를 시작했는지도. 내가 기억하는 건 어둠 속에서 몇 시간 동안 계속된 키스, 바깥의 어둠이 검은색에서 거의 회색으로 변하고 새벽빛을 향해 물러간 뒤에야 끝난 키스뿐이다.

난 선택하지 않았지

1992년, 내슈빌

남편과 함께 첫 아기를 병원에서 집으로 데려온 날 밤, 내 부모님이 기념 식사를 준비해 주었다. 나는 집에 돌아와 행복한 기분으로 축하 식탁을 둘러보았다. 내가 다정한 남자와 결혼했다는 사실, 애정 넘치는 부모님이 나를 키워 주셨다는 사실, 이 모든 사랑 한가운데에 작은 사람 하나가 새로 태어났다는 사실이 감사했다.

불현듯 뜨거운 눈물이 차올라 눈앞이 뿌예졌다. 눈물 한 방울이 내 접시에 떨어졌고, 촛불이 떨렸다. 설명할 수 없는 것. 슬픔의 미니어처 속에 자리잡은 반구형 지붕.

남편이 제일 먼저 알아차리고 물었다. "여보! 무슨 일이야?"

"모르겠어." 눈물이 줄줄 흘러내렸다.

처음엔 호르몬 변화 때문이었을 것이다. 하지만 몇 주가 지나서도 나는 여전히 눈물을 흘렸다. 아이에게 젖 먹일 때 아파서 눈물을 흘렸다. 유아어에 대한 재능이 없고 그걸 시도하는 것이 바보처럼 느껴져서 눈물을 흘렸다. 나 자신을 잃어버려서 눈물을 흘렸다. 거울 속에 비친 내 부은 얼굴을 들여다보았다. *대관절 나에게 무슨 일이 일어난 거지?*

나에게 일어난 일은 우울증, 유선염—감염이 자꾸만 재

발했다—, 외로움이었다. 아기는 하루 종일 안아 줘야 했다. 나는 아기가 추워할 거라는 생각을 하지 못했다. 그러나 때는 1월이었고, 세상은 미생물로 가득했다. 소아과 의사는 면역 체계가 더 튼튼해질 때까지 아기를 밖에 데리고 나가지 말라고 했다. 그래서 나는 집 안에서 아기를 먹이고 안아 주었다. 다른 모든 일은 제쳐 두었다. 매일 아기를 안고 침대에서 소파로 움직이고 다시 그 반대 방향으로 움직였다. 쉰 우유와 토사물 냄새가 났다. 너무 피곤한 나머지 손을 들어 머리칼을 귀 뒤로 넘길 힘조차 없어서 머리카락이 눈까지 늘어졌다.

생후 8주 건강검진 때, 소아과 의사가 차트를 들여다보더니 이렇게 물었다. "계속 모유 수유를 하시나요?"

목구멍이 꽉 막혀 왔다. 잠시 후 의사가 나를 바라보았을 때는 내 눈물이 아기의 머리 위로 떨어지고 있었다. 커다란 눈물방울이 차례로 떨어졌다. 의사가 차트를 내려놓고 말했다. "자세히 이야기해 보세요."

나는 한밤중에 응급실에 갔던 일에 관해 의사에게 말했다. 젖가슴이 불타듯 아팠고, 열이 심하게 나서 치아가 딱딱 맞부딪쳤었다. 아기가 항상, 늘 배고파한다고 말했다. 그래서 하루 종일 아기를 먹이는 일 말고는 아무것도 하지 못한다고. 나는 울음을 터뜨리지 않기 위해 손수건을 깨물어야 했다.

의사가 몸을 앞으로 기울이고 내 팔에 손을 얹었다. "가장 좋은 엄마는 행복한 엄마예요." 의사가 말했다. "젖병으로 분유를 먹이세요."

하룻밤 사이에 아기는 배고팠던 삶에서 처음으로 배가 불러 울음을 그쳤다. 그러다 잠이 들었다. 몸 전체가 편안해 보였고, 팔다리가 봉제 인형의 팔다리처럼 이완되었다. 아기는 자고 또 잤다. 날이 따뜻해지고 길어졌다. 나는 아기를 유모차에 태워 공원으로 밀고 가 아이들이 노는 모습을 바라보았다. 아기는 너무도 황홀한 사랑의 표정으로 온종일 나를 향해 미소 지었고, 그때마다 내겐 그런 미소를 받을 만한 자격이 없다는 기분이 들었다. 그토록 순수하게 나를 사랑한 사람은 아무도 없었다. 나는 딸로서 이 세상 어떤 아이도 부럽지 않을 정도로 큰 사랑을 받았지만, 이 아기가 그보다 훨씬 더 나를 사랑한다는 기분이 들었다. 그리고 아기가 나에게 느끼는 사랑은 아기에 대한 나의 사랑에 비하면 아무것도 아니었다.

그렇긴 했지만 학생들을 가르치는 일이 그리웠다. 이야기할 사람이 그리웠다. 내 언어로 만들어진 위대한 문학 작품에 관해 숙고하며 시간을 보내던 날들이 그리웠다. 아기는 자고 또 잤으며, 나는 제대로 쉬지 못했다. 결국 나는 아기를 카시트에 버클로 채우고 기어를 터무니없이 바짝 올려 버밍햄 고향집으로 운전해 갔다.

"엄마는 일도 사랑했죠." 내가 어머니에게 말했다. 한때 어머니는 카운티 확장 부서와 함께 일하는 가정 시연 에이전트(home-demonstration agent)였다. 내가 태어나기 전 어머니는 패턴 책들을 자동차 트렁크에 싣고 로워 앨라배마의 시골길을 여행하면서 커뮤니티 하우스와 교회에 들러 시골

여성들에게 최근의 유행이 어떤지 보여 주고 최신 바느질 기술을 가르쳐 주었다. 나중에 어머니는 집에서 어린 자식들과 함께 지내는 단조로운 생활을 너무도 짜증스러워해서 아이였던 나조차 어머니의 좌절감을 뚜렷하게 느꼈다. "그일에 대해 엄마가 자주 이야기했던 게 기억나요. 그런데 왜 집에 있기로 결심한 거예요?"

"결심하지 않았어." 즉시 어머니가 전에는 한 번도 들어 본 적 없는 씁쓸한 어조로 대꾸했다. "난 선택하지 않았지." 어머니는 내가 뱃속에 생긴 것을 알게 되자마자 하는 수 없이 사임했다. 법에 의하면 취학 연령 이하의 아이를 가진 여성은 앨라배마주를 위해 일할 수 없었다.

그때, 어머니가 타이핑도 구술도 할 줄 모르면서 아버지의 사무실로 일하러 갔던 일이 떠올랐다―그리고 갑자기 이해가 되었다. 어머니는 일을 선택했다. 심지어 자식들과 집에서 지내면서 자기 적성이 아닌 일까지 했다. 끝이 없는 것처럼 느껴지던 출산 휴가 동안 내 기분이 얼마나 절박했는지 떠올려 보았다. 끝나는 시점이 보이고 내가 몸담은 세상의 지원을 받는 나도 집에 있는 것이 그토록 힘들다면, 1961년에 어머니는 얼마나 더 힘이 들었겠는가?

내 어머니는 창의력이 넘치는 분이고, 다른 시대나 다른 곳에서 태어났다면 매우 다른 국면을 맞이했을지도 모른다. 어머니는 옷을 디자인하고 직접 만들어 입는 여자였

•   1930년대 후반부터 미국에서 유행한 사교춤

다. 지터버그* 추는 것도 좋아했다. 어머니의 웃음은 무척이나 전염성이 강해서, 낯선 사람들까지도 돌아보며 어머니가 무엇 때문에 웃는지 궁금해했다. 희열 넘치는 파티에 던져졌다면 어머니는 미술 학교에 진학했을지도 모른다. 당신은 매일 오후 열기를 막기 위해 커튼을 친 어두운 방으로 피신하는 대신 작은 마을에서 생활하는 쪽을 더 행복해했을 것이다. 그랬다면 아마도 어머니는 어린 딸아이 때문에 우울한 기분으로 파란 알약과 물 한 잔을 들고 발끝으로 살금살금 걸이 방으로 들어갈 필요가 없었을 것이다.

이를테면 브뤼헐의
〈추락하는 이카로스가 있는 풍경〉에서처럼

1993년, 걸프쇼어스

우리 아들이 처음으로 해변에 간 여행이었다. 나는 수영할 줄 모르는 아들에게 어린이 수영복을 입혔다. 수영복이 아이를 목에서 무릎까지 덮었다. 그것은 가슴과 배를 감싸는 주머니들이 달린, 부력이 있는 발포고무 덩어리였다. 숨을 쉴 때마다 아기의 부드러운 배가 부풀어 올랐다. "아기가 꼭 자살폭탄 테러범처럼 보여." 남편이 말했다. 그즈음 우리는 여전히 자살폭탄에 대한 농담을 했다. 그때 그곳에서 우리 아들은 거의 지구 반대편에 사는 상상 속 생물처럼 보였다.

"난 얘가 바다를 무서워하지 않으면 좋겠어." 내가 말했다.

"무서워하지 않아." 남편이 대꾸했다. "당신이 무서워하지."

그래서 나는 아들을 내 엉덩이에 고정하고 곧장 물속으로 들어갔다—발목 깊이, 무릎 깊이, 엉덩이 깊이, 허리 깊이로. 아기가 통통한 발과 땅딸막한 발톱으로 물을 마구 찼다. 나는 뒤로 돌아 의기양양한 표정으로 남편을 바라보았다. 남편은 벌써 해변에서 우리를 향해 긴 다리로 파도를 헤치며 성큼성큼 걸어오고 있었다.

바로 그때 뒤에서 그때껏 한 번도 본 적 없는 높은 파도가 솟아올라 내 머리를 덮치고 나를 때려눕혔다. 그리고 아이를 내 팔에서 와락 빼앗아 갔다. 바닷물이 마구 휘돌았으니 조용할 수가 없었을 텐데도, 나는 갈색 물 아래의 갑작스러웠던 침묵을 또렷이 기억한다. 내 머리카락이 어두컴컴한 물속에서 모래를 쓸고 가던 것이 기억난다―그때로부터 수십 년이 흘렀지만, 내 머리카락이 바다 밑바닥에 닿아 휘날리던 모습이 지금도 눈앞에 보이는 듯하다.

마침내 바닥에 발을 디디고 보니, 물이 줄줄 흐르는 머리카락을 얼굴에서 걷어 내고 얼얼한 눈에서 바닷물을 닦아 내고 보니, 우스꽝스러운 어린이 수영복이 서투르게나마 자기 역할을 해낸 걸 알 수 있었다. 몇 미터 떨어진 곳에서 우리 아들도 물 위로 올라왔던 것이다. 아이는 해변에서 꽤 떨어진, 이제는 파도의 기세가 한결 누그러진 수면에서 몸이 거꾸로 뒤집힌 채 하얀 두 다리가 허공에 뚜렷이 드러난 모습으로 까닥거리고 있었다.

남편이 먼저 아이에게 손을 뻗었다. 남편은 오래전 수영팀에서 활동하던 시절의 수영 솜씨를 단번에 따라잡으며 아이를 건져 올려 해변으로 데려갔다. 아이가 작은 폐로 기침을 해 세상의 모든 물을 뱉어 냈다.

내가 모래사장의 그들에게 다가갔을 때, 그들은 미소를 짓고 있었다. 내가 여전히 짊어지고 있는 얼마 전의 상실―심지어 지금도 내려놓지 못하는 그늘―말고는 그 어떤 비극도, 그 어떤 재앙도 우리에게 타격을 주지 않았다.

새들은 모두?

도로에 짓뭉개진 개똥지빠귀는 펼쳐진 날개 깃털 말고는 형체를 알아볼 수가 없었다. "이거 뭐야?" 세 살배기 내 아이가 쪼그려 앉아 그 새를 응시하며 물었다.

"새란다." 내가 대답했다.

유아들은 세상 일에 엄격한 기준을 적용하려 한다. 내 둘째 아이도 거기서 예외가 아니었다. "저거 새 아니야." 아이가 말했다. "날지 않아."

"죽은 새란다." 내가 말했다. "차에 치여서 더 이상 날 수가 없어."

"죽은 새." 아이가 내 말을 되풀이했다. "날 수가 없어."

일주일 가까운 시간 동안, 나는 넝마가 된 그 불쌍한 개똥지빠귀를 보기 위해 매일 아이와 함께 길을 걸어 내려가야 했다. 내 아들은 뭔가를 알아내려 하고 있었다. 하지만 더 이상 질문을 하지는 않았다. 그냥 잠시 새를 바라보다가 계속 걸어갈 뿐이었다. "너 죽었구나." 아이가 새 앞에 쪼그려 앉아 중얼거렸다. "너는 죽었어. 넌 새가 아니야."

그러던 어느 날 아이가 나를 바라보았다. 뭔가 새로운 생각이 떠오른 듯했다. 아이가 물었다. "새들은 모두 죽어요?"

나는 아름다운 이 세상에 관한 힘겨운 진실 앞에 가능

201

한 한 가장 좋은 표정을 지으려고 애썼다. "새들은 모두 죽지. 하지만 그전에 새들은 둥지를 짓고 알을 낳고 새끼에게 벌레를 먹인단다. 그런 다음 날고 날고 또 날지."

"새들은 죽어." 아이가 되뇌었다. 아이의 눈에 눈물이 가득 찼다.

며칠 뒤, 아이는 우리가 키우는 개 스카우트 옆 마룻바닥에 누워 있었다. "스카우트가 죽을까요?" 아이가 거의 멍한 표정으로 물었다. 나는 아이에게 언젠가 스카우트도 죽을 거라고 대답했다. 곧장 다음 질문이 나왔다. "개들은 모두 죽어요?" 그런 다음 아이는 가 버렸다. 이후 아이에게는 하루하루가 죽음이 미치는 범위에 대한 집중 수업이 되었다.

"물고기들은 모두 죽어요?"

"청설모들은 모두 죽어요?"

"선생님들은 모두 죽어요?"

"식료품점에 있는 이 사람들은 모두 죽어요?"

"엄마들은 모두 죽어요?"

나는 얼버무리지 않고 아이의 질문에 대답해 주었다. 겨우 세 살 난 내 아이가 심연을 들여다보는 걸 원치 않았지만, 아이에게 거짓말을 하기도 싫었다. 하지만 아이는 자꾸 거짓말을 하고 싶게 만드는, 영원히 거짓말을 하고 싶게 만드는 질문을 했다. "내가 죽을까요?" 아이가 떨리는 목소리로 말했다. "내가 죽게 될까요?"

인동

204

전이

2000년, 버밍햄

찌르레기 한 마리가 전깃줄에서 날아오르고, 수많은 다른 찌르레기들이 하늘을 향해 나선형을 그리며 따라간다. 찌르레기들은 나무 꼭대기에서, 지붕에서 연달아 날아오르고 있다—하늘이 선회하는 새들로 요동친다. 그 새들 한 마리 한 마리가 살아 있는 세포다.

봄이면 인동덩굴이 어린 파랑새와 갈색 굴뚝새에게 쉴 곳을 제공한다. 여름에는 인동꽃이 피어 부지런한 꿀벌을 불러들인다. 가을에는 인동덩굴이 애기여새에게 먹이를 제공한다. 그 새들은 구부러진 인동 줄기에 매달리고 거기에 접근하지 못하는 친구 무리에게 열매를 전달한다. 겨울이 되면 인동은 마음을 다잡고 다시 피어나기를 기다린다. 자신이 마땅히 속하는 것 주위에서 그 뿌리를 감싸기를 기다린다. 그것을 질식시키기를 기다린다.

무시무시한 쏠배감펭을 보라. 그 척추가 갈기처럼 펼쳐지고, 그 줄무늬가 물속에서 서커스 공연을 한다. 그 반투명한 지느러미는 흡사 이국적인 베일 같다. 방해 없이 외국 영해에 둥둥 뜬 채 그곳에서 편안히 헤엄치는 작은 생물들 가까이로 지나가다 그들을 통째로 꿀꺽 삼키는, 저 멋진 쏠배감펭을 보라.

림프절은 마치 잘 익은 포도송이 같다. 그것으로 와인을 담글 수는 없을 테지만 말이다. 그것은 암으로 부풀고 또 부푼다. 악성 세포가 들러붙어 자라나고 넘쳐 나며 퍼져 간다. 넘쳐 나고 퍼지고 들러붙고 자라난다. 넘쳐 나고 퍼지고 퍼지고 퍼진다.

죽음을 거스르는 행동

불치병이 콘도르처럼 집 안에 자리 잡았다. 우리는 마치 그 존재가 거기에 없는 것처럼, 몸을 둥글게 구부린 그 존재 아래를 걸어 다녔다. 드러내 놓고 응시하는 그 낯선 존재와 눈이 마주치지 않는 방법이었다.

우리의 일상을 통제할 필요가 있었다. 아버지는 도움을 필요로 했고, 어머니는 도움을 더한 도움을 필요로 했다. 나는 내 일을 하면서 가족도 돌볼 수 있는 방식을 찾아 내 그들에게 도움을 주어야 했다. 아버지는 한 주 걸러 한 번씩 수요일에 화학요법을 받았다. 목요일에는 어머니가 차를 운전해 300킬로미터 떨어진 우리 집으로 왔다. 맏아들은 내 사무실의 방석 겸 매트리스 위에서 잘 것이고, 나와 남편은 아들의 더블 침대에서 잘 예정이며, 부모님은 우리 집에서 욕실이 딸린 유일한 방인 우리 침실에서 주무실 것이다. 그리고 12일 뒤 어머니가 운전을 해 집으로 돌아가실 것이다. 부모님은 자신들의 침대에서 주무실 것이고, 화학요법 치료를 위해 병원 갈 시간에 맞춰 일어나실 것이다. 그리고 다음 날 다시 우리 집으로 오실 것이다.

그렇게 우리 집에 오셨을 때, 한번은 아버지가 갑자기 마을에 서커스단이 온다는 사실을 기억해 냈다. 내슈빌이 아니라, 내가 사는 곳이 아니라, 버밍햄, 아버지가 사시는 곳 말이다.

"너도 알겠지만, 난 항상 서커스를 보러 가고 싶었단다." 어느 날 아버지가 느닷없이 나에게 말했다.

"그럼 가셔야죠, 아빠." 내가 대꾸했다. "당연히."

아버지가 말했다. "남자들은 서커스를 좋아하거든. 그들이 서커스를 얼마나 좋아하는지 너도 알 거야."

오.

그건 삶의 끝을 앞둔 사람의 버킷 리스트 중 하나는 아니었다. 그건 하나의 비유, 후한 할아버지로서 잊히지 않고 기억되고 싶은 마음을 반영한 비유였다. 후손에게 기억되려는 하나의 방식, 망각에 대한 대비책이었다.

아버지의 병환 말기에 나는 많은 시간을 기진맥진한 체념 상태로 보냈다. 체념의 이면은 분노였고, 분노는 때때로 내 분열된 삶의 균열들 속에서 자기가 갈 길을 발견했다. 남편, 아이들, 부모님, 형제는 나에게 울타리가 쳐진 우주 전체인데, 그들 중 한 명이 영영 사라지려 하고 있었다. 이불을 덮고 침대에 누웠지만 나는 거의 잠을 이루지 못했다. 나의 사랑하는 아버지가 따로 소가족이 있는 나에게 한 달의 휴일 나흘 중 이틀을 양보해 달라고 요청하고 있었다. 그는 내게 아버지의 암투병 뒤치다꺼리에서 벗어나 유일하게 한숨 돌리는 시간을 포기하라고 부탁하고 있었다.

"안 돼요." 내가 딱 잘라 말했다. 유아기 혹은 열세 살 때처럼 공격적인 말투로. "미안해요, 아빠. 우린 이틀 뒤에

208

서커스를 보러 버밍햄에 갈 수 없어요. 여기서 해야 할 일이 있잖아요. 우리에겐 계획이 있어요."

"오." 아버지가 약간 놀란 듯한 어조로 말했다. 그러고 나서 다시 힘을 내 그다지 애원하는 목소리는 아니었지만 한 번 더 시도했다. "너도 알겠지만 너희 아이들도 서커스를 좋아할 거야."

"아이들이 좋아할 거라는 건 알아요, 아빠. 하지만 난 안 갈 거예요." 내가 말했다.

나는 마흔 살이었다—작가이고, 아내이고, 엄마였다. 하지만 나는 여전히 아버지의 사랑을, 아버지의 믿음을 생각했다. 나라는 이 모순적인 존재에 대항하는 그 믿음. "넌 언제든 집에 올 수 있어." 아버지는 말했었다. "설령 네가 개자식과 결혼한다 해도, 넌 언제든 그 녀석을 떠나 집으로 올 수 있어." 하지만 그 집은 존재하지 않게 된 지 오래였다. 그 집은 아버지가 기침을 해 목구멍 안에 생긴 가래를 뱉어 내기 위한 쓰레기통과 약 선반이 있는 시큼한 냄새가 나는 껍데기가 되어 버렸다. 아버지를 돌보고 어머니가 마음의 평정을 유지하도록 보살핀다는 건, 비록 내가 성인답게 행동하고 있지는 않을지라도, 미처 알아차리지 못한 새로운 종류의 성인 상태로 이끌려 왔음을 의미했다. 내가 말했다. "아뇨. 난 서커스에 가고 싶지 않아요."

당시에 나는 아버지가 계시지 않는 세상에 대한 생각을 견뎌 낼 방법을 찾을 수 있다고 생각했다. 이제 내가 견디지 못하는 건 고통이 아니었다. 나는 아버지가 내 아버지처럼 행동하길 원했다. 제기랄, 심지어 마지막 순간까지. 그래서 나는 아버지가 내 아이들을 서커스에 데려가는 걸 거절한 걸까? 나 자신이 아이처럼 행동함으로써, 손자들에게 영웅으로 기억되고 싶어 하는 겁먹은 노인이 아닌, 내 활기찬 아버지가 되라고 강요한 걸까?

"글쎄다, 그럼 다음 번을 위해 달력에 표시해 두렴." 아버지가 한발 물러서며 말했다. "서커스는 2년 뒤에 다시 올 거야. 그때 난 아이들을 데리고 거기에 갈 거다."

다음 번.

말기 암 환자인 아버지에게 다음 번은 없었다. 나는 그걸 알고 있었고, 내가 그걸 안다는 걸 아버지도 알고 있었다. 그래도 우리는 서커스에 가기로 했다.

뭣같은 세상을 찬양하며

이 행성을 위협하는 위험들에 놀라, 도움이 되는 현실적 해결책을 생각해 내는 데 실패해 절망과 두려움 사이를 불안하게 오가면서, 나는 이 끝장난 세상에서 위험을 외면하고 예쁜 것에 집중하고 싶은 유혹을 느꼈다. 고요한 물 위에 비치는 달빛, 아스클레피아스 꽃 속 호박벌의 온몸을 바친 포옹, 반짝이는 플로어에서 몸을 돌리면서도 서로에게서 결코 눈을 떼지 않는 신혼부부의 첫 번째 춤.

그러나 심지어 파괴조차도 세상이 발견한 일 잘 풀리는 모든 방법을 우리에게 상기시킨다. 누군가는 어두운 인도 위의 바퀴벌레를 밟는다. 그리고 아침이 되면 개미들이 와서 바퀴벌레를 옮겨 가 조금씩 야금야금 먹는다. 시골길에서 암사슴이 자동차에 치인다. 그리고 파리들이 화려한 콘도르들과 함께 그것을 나눠 먹는다. 자동차 창문에서 부주의하게 던져진 맥주캔이 햇살을 받아 보물처럼 반짝인다. 심지어 그 반짝임 속에서 맥주캔은 이미 그것을 비옥한 토양으로 옮겨 갈 긴 부식의 과정—80년, 100년—에 있다.

초크체리

내가 처음으로 가슴 찢어지는 아픔을 느낀 건 열네 살 때 여름이었다. 내 가슴을 아프게 한 남자아이 생각은 전혀 나지 않는다. 생각나는 건 마치 나 혼자서 그 가슴 아픈 일을 만들어 내기라도 한 것처럼, 흔하게 널린 층층나무들 사이에서 몹시도 외로워하며, 흐느껴 울며 우리가 살던 구역 주위를 몇 번이고 헤매 다니던 일이다. 초크체리 뿌리가 콘크리트를 밀어 올려 단층선처럼 찌그러지고 금이 간 진입로 끝에 서서 내가 집으로 오기를 기다리던 아버지도 생각난다. 내가 울면서 지나갈 때마다 아버지는 그 이별이 못마땅해 발을 차면서도 자신이 그 진입로의 유지 관리 문제에 골몰하는 것처럼 보이려고 했다. 아버지는 나에게 미소를 보냈다. 그리고 비록 그때는 내가 알지 못했지만, 그건 자신의 가슴도 찢어지는 걸 느끼는 사람의 미소였다.

돌아가시던 날 밤, 아버지는 30년 동안 잠을 자던 침실 한구석의 커다란 침대에 누워 계셨다. 아버지 옆에는 아버지가 직접 만든 책꽂이가 비스듬히 기울어져 있었고, 책꽂이 선반 중 하나에는—바로 눈높이에—두 분의 결혼식 날 찍은 어머니의 사진과 첫 영성체 가운을 입은 내 사진 그리고 남동생과 여동생의 사진이 놓여 있었다. 우리 가족의 평범한 삶의 모습이 담긴 사진들이었다. 길었던 그날 밤 내내 아버지는 죽어 갔고, 나는 아버지 옆에 누워 아버지의 손을 잡은 채 그 사진들을 쳐다보고 있었다.

　그때 아버지는 시력을 잃은 지 오래였고, 호흡할 때마다 헉 하고 숨이 막혀 몸 전체가 흔들렸다. 하지만 호흡은 여전히 계속되고 있었다. *그만 가세요*, 나는 생각했다. 떨리는 날숨과 절박하고 탐욕스러운 다음의 들숨 사이에 매번 공백이 있었다. *그만 가세요. 이번이 마지막 호흡이 되게 하세요. 그만 가세요.*

　마침내 마지막 호흡이 찾아온 순간, 나를 보호해 주던 힘센 아버지가 나의 운 좋은 삶에서 내 아버지이기를 처음으로 멈춘 순간을, 나는 목격하지 못했다. 언제 불이 들어올지 궁금해하며 아버지의 얼굴에서 딱 한 번 눈길을 돌려 잠시 건너편의 창문을 바라보았기 때문이다.

토끼

그는 여기에 없다

어느 해 이른 봄에 둘째 아들이 정원에서 나를 도와주다가 부주의로 로즈마리 아래 숨겨져 있던 솜꼬리토끼 굴의 덮개를 열었다. 굴 안의 새끼 토끼들은 가없이 연약해 보였다. 엄지손가락 크기의 그 생물들은 눈을 꼭 감은 채 추운 3월의 빗줄기에 그대로 노출되었다.

그래도 로즈마리 아래에 있는 그들의 굴은 아늑한 탁아소였다. 엄마 토끼가 흙 속에 얕은 구멍을 파고 자기 털을 두껍게 깔아 놓았고, 더 많은 털로 새끼들을 덮어 두었다. 그 위에는 나뭇잎과 솔잎, 마른 로즈마리 잎이 마지막 층을 이루고 있었다. 가을과 겨울 동안 죽은 식물들이 쌓여 뒤죽박죽 섞여 있는 곳에서 토끼굴을 구별하기란 불가능했다. 아이가 가리켜 보인 굴의 위치는 이상적이었다. 그 굴은 포식자들에게 로즈마리와 같은 냄새를 풍겼다. 토끼 냄새는 전혀 풍기지 않았다. 우리는 새끼 토끼들을 다시 굴 안에 넣고 그들이 스스로 굴에서 안전하게 나올 때까지 그곳의 잡초를 뽑지 않은 채로 놓아두었다.

그 후로 나는 봄에 잡초 뽑는 일을 두서없이 했다. 봄은 제라드 맨리 홉킨스가 언급했듯이 "잡초들이 얽히고설켜 길고 멋지고 무성하게 자라나는 시기"이고, 나에겐 화단 청소를 미룰 다른 이유도 있었다. 다년생 식물이 개화하기 훨씬 전부터 꿀벌이 잡초 속에서 바쁘게 일했기 때문이다. 누가 들꽃들의 이름—개망초와 광대나물과 자주색 광대수염과 병꽃풀—에 저항할 수 있겠는가?

그래도 더 이상 미룰 수 없는 날이, 잡초들이 내가 의도적으로 심은 모든 꽃을 마르게 하는 날이 온다. 그날은 길었던 어느 부활 주일에 왔다. 내가 신임하는 정원 도우미는 멀리 대학에 있었고, 나는 토끼굴의 상황을 주의 깊게 지켜보며 혼자 조심조심 일했다. 로즈마리 밑에는 아무것도 없었다. 가짜 딸기 덩굴이 있었을 뿐이다. 나는 화단 여기저기로 움직이며 손수레로 잡초를 날랐다.

그런 다음 끝에서 둘째 화단에서 작년의 향기로운 오레가노 줄기 주위에 자라고 있는 자주색 광대수염을 당겨 올렸다. 다음 순간 내 손에 딸려 올라온 것은 토끼털 한 다발이었다. 토끼굴은 비어 있었다. 전체적으로 온전한 모습인 걸 보니 꽤 최근에 빈 것 같았다. 형언할 수 없는 한 존재를 보여 주기에 마침맞게 형성된 부재였다.

건강염려증

다른 날이었다면 그 덩어리가 있는 걸 알아차리지 못했을 것이다. 내 가슴은 언제나 울퉁불퉁했지만, 의사는 전혀 염려하지 않는 것 같았다—"치밀유방이라서 그래요." 의사는 이렇게 설명했다. 심지어 나는 샤워할 때 가슴을 주의 깊게 살펴보지도 않았다. 온 가슴이 멍울투성이라면 관찰이 무슨 의미가 있겠는가?

그날 나는 불안했지만 지루하기도 했다. 우리는 몹시 기분 나쁜 한바탕의 방사선 치료와 화학요법이 아버지의 식도에 자라고 있는 암 덩어리를 죽였는지 알려 줄 검사 결과를 기다리고 있었다. 나는 종양학과 진료실 앞 복도를 서성거리다가 유방 자가 검사법이 설명되어 있는 플라스틱 카드를 발견했고, 의사가 진료실에 들어와 전광판에 필름 몇 장을 끼울 때까지 그 카드를 계속 손에 쥐고 있었다. 의사가 림프절이 부어오른 모습인 흐릿한 구체(球體) 송이를 가리키고 간에 있는 어두운 색의 반점도 가리켰다. 암 덩어리는 사라지지 않았다. 오히려 퍼지고 있었다.

죽음이 가까이 다가온 걸 깨달으면 평소에 이성적인 사람조차 우주와 흥정을 벌이는 점쟁이가 된다. "내가 건강에 대해 심드렁해하는 태도를 바꾸면 날 죽이지 않을 건가요?" 나는 그 카드를 손에 쥔 채, 집에 돌아가 전화로 유방외과 진료 예약을 잡겠다고 맹세했다. 내 아이들이 너무 일찍 부모를 여의는 극도의 고통을 겪는 걸 원치 않는다면, 내 가슴에 있는 무수한 덩어리들이 정상적인 것인지 아닌지 전문 의료진의 진단을 받아야 할 때였다.

임상 간호사는 친절했다. 그녀가 내 가슴을 부드럽게 문지르고 쿡쿡 찌르고 주무르는 동안, 나는 그녀에게 아버지의 병에 대해 이야기했다. 아버지는 늘 나로 하여금 온전히 보호받는 기분을 느끼게 하는 동시에 나 자신의 힘에 대한 확신도 느끼게 해 준 분이었다. 아버지에게 일어난 일을 나에게 일어난 일과 분리해서 생각하기는 힘들었다. 내가 이 간호사의 시간을 빼앗고 있어, 나는 속으로 생각했다. 하지만 안전감을 느끼고 싶었다.

간호사가 고개를 끄덕이더니 말했다. "어머, 여기 덩어리가 하나 있네요."

'덩어리' 같은 단어는—내 마음속 무서운 방들을 차지하고 있는 죽어 가는 아버지를 굳이 언급하지 않아도 그냥 그 자체로서—흔히 대화에서 모든 논리를 박탈한다. 간호사가 자기 느낌에 이 덩어리가 암 덩어리 같지는 않다고, 가슴에 있는 덩어리의 80퍼센트는 수상쩍게 보이는 것조차 결국엔 아무것도 아닌 것으로 판명된다고, 그러니 내 장례식 계획을 세울 필요는 없을 것 같다고 반복해서 말했다.

가슴에 덩어리가 있는 사람에게 '장례식' 같은 단어는 파편들로 조각조각 폭발해 뇌간 깊은 곳에 가 박히는 방사

능 폭탄과 같다. 유방조영술과 초음파 검사와 생체 검사를 받을 때까지, 쾌활한 외과 의사를 만나 '걱정되진 않지만 3개월 뒤에 다시 찾아오라'는 말을 들을 때까지 나는 거의 죽어 가다시피 했다.

아버지의 투병 기간부터 그가 세상을 떠난 지 1년이 넘을 때까지, 나를 둘러싼 패턴은 원시적이면서도 현대적이었다. 덩어리, 결론이 나오지 않는 검사, 더 많은 의사, 더 많은 검사. 유방조영술 사진은 매번 안정적이었고, 초음파 검사 결과도 좋았고, 생체 검사도 정상이었다. 하지만 안심이 되지 않았다. 나는 의료진이 포착하지 못한 암 덩어리가 있는 건 아닐까 하는 생각을 곱씹었다. 아버지가 죽어 가고 계셨고, 나도 분명 죽어 가고 있었다.

연말 휴가가 끝나고 크리스마스 장식품을 할인 판매할 때 나는 생각했다. *난 살아서 다음 크리스마스를 맞이하지 못할지도 몰라.* 그러고는 아무것도 구입하지 않았다. 모든 두통이 뇌종양이었고, 모든 소화불량은 위암이었다. 스트레스와 비통함이 담합해 더 많은 증상을 만들어 냈고, 새로운 증상은 검사를 필요로 했다. 초음파 검사, 결장경 검사, 내시경 검사, 질경 검사, 심전도 검사, 혈액 검사, 혈액 검사, 혈액 검사. 검사 결과는 모두 양호했다. 하지만 나는 괜찮지 않다는 걸 알고 있었다. 나는 죽어 가고 있었다.

나는 죽지 않았다. 어떤 식으로도 더 죽지 않았다. 그리고 어느 날 깨달았다. 나는 죽어 가고 있지 않아. 나는 비통해하고 있어. 나는 죽어 가고 있지 않아. 아직은 아니야.

잔해가 취하는 모습

2003년, 내슈빌

점심시간에 어머니가 맨발에 잠옷 차림으로 조용히 우리 집 주방에 들어와 거실로 이어지는 계단을 내려다보았다. 어머니의 눈은 아버지가 돌아가시고 몇 주 동안 그랬던 것처럼 붓고 충혈되어 있었다. 내 네 살배기 막내아들이 마룻바닥에서 혼자 놀고 있었다. 아이는 금속으로 된 작은 장난감 자동차들을 바닥에서 밀어 서로 충돌하는 모습을 지켜보았다. 그 놀이는 집중력을 필요로 했다. 아이에게는 잔해가 취해야 하는 모습을 위한 계획이 있는 것 같았다. 아이는 외할머니의 말을 듣지 못했다. 혹은 들은 척하지 않았다. "안녕, 얘야." 어머니가 말했다.

"안녕, 할머니." 아이가 눈길을 들지 않고 말했다. 그리고 덧붙였다. "할버지 나랑 같이 자동차 놀이 했어."

이후 수년 동안 어머니가 이 이야기를 할 때마다, 이 이야기는 신이 저지르는 끔찍한 실수의 한 예로 여겨졌다. 그 이야기는 어머니가 늘 수집하는 '이유들'의 긴 목록 속에 담겨 있는 것들 중 하나였다. 어머니와 아버지가 함께 저세상으로 가지 못한다면, 적어도 어머니가 먼저 가야 했다. 하지만 어째서인지 좋지 않은 거래가 성사되었고, 어머니가 모으던 '이유들'은 그 사실을 계속 확인해 주었다.

하지만 내 네 살 난 아이의 말은 질책이 아니었다. 그건 어머니와 전혀 관계가 없었다. 어린 이 아이는 외할아버지가 있었던 그리고 더 이상 있지 않을 모든 장소를 여전히 찾고 있었다. 그 새로운 부재는 빠져 버린 치아, 아이가 혀로 탐색하지 않을 수 없는 구멍이었다. 외할아버지는 그 아이와 자동차를 가지고 놀았다. 외할아버지는 그 아이에게 책을 읽어 주었다. 외할아버지는 그 아이의 손을 잡고 동네를 걸었다.

빗자루병

내 외외증조할아버지는 1910년 닥터 밴플리트 덩굴장미가 처음 도입되고 얼마 안 되었을 때 그 잔가지 하나를 주문했다. 외할머니가 1930년에 외할아버지와 결혼하실 때, 그녀는 도로 아래 몇 킬로미터 떨어진 자신의 새로운 집으로 뿌리가 난 그 장미 묘목 하나를 가져갔다. 몇 년 뒤 우리가 버밍햄으로 이사할 때 내 어머니가 묘목 하나를 가지고 갔고, 나중에 내가 내슈빌로 그것을 하나 가져갔다.

예외 없이 농약을 물에 희석해 분무법으로 뿌려 줘야 하기 때문에 나는 장미를 기르지 않는다. 하지만 닥터 밴플리트는 터무니없을 정도로 강인한 성질을 지녔다. 우리의 닥터 밴플리트 묘목은 거의 20년 동안 셀 수 없이 많은 가뭄과 내슈빌의 혹한을 견뎌 냈다. 화학물질을 전혀 필요로 하지 않았고, 해충의 영향도 받지 않는 것 같았다. 닥터 밴플리트는 매년 적어도 홍관조 둥지 하나를 위한 자리를 제공해 주었고, 새끼 새들은 늘 안전하게 세상으로 나갔다(가시가 달린 고풍스러운 덩굴장미 줄기 사이에 새 둥지를 지으면 포식자를 최대한 막을 수 있다).

나의 닥터 밴플리트는 치명적인 불치병인 로즈 로제트 바이러스에 감염되었다. 1941년 들장미에서 처음 발견된

이 병은 지금은 미국 전역에 퍼졌다. 이 바이러스는 진드기에 의해 바람을 타고 옮겨지는데, 이 병에 특히 취약한 녹아웃(Knock Out) 장미의 인기가 확산을 재촉한 것으로 보인다.

이 병의 뚜렷한 징후는 빗자루병이다—장미 줄기 끝에 흉한 모습의 새로운 줄기가 무리 지어 자라난다. 빗자루병에 대해 알고 나면, 전통적인 빗자루병에 걸린 장미 줄기의 초기 모습을 시간 맞춰 볼 수 있다. 하지만 내가 키우던 장미가 처음 그 병에 걸린 해에 나는 빗자루병이 어떤 병인지 알지 못했다. 그다음 해 봄이 되자 줄기 몇 개가 나오고 잎이 돋아났지만, 닥터 밴플리트에는 가시 말고는 거의 아무것도 남아 있지 않았다.

선택의 여지가 없어서 아픈 마음으로 장미 줄기를 베어 내고 할 수 있는 대로 뿌리도 많이 파헤쳤다. 내가 사랑하는 집안 어른들이 모두 세상을 떠났고, 이제 내 아이들에게 물려주고 싶었던 장미도 가 버렸다.

덩굴장미는 봄에 쉽게 번식시킬 수 있다. 새 장미 나무를 얻으려면, 흙이 담긴 화분에 줄기를 심고 화분 속 흙 위에 줄기를 지지해 줄 벽돌 하나를 놓으면 된다. 벽돌 밑에서 장미가 뿌리를 내릴 것이다. 몇 주가 지나면 벽돌을 제거하고 줄기를 화분에서 파내 정원의 새로운 장소로 옮기면 된다. 이런 식으로 번식된 장미는 유전적으로 원래의 장미와 동일하다. 그러니 각기 다른 두 장소에서 자라더라도, 본질적으로는 하나의 장미만 가진 셈이다. 나의 닥터 밴플리트는 외외증조할아버지가 1910년에 처음 심은 장미와 똑같은 장미였다.

닥터 밴플리트를 잃기 전해에 나는 그 줄기 하나를 화분에 심었다. 그러고는 여러 식물 줄기 사이에 파묻혀 버린 그 장미 줄기를 잊어버렸다. 훗날 감염된 장미를 베어 내다가 그 화분 장미를 다시 발견했을 때, 나는 그 줄기 역시 빗자루병에 걸렸을 거라고 생각했다. 그래도 내 생각이 틀렸을 경우를 대비해서 그것을 그대로 놓아두었다. 다만 정원의 다른 꽃들로부터 먼 곳에 두었고 절대 옮겨 심지 않았다. 그리고 3년 뒤, 그것은 107세의 나이에 화분 속에서 꽃을 피웠다.

그대 다시는 고향에 가지 못하리

2006년, 로워 앨라배마

외할아버지는 여름이면 더위에 피곤해하시고 겨울엔 추위로 힘들어하셨다. 아마 외할아버지도 조금 혼란에 빠져 계셨을 것이다. 하지만 1970년에 외할아버지가 그 큰 집을, 거의 평생 동안 살아온 보금자리를 팔기로 결심했을 때 외할머니는 말리지 않으셨다. 외할머니 말씀에 따르면, 만약 외할아버지가 원한다면 자기 집을 팔아야 할 것이었다. 그리고 외할아버지는 그러기를 원했다. "나는 평생 장작을 옮기고 재를 퍼내 밖으로 날랐어. 하지만 이젠 그 일이 넌더리가 나." 외할아버지가 말씀하셨다. "난 다른 집에서 따뜻하고 시원하게 지내고 싶어."

그 큰 집을 산 남자는 즉시 뒤뜰에 있던 장작 전부를 외할아버지에게 지불한 값보다 비싼 가격에 되팔았고, 그런 다음 집도 자기가 지불한 값보다 비싼 가격에 매각했다. 내어머니는 비탄에 빠졌고 외할아버지를 용서하기 힘들어했다. 아무리 늙고 쇠약해졌어도 말이다. 외할아버지는 어머니의 생가를, 몇 세대가 대대로 살아온 안전한 보금자리를 헐값에 넘긴 뒤 콘크리트 진입로와 중앙 냉난방 장치를 갖춘 2동 연결식의 콘크리트 벽돌 주택을 지었다.

외할머니는 2006년에 돌아가실 때까지 10년 넘게 버밍햄에서 내 어머니와 함께 사셨고, 그보다 더 오랫동안 앞을 보지 못하셨다. 나는 외할아버지가 노년을 위해 지은 작은 집에서 1킬로미터만 내려가면 나오는 그 큰 집에 일어난 변화들을 외할머니가 절대 보지 않으셨기를 바란다. 외할머니가 어린 시절의 집에서 가져온 장미 울타리는 닥터 밴플리트를 비롯해 모두 사라졌다. 현관 포치의 마룻장이 없어지고 콘크리트판으로 대체되었다. 볼록하고 즙이 많으며 거의 검은색에 가까운 자두가 열리던 울퉁불퉁하고 비틀린 오래된 자두나무도 사라져 버렸다. 사라져 버린 게 또 있다. 앨리배마의 햇빛 아래 발효되던 자두즙에 취한 붉은 말벌들.

우리는 외할머니의 유골을 상자에 담아 로워 앨라배마의 집으로 다시 모셔 갔다. 교회에서 장례식을 치른 뒤, 나는 어머니를 외할머니가 한때 학생들을 가르치셨던 오래된 학교 건물에서 열린 포틀럭 파티에 남겨 두고 남동생, 여동생과 함께 그 큰 집을 보러 갔다. 그때 맨 처음 우리가 받은 인상은 그 집이 참 작다는 것이었다.

유골, 1부

2012년, 내슈빌

오랫동안 어머니는 아버지의 유골을 어디에 보관했는지 우리에게 말하지 않았다. "그건 네 아버지와 나 사이의 일이야." 어머니는 말했다. 우리는 어머니가 어머니만의 독특한 분류법에 따라 그걸 어디엔가 챙겨 뒀을 거라고 짐작했다. 우리는 물건 저장 성벽을 지닌 어머니가 그 유골을 쓰레기처럼 여겨질 만한 모습으로 놓아두었기 때문에 거기에 대해 언급하려 들지 않는다는 점을 알고 있었다. 언젠가 한번 집에 갔을 때, 집 안 정돈을 좀 보려고 시도하던 나는 다리 달린 오래된 테이블 아래에 있는 상자 속에서 그 단지를 찾아냈다. 그 단지는 쥐똥, 우편물, 오래된 신문 그리고 어머니가 식당 바닥에 놓아둔 중고 물품 장터에서 산 천 두루마리에 둘러싸여 있었다. 그리고 다음에 집에 가 보니 그 단지는 사라지고 없었다.

수년 뒤 어머니가 내슈빌로 이사하고 마침내 우리가 어머니에게 버밍햄 집을 팔도록 내놓자고 이야기한 후에, 내 여동생은 우리 집 중고 물품을 판매할 때 실수로 그 단지를 같이 팔았을지도 모른다는 생각을 떠올렸다. 겉만 번드르르한 엄마의 물건들을 전부 끄집어내 처분했던 그때 말이다. 나는 그런 일이 가능하다고 생각하지 않았다. 하지만 우리가 어떻게 확신할 수 있었겠는가? 차마 어머니에게 이렇게 말할 수는 없었다. "봐봐요, 엄마, 아빠를 찾을 수가 없어요. 로리가 아빠를 모르는 사람에게 팔았을 수도 있을까요? 그렇게 생각해요?"

친척 아주머니의 장례식을 치르러 차를 타고 로워 앨라배마에 가는 길에 로리가 어머니에게 다시 운을 띄웠다. "아빠의 유골을 어떻게든 할 때가 되었다고 생각하지 않아요?"

"네가 상관할 일이 아니야." 어머니가 대답했다. "우리 둘 나를 위한 계획이 나에게 있단다. 그건 아빠와 나 사이의 일이야."

여동생이 허공을 바라보았다. "하지만 엄마가 돌아가시고 나면 그 계획을 실행하기 위해 아빠가 어디에 계신지 우리가 알 필요가 있지 않겠어요?"

엄마가 항복했다. "알았어. 아빠는 손님 방 옷장 맨 아래 선반에 계신다."

"그렇군요. 그럼 그 계획은 뭔데요?"

"가족 묘지는 꽉 찼어. 하지만 너희 모두가 밤중에 구덩이 파는 연장을 거기에 가져가서 나와 아빠를 미미와 외할아버지가 계신 곳 가까이에 안치할 수 있을 거다." 어머니가 말했다. "난 집에 가고 싶어."

두려워하지 마라

부모님이 연애 초반에 알고 지내던 한 소녀는 어머니의 이름인 올리비아를 제대로 발음하지 못해 대신 위비라고 불렀다. 이후 위비는 부모님의 연애 기간 동안 아버지가 어머니를 부른 애칭, 어머니를 부른 약칭이 되었다. 부모님 사이에는 형편이 어려울 때도, 깊은 슬픔이나 염려에 빠져 있는 동안에도 늘 초기 로맨스의 메아리가 이리저리 울려 퍼졌다. 어머니가 웃는 소리가 들리면 아버지도 꼭 따라 웃었다―심지어 다른 방에서도, 어머니가 무엇 때문에 웃는지 전혀 모르면서도 말이다. 어머니가 꽃 사업을 시작한 후, 아버지는 어머니가 하는 행동 하나하나를 따라 하고 대량 주문을 따 와 어머니를 도우려 했다. 어머니가 꽃 장식의 오른쪽에 데이지를 덧붙이면, 아버지도 자기 꽃 장식의 오른쪽에 데이지를 덧붙였다. 아빠가 중년용 오토바이를 집에 가져왔을 때, 엄마는 가죽 재킷을 사고 뒷자리에 올라탔다.

아버지는 2년 반 동안 암 투병을 했다. 그때 어머니가 아버지의 곁을 떠나 있는 시간은 아버지가 조바심을 내며 겨우 생각해 낸, 메스꺼운 속을 가라앉혀 줄지도 모를 어떤 것을 가지러 방에서 주방으로 걸어가는 동안뿐이었다. 아버지가 돌아가시자 어머니는 길을 잃었다. 자식, 친구, 교회,

화단, 바느질 계획, 그중 무엇도 휑뎅그렁한 비통함 앞에서 위안이 되지 않았다.

　어머니는 가장 가까운 도서관조차 몇 킬로미터 떨어져 있는 로워 앨라배마의 땅콩 농장에서 경제공황기에 어린 시절을 보낸 사람이었다. 71년을 사는 동안, 그녀는 이야기가 기쁨 혹은 위로의 근원이 될 수 있다는 사실을 손톱만큼도 인정하지 않았다. 나는 어머니가 책 읽는 모습을 한 번도 보지 못했다. 하지만 그때, 아버지가 돌아가시고 몇 달이 지났을 때, 어머니는 제인 오스틴의 『오만과 편견』을 빌리러 도서관에 갔다. BBC 미니시리즈를 열 번 남짓 보고 미스터 다시에게 반했기 때문이었다. 그렇게 하룻밤 사이에 어머니는 독서에 푹 빠졌다. 영국에 한 번도 가 본 적이 없음에도—사실 앨라배마를 떠난 적도 거의 없었다—영국 섭정 시대에 완전히 빠져들었고 위대한 러브 스토리를 발견했다.

　그다음은 『엠마』, 『이성과 감성』 그리고 오스틴의 나머지 작품들이었다. 그런 다음 같은 시대의 다른 책들과 시대를 불문한 러브 스토리들이 이어졌다. 거의 모든 책이 등장할 때까지. 아버지를 먼저 보내고 산 9년 동안, 어머니는 코믹 소설과 추리물, 로맨스와 비극을 읽었고, 21세기의 기준으로 볼 땐 말이 안 되는 일도 수행했다. 입수할 수 있는 제인 오스틴의 해적판 소설을 전부 섭렵했던 것이다("미스터 다시가 엘리자베스를 *식당 테이블*로 데려갔을 때 난 믿을 수가 없었어!" 엄마가 말했다). 조용한 집에서 혼자 지내는 어머니에게, 그 소설 속 등장인물들은 때로는 가족보다 더 사실적으로 느껴졌을 것이다. 말년에 어머니는 우리 집 건너편에 살았고, 나는 어머니가 아직도 주무시는지 확인하러 오전 나절에 자주 가 보곤 했다. "책이 점점 너무 재미있어져서 끝까지 읽다 보니 밤새 깨어 있었단다." 어머니는 이렇게 말하곤 했다.

어머니가 돌아가시기 직전, 나는 분명 신장 결석 증상처럼 보이는 것 때문에 어머니를 응급실에 데려갔다. 전에도 어머니는 신장 결석으로 통증을 겪은 적이 있었다. 이번에도 증상이 명백했다. 하지만 의사가 와서 어머니를 살펴볼 때까지 간호사는 통증이 가시도록 어머니에게 해 줄 수 있는 것이 없었고, 그날 그곳의 유일한 의사는 다른 환자들 때문에 바빴다. 두 시간이 넘는 동안 간호사가 확인을 했고, 엄마는 진통제를 요청했다. 그러자 간호사는 이렇게 말했다. 그건 안 돼요, 마약 성분 때문에 상태가 악화하거나 수술이 필요할 경우 상황이 복잡해질 수 있거든요. "난 죽는 게 무섭지 않아요." 엄마가 간호사에게 말했다. "아픈 게 무섭지 죽는 건 무섭지 않다고요. 9년 전에 남편이 세상을 떴고, 나는 매일 밤 하느님께 남편을 다시 만날 준비가 됐다고 말해요."

나흘 뒤, 어머니는 아무런 예고 없이 자신의 바람을 성취했다.

뇌졸중

지면과 공기는 다툼을 멈추지 않는다. 토네이도가 중서부에 형성된다. 흙과 바람과 짜릿함으로 이루어진 비틀린 원뿔 모양의 회오리바람.

허리케인이 멕시코 연안 지역을 밀치고 이탈한다. 그것은 잿빛 흉포함, 요동치는 바닷물의 맹렬한 포효다.

필리핀에서 화산재가 솟구쳐 오른다. 공기가 덩어리가 된다. 먼지가 암석이 된다. 하늘은 쏟아지는 불이다. 그리고 쉭쉭 내리는 비는 그 불을 식히지 못할 것이다.

태평양 밑바닥에 균열이 생긴다. 해수면을 가로질러 메스꺼운 파도로 가득 차오른 채.

미시시피강 한가운데를 아래로 가로지르는 흉터가 검푸른 물로 세상을 열고 채운다.

내슈빌에서는 뇌 하나가 부서져 열린다.

우주에서는 별 하나가 둘로 접힌다.

그리고 신이 말한다, *어둠이 있게 하라.*

먼지에서 먼지로

2012년, 내슈빌

어머니는 자신보다 훨씬 더 덩치가 커진 상태로—소방차 두 대, 앰뷸런스 한 대, 덩치 큰 남자들이 나르는 이동식 들것 하나로—떠났다. 이웃들이 우리 중 누가 들것에 실려 가는지 보려고 자기 집 출입구에서 기다렸다. 나는 길 건너편에 조용히 서서 친구의 큰딸에게 한쪽 팔을 두른 채 친구에게 문자를 보냈다. '엄마가 쓰러지심. 아마 뇌졸중 같아. 상태가 그렇게 나쁘진 않은 듯해—여전히 말도 하셔. 우린 늦지 않게 병원에 가 있을 거야.'

조명이 빙글빙글 돌고, 사이렌 소리가 울부짖었다—어머니는 그렇게 떠났다. 그리고 자신의 이름이 적힌 검은 상자에 담겨 돌아왔다. 어머니가 돌아가신 그날 그들은 어머니의 시신을 화장했다. 상자 안에는 유골이 비닐봉지에 담겨 철끈으로 봉해져 있었다. 마치 빵 봉지처럼.

어휘

어린 시절 어머니가 말해도 된다고 내게 허락한 단어.

빌어먹을.

제기랄.

젠장.

우라질.

∾

어린 시절 어머니가 말해도 된다고 내게 허락하지 않은 단어.

콧물.

∾

아버지가 좋아한 농담의 마지막 문장.

오, 제기랄. 내가 개똥을 밟았어.

∾

아버지가 좋아한 시의 첫 문단.

토요일 저녁이었다,

손님들이 모두 떠나고 있다,

오말리가 바의 문을 닫고 있다,

그가 몸을 돌리고

붉은 옷을 입은 여자에게 말했다.

"나가요, 당신은 여기 머물 수 없습니다."

~

어머니가 한 마지막 말.

고맙다.

~

아버지가 한 마지막 말.

그만해.

~

부모님이 죽어 가던 방에서 내가 한 말.

사랑해요.

괜찮아요.

걱정 마세요.

괜찮아요.

사랑해요.

~

부모님이 죽어 가던 방에서 내가 하지 못한 말.

빌어먹을. 제기랄. 젠장. 쳇. 오, 우라질.

가뭄

"수직이고 평평하고 정사각형인 것은 하나도 없다." 앨런 듀건*은 결혼의 핍박에 관한 고찰인 「사랑 노래: 나 그리고 그대」에 이렇게 썼다. 나 자신의 결혼 생활은 기쁨이 가득하다. 하지만 나는 세상에 수직이고 평평하고 정사각형인 것은 하나도 없다고 생각하며 가뭄으로 골머리를 앓는 풍경 속을 가로질러 하루 종일 걷는다. 안에는 나무 문들이 휘어진 채 틀 안에 걸려 있다. 뜨거운 바람이 불어와 문들을 연다. 밖에서는 땅이 조여들고 수축한다. 동쪽의 숲이 불타고 있다.

수축되고 갈라진 땅은 피를 보지 않은 상처가 된다. 백가지 다양한 빛깔이어야 하는 나뭇잎은 칙칙하고 시들어 있다. 정원의 흙은 가루가 되어 있다. 거기서 갈색 줄기가 올라온다. 마치 뿌리가 없었던 것처럼, 열기와 바람에 의해 줄기가 형성된 것처럼.

그 땅은 몇 달 동안 세상 가장자리로부터 멀어지고 있다. 몇 주 전 하루 동안 비가 왔지만 충분하지 않았다—바싹 마른 입안의 침 한 방울에 지나지 않았다. 그 무엇도 마른

---

* Alan Dugan(1923~2003). 퓰리처 상을 수상한 미국의 시인.

땅의 균열을 채우지 못한다. 뿌리에서 꽃 한 송이를 받칠 만한 그 무엇도 올라오지 않는다.

　　모두가 가뭄에 대해 이야기한다. 모두가 걱정한다. 심지어 깊은 강이 흐르고 수도꼭지만 틀면 물이 나오는 이 마을에서도. 매일 아침 나는 호스를 끌고 나와 새 물통에 물을 채운다. 개똥지빠귀들이 필사적으로 기다리다가 내가 돌아서기가 무섭게 얕은 접시 가장자리로 몰려와 물을 마시고 마시고 또 마신다.

올새

불면증

그녀의 속임수들은, 조심스러운 유혹들은 모두 실패했다. 따뜻한 목욕, 조용한 독서, 완벽한 섹스, 시원한 침대 위 시원한 시트, 심지어 두려움 없던 최초의 베나드릴* 복용과 그 다음 필사적이던 두 번째 복용까지. 이제 그녀는 함께 평화롭게 지내기만을 바라며 불면증에 굴복한다. 길들이려는 기대를 하지 않고 정원으로 초대한 동물처럼. 그녀는 잠과 함께 쌍둥이처럼, 진정한 친구처럼 평생을 보냈지만, 이제는 버려진 채 상실감에 빠진다. 그 수많은 밤 시간들! 그녀는 전혀 알지 못했다.

그녀는 곁에 있는 느긋한 남자를, 고요한 잠으로 보여주는 그의 힐책을, 혹은 지금은 다 자란 아이들을, 아기들이 내던 아주 작은 소리에 의지해 가볍게 잠을 자는 방법을 처음 그녀에게 가르쳐 준 아이들을 생각하지 않을 것이다. 그녀는 자기 부모를 생각하지 않을 것이다. 그녀가 너무 어려서 꿈을 꾸고 난 뒤 그게 꿈이라는 걸 알지 못하고 무서워하면, 그들은 그녀를 그들 사이에 따뜻하게 맞아 주었다. 어머니의 마지막 가을을 자신이 어떻게 오해했는지, 그것이 단순한 사고일 뿐이라고 얼마나 확신했는지 그녀는 생각하지

---

* 항히스타민제의 일종.

않을 것이다. 고관절이 부러지고 약간의 뇌졸중 증세가 일어났던, 구급차가 도착한 초기에 온전히 되돌릴 수 있었던 사고. 그녀는 자신이 구급차 앞좌석에 얌전히 앉아 있었던 순간을 생각하지 않을 것이다. 잠잠하지만 아직 따뜻한 어머니의 손을 잡을 수 있는 뒷좌석을 고집해야 했는데 말이다.

그녀는 자신이 사랑하는 사람들의 동요에 대해 혹은 자기 자신의 동요에 대해 생각하지 않을 것이다. 밤은 길다. 하지만 하루하루가 급히 지나가고 속절없이 사라져 간다. 그녀는 그 끝없는 밤의 신물을 제외하고 자신이 잊었을지도 모르는 것을 기억해 내려 한다. 내년 봄 그녀의 정원에 나비를 불러 모을 꽃 이름을 열거하고, 이주 여행 중 그녀의 정원 인동덩굴에서 쉬는, 전부 합쳐 37마리인 신대륙의 울새들에게 이름을 붙여 주려 한다. 그리고 여름 오후의 빛이 초가을 오후의 빛으로 변할 때 일어난 기적을 고찰한다.

마침내 흑황솔새와 테네시주 사이 어딘가에서, 그녀는 훌륭한 수면 기계 속에 들어간 뒤 최초의 작동을 암시하는 딸각거림을 목덜미에 느낀다. 그리고 돌아누워 만약을 위해 기계의 덮개를 덮는다.

생일 케이크 만드는 법

너의 아이 중 한 명은 버터크림 아이싱을 먹지 않으려 할 것이고, 다른 한 명은 크림치즈 아이싱을 먹지 않으려 할 것이며, 또 한 명은 오직 케이크 시트만 먹고 대문자 F(에프) 모양의 버터와 크림 조각은 손도 대지 않고 남겨 둘 거라는 사실을 기억해라. 케이크는 그 아이의 접시 위에 재림할 테지만, 곧 파우더 슈가라는 죄의 뼈대만을 남긴 채 자기 혼자만 휴거의 손길을 받아 들어올려질 것이다.

아이싱을 싫어하는 아이는 브라운 슈가 파운드 케이크를 선호한다. 기억해라, 크림치즈 파운드 케이크나 사워크림 파운드 케이크는 아니다. 네 외할머니의 브라운 슈가 파운드 케이크 조리법은 캐러멜이 하나도 안 들어가 있는데도 '캐러멜 파운드 케이크'라는 상표의 케이크 카드에 적혀 있다. 너의 외할머니가 어떻게 '캐러멜'이라고 말했는지 기억해라. 마치 그 단어가 '카루셀'과 운을 이루는 것처럼 말하셨었지. 너의 외할머니의 손글씨가 분명하고 강력했던 때를 그리고 외할머니가 아직 볼 수 있어서 때때로 따라 읽으면서 조리법을 베껴 쓸 수 있었던 때를 기억해라. 그리고 외할머니가 빵을 굽기에는 기력이 너무 쇠했을 때를, 또 앞이 보이지 않지만 캐-러-멜 케이크 조리법은 아직 외우고 있던 때를 기억해라.

그 카드가 네 어머니의 조리법 상자 속 크랜베리 젤로 몰드(cranberry Jell-O mold)* 카드와 브랜디드 프룻(brandied fruit)** 카드 사이에 끼어 있던 것을 기억해라. 너는 이제 처음으로 궁금해진다. 마침내 그 카드가 너에게 오기 전까지, 어머니는 왜 케이크 조리법을 두 개의 과일 조리법(혹은 정말로 두 개의 '과일' 조리법) 사이에 철해 두고 있었을까. 조리법 상자 속 순서에 따르면 그 자리는 추수감사절 요리들을 위한 구역이다. 네 어머니의 이해하기 힘든 세계 뒤에는 항상 자신만의 분류 기준이 있었고, 그에 따라 브라운 슈가 파운드 케이크 조리법은 추수감사절 메뉴인 스카시 수플레(squash souffle)*** 와 피칸 파이 조리법과 함께 분류되었을 것이다. 로워 앨라배마에서 피칸을 수확하며 어린 시절을 보낸 너의 어머니가 만든 추수감사절 요리 모음에는 호박 파이가 존재할 수 없었을 테니까.

네가 달걀과 버터와 밀가루―저절로 부풀어 오르는 밀가루 말고 그냥 밀가루, 이 실수를 되풀이해선 안 된다―그리고 어마어마한 양의 설탕을 꺼낼 때는 조리법 카드를 안전한 곳에 둬야 한다는 것을 기억해라. 네가 안전하게 보관할 수 없는 것들이 있다. 이미 안전하게 보관하는 데 영영 실패한 것들. 하지만 너는 외할머니가 손으로 썼고 어머니의 조

---

*   성형틀에 넣어 굳혀서 만드는 크랜베리 젤리.
**   자두, 복숭아, 체리 등의 과일을 브랜디와 설탕에 절여 만드는 저장 식품.
***   거품 낸 달걀에 우유, 버터, 설탕, 과일즙 등을 넣어 오븐에 구운 수플레 요리의 일종.

리법 상자 안에 보관된 그 카드를 보존해야 한다. 너의 집에
는 아이싱을 먹지 않으려는 아이가 있다. 그리고 오늘은 그
아이의 생일이다. 그 아이는 항상 아이는 아닐 것이고, 너는
항상 그 아이를 안전하게 지켜 주지는 못할 것이다.

귀가

2012년, 내슈빌

어머니는 내 여동생이나 남동생을 방문하러 갈 때마다 자신의 갈색 닥스훈트 개를 나에게 맡겼다. 그 개는 며칠 동안 우리 집 뒷문 앞에 앉아 어머니를 기다렸다. 어머니는 매일 밤 개를 데리고 저녁을 먹으러 올 때 그 문을 사용했는데, 거기에 달린 전신 창은 우리 집 안에서 닥스훈트가 밖을 내다볼 만큼 충분히 낮은 유일한 창문이었다. 개는 기다리고 기다리고 기다렸다. 그리고 사흘—길어 봐야 일주일—뒤, 어머니는 늘 그러듯 개에게 돌아왔다.

어머니의 장례식 2주 뒤, 그 개가 가출했다. 얼룩배기 털을 가진 그 개는 제멋대로이면서도 눈에 잘 띄지 않았다. 부르면 절대 한 번에 오지 않았고, 가장 낮은 덤불 밑, 꺾어진 가장 작은 나뭇가지 뒤로 몸을 감추었다. 겁에 질린 나는 정원을 뒤집어 엎으며 그 개를 찾았다. 마침내 길 건너편 어머니 집을 확인해 봐야겠다는 생각이 들었고, 뒷문 앞에서 들여보내 달라고 뛰어오르고 할퀴고 있는 그 개를 발견했다. 얼마나 오랫동안 절박하게 할퀴었는지 문설주의 페인트 칠이 벗겨져 있었다.

내가 간직한 것

나는 엄마의 커피 머그잔 37개 중 하나만 간직했어요. 제단 뒤에 엄청 큰 피에타 벽걸이 천이 걸려 있는 버밍햄의 교회에서 준 하얀 머그잔이죠. 그걸 찬장 뒤쪽 구석, 다른 머그잔들이 모두 더러울 때만 사용하는, 성가신 성경 구절이 새겨진 머그잔 옆에 보관해 뒀어요.

옷장 두 개를 채우고 있는 최고급 수건들을 간직했어요. 하지만 손님방에 쌓인 자투리 천, 1950년대의 원색 모조 다이아몬드 브로치, 제인 오스틴의 팬 픽션, 1980년대 잡지 『서던 리빙(Southern Living)』, 홀마크 채널 디브이디(DVD)는 간직하지 않았어요. 엄마가 거의 이사 들어가다시피 한 양로원은 그 디브이디들을 갖게 되어 고마워했어요. 엄마가 알게 되어 기분 좋아한 그 양로원은 마침내 빈대를 박멸했다죠.

거대한 옥시클린 상자 다섯 개를 간직했어요. 오, 맙소사. 엄마는 왜 옥시클린에 대해 한 마디도 안 했던 거죠? 상자 하나당 156개, 우리의 양말은 엄마가 떠난 뒤 수년 내내 새하얬어요.

내가 절대 바르지 않는 핑크 색조의 립스틱 세 개를 간직했어요. 하지만 기한이 지난 비타민 병들과 립스틱 두 다스는 버렸죠. 그러니 식료품 저장실에 있는 유통 기한 지난 상자들과 통조림들에 대해서는 말도 꺼내지 마세요. 엄마가 블루베리 머핀을 얼마나 좋아하는지 내가 알았다면 좋았을 텐데요. 엄마 인생의 매일매일, 내가 엄마에게 블루베리 머핀을 만들어 줬다면 좋았을 거예요.

몇 킬로미터 길이의 크리스마스 리본과 인덱스 카드 상자를 간직했어요. 심지어 장례식 후에는 감사 카드들까지요. 앞으로 몇 년은 쓸 수 있을 만큼 꽤 많은 카드가 남겨져 있디라고요. 엄마의 멋진 나무 옷걸이를 간직했어요. 멋들어진 빨간색 레인코트도 간직했다면 좋았을 거예요. 엄마가 세상을 떠난 직후에는 나한테 너무 컸지만, 지금이라면 잘 맞을 것 같은데.

수제 레이스가 달리고 말이 안 될 정도로 앙증맞은, 하얀 바탕에 하얀 자수가 놓인, 엄마의 양말 서랍에서 내가 발견했을 때 이미 반세기가 지나 있던 세례용 가운도 당연히 간직했어요. 양말도 간직했죠. 짝이 맞는 것들로요.

사진과 연애편지, 오래된 나무처럼 층층이 생긴 버터 얼룩으로 날짜를 짐작할 수 있는 조리법 카드를 전부 간직했어요. 엄마의 결혼반지를 간직했어요. 그리고 아버지가 다이아몬드나 진주를 살 돈은 없을지라도 다이아몬드와 진주 같은 삶을 살게 해 주겠다고 약속하며 엄마에게 줬던 진주 목걸이도요. 거기에는 다이아몬드 칩이 박혀 있죠. 엄마의 웨딩드레스에서 남겨진 것과 엄마가 결혼식 날 밤 입은 가운을 간직했어요. 인어들이 돋을새김된 빅토리아 시대 스타일의 헤어 리시버(hair receiver)*를 비롯해 앤트 피델리스의 은제 화장 도구 세트를 간직했어요. 엄마의 머리빗을 버리기 전에 엄마의 새하얀 머리카락을 따로 떼서 간직했어요. 인어들이 지켜보는 커팅된 유리 단지, 그 안에 들어 있던 그 창백하고 가느다란 머리카락들은 밖에서는 거의 보이지 않았어요.

차고에 있던 속이 빈 새 급식기와 화분 그리고 엄마가 우리의 오래된 정원에서 파내 비닐봉지에 담아 와 옮겨 심었지만 살지 못한, 거의 죽어 버린 도깨비쇠고비까지 간직했어요. 급식기에 씨앗을 채우고 화분에는 꽃을 심었죠. 도깨비쇠고비의 마른 뿌리도 심었어요. 지금 우리 집 정원은 새와 꽃으로 가득해요. 나는 이 모든 것을 간직했어요. 하지만 간직하지 못한 것들이 돌처럼 마음을 짓누르네요.

---

* 뚜껑에 구멍이 뚫린 조그만 단지. 화장대 위에 놓고 빗질할 때 빠진 머리칼을 보관하는 용도로 사용했다.

꿈속에서 어머니가 내게 돌아왔을 때

2012년, 내슈빌

나는 그 일이 선물이 되기를, 그러니까 사랑을 통해 제대로 보존하기에는 이미 너무 늦어 버렸지만 여전히 어머니가 사랑하는 그 집에 대한 헌사가 되어 주기를 바랐다. 어머니는 여전히 집을 떠나기를 거부하고 있었고, 나는 주위를 폐허로 만들고 있는 그 장소에 대한 어머니의 애정을 이해하려고 몸부림쳤다. 나는 그 집에 관한 에세이를 쓰면서 집을 떠나지 않고 그곳에 머무르려는 어머니의 뿌리 깊은 이유들을 알아차리기 시작했다. 그리고 왜 그 이유들 앞에서 내 논거들이 전혀 먹히지 않는지도 마찬가지로 알아차렸다. 그 집에 대한 어머니의 사랑을 헤아리려 노력하던 나 역시 어느새 그 집에 대한 내 사랑을 떠올리게 되었다. 그건 하나의 이해였고, 그 이해는 곧 어머니에게 주는 나의 선물이었다. 내가 쓰던 에세이는 어머니가 자주 읽던 잡지에 나오기로 되어 있었고, 그 집과 우리 가족의 생활이 담긴 사진들—첫 영성체 가운을 입은 내 사진, 웨딩드레스 차림의 엄마 사진—이 삽화로 들어갈 예정이었다. 나는 잡지 한 권을 포장해 어머니 날에 드리기로 계획했다.

하지만 내 남동생은 의심을 품었다. "그 집이 얼마나 끔찍해 보이는지에 관해 모르는 사람들이 읽게 되면 엄마가 기분 나빠 할지도 몰라." 남동생이 말했다. "엄마가 곤란해할 수도 있을걸." 나는 한마디도 하지 않았다.

마침내 그 에세이가 인쇄되어 나왔을 때는 어머니가 내슈빌로 이사를 간 뒤였다. 그래서 어머니는 이사하고 몇 달이 지난 뒤에 그 에세이를 보게 되었다. 어느 날 어머니가 내 사무실 문을 쾅 열고 잡지 한 권을 책상 위에 던졌다. "*이게 뭐니?*" 어머니가 소리쳤다. 어머니의 얼굴은 두피까지 붉게 상기되어 말끔한 백발 아래로 분홍빛이 비쳐 보일 정도였다.

무슨 일이 일어난 건지 알 수 있었다. 어머니는 미용실의 열 처리기 밑에 앉아 오래된 잡지를 훑어보았다. 그런데 갑자기 잡지 페이지 전체에 자신의 웨딩 앨범에 있는 사진한 장이 펼쳐졌다. 거기에 자기 모습이 있었다. 직접 디자인하고 만든 드레스 차림으로 로워 앨라배마의 햇살 아래 눈을 가늘게 뜨고 아버지와 함께 교회 계단 위에 서 있는 모습이.

"엄마, 내 말 좀 들어 봐요." 내가 이야기를 시작했다.

"아니, *네가* 내 말을 좀 들어라. 대체 무슨 생각으로 나에게 *묻지도* 않고 내 사진을 잡지에 내게 한 거니?"

"깜짝 선물이 되길 바랐어요." 내가 말했다. "그걸 포장해서 어머니 날에 드리려고 계획도 세웠고요. 하지만 빌리는 그 집이 얼마나 형편없게 보이는지 읽게 되면 엄마가 기분 상해 할지도 모른다고 생각하더라고요."

엄마에게서 찬바람이 쌩쌩 불었다. "오." 엄마가 말했다. 엄마는 잡지를 집어 들고 사진을 다시 들여다보았다. "그래, 그럼 됐다."

내 꿈속에 나올 때 엄마는 저승의 유령 혹은 나 자신이 느끼는 비통함을 반영하는 표정이 아니라, 항상 가슴 아파하는 모습이다. 꿈에 엄마가 나올 때마다 나의 첫 반응은 항상 안도감이다. *오, 감사합니다, 하느님. 제가 착각했어요. 당신은 살아 계십니다.* 꿈속에서 내가 엄마를 붙잡고 꼭 껴안으며 몇 번이고 "엄마가 왔네요. 엄마가 돌아왔어요. 하느님, 고맙습니다."라고 말하면 어머니는 항상 놀라고 어리둥절해한다.

그리고 다른 곳에서, 낯선 꿈의 풍경 속에서 어머니를 만날 때, 그곳은 늘 왠지 모르지만 곧 알아볼 수 있을 정도로 평범한 장소—천국이 아니라, 옹이가 많은 송판을 대고 닳아 빠진 꽃무늬 커튼을 단 콘크리트 벽돌 집—가 되어 버린다. 나는 그 낯선 집 안으로 걸어 들어갔고, 아버지와 조부모님 그리고 아버지의 대모님과 함께 앉아 있는 어머니를 발견했다. 내가 문을 열자 그들이 모두 올려다보았다. 하지만 그들은 나를 보고도 그다지 기뻐하지 않았다. 거기서 내가 날씨가 어떤지 보려고 그냥 밖으로 걸어 나갔더라도 그들은 딱 그만큼 기뻐했을 것이다. 내가 사랑하는 그 고인들은 자기들이 죽었다는 걸 모르는 것 같았다.

어떤 꿈에서 어머니는 우리 집 현관문 옆 옷장 안에서 자신의 옷걸이를 발견하고 짜증을 냈다. "왜 내 훌륭한 나무 옷걸이들을 *전부* 가져갔니?" 엄마가 물었다.

"엄마가 돌아가셨으니까요." 내가 대답했다. "엄만 돌아가셨어요."

"오." 엄마가 말했다. "그럼 됐다."

매미

갑옷

쉿. 조용히 해라. 긴 여름날이 아름다운 햇빛을 감아올리며 끝나 가고 있다. 하지만 밤에 대해 두려워할 건 아무것도 없다. 죽음을 향해 가는 삶에 대해 두려워할 건 아무것도 없다. 어두운 그 무엇에 대해서도 두려워할 게 없다. 잠시 동안, 아주 잠깐 동안 나무 그늘 아래 선다. 그러면 열두 개의 낙하물이 당신에게 자신을 드러내 보일 것이다.

약간의 노란 광채를 여전히 붙들고 있던 작년의 사사프라스 나뭇잎이 아주 멋지게 레이스 속으로 가 버렸다. 그리고 여러 해 동안 검은 흙 속에 살던 매미가 껍질 밖으로 기어 나와 나무로 옮겨 가서는 노래를 부르기 시작한다. 그것은 여름날 저녁의 노래가 된다. 소합향나무 열매가 삐죽삐죽한 갑옷을 벗어 버리고 다음 세대로 씨앗을 전달한다. 도토리도 껍데기를 떨어뜨리고 흙 속으로 뿌리를 내린다. 조용한 호수의 찰랑거리는 물 가장자리에 있는 죽은 플라타너스가 매일 저녁 그러듯이 불꽃 같은 황혼빛 속에 우뚝 모습을 드러낸다. 그리고 하루가 끝날 즈음 확 타오르는 불꽃처럼 날개에 밝은 빛깔의 휘장이 있는 붉은어깨검정새가 나뭇가지 위에 자리를 잡고 밤 시간의 집에 대해 노래를 부른다.

부활

제왕나비 애벌레 여남은 마리가 우편함에 왔다. 그들은 연약하고 보호받지 못한다. 하지만 나는 준비되어 있다. 나는 유액을 분비하는 토종 식물들의 구역 하나를 정리했다. 더 먼저 심었지만 지금껏 함께 새끼를 기르는 동물 한 쌍 끌어들이지 못한 화단에 새로 덧붙인 구역이다. 나는 새와 거미, 말벌, 누에쉬파리, 사마귀, 그밖에 야외에서 기다리는 수백 종의 다른 포식자로부터 애벌레들을 보호하기 위해 모기장이 덮인 튼튼한 철망으로 나비 정원을 둘러쌌다. 울타리 안에서도 온갖 종류의 재앙이 그들을 덮칠 수 있다. 기후의 변화 때문에 철에 맞지 않게 창궐하는 다양한 질병, 모기장으로 막기에는 너무 날카로운 발톱이나 부리가 달린 굶주린 짐승.

아니나 다를까, 딱 하루만에 어떤 동물이 내가 지면에 딱 맞게 고정해 놓은 모기장 망을 풀고 밀어젖힌 뒤 애벌레 두 마리를 집어삼켰다. 제왕나비 애벌레는 독성이 있는 아스클레피아스 잎사귀 위에만 산다. 그래서 그들도 독성이 있다. 하지만 모든 포식자를 막을 정도로 독성이 강하지는 않다. 굶주린 새가 제왕나비 애벌레를 보면, 아무리 혐오스러워도 그것들을 거의 전부 집어삼킬 것이다. 내 남편이 집 진입로에서 커다란 노린재 한 마리를 주워 안전한 곳으로 던진 적이 있다. 노린재가 공중으로 날아가자마자 개똥지빠귀 한 마리가 나무에서 미끄러져 날아와 낚아채 갔다. 이 정원은 포식자 친화적이다. 나는 새들을 환영하는 급식기 아홉 개를 설치해 놓았다. 주머니쥐와 라쿤, 정원 창고 밑에서 겨울잠을 자는 쥐잡이뱀은 전혀 신경 쓰지 않았다.

하루 뒤, 울타리에 손상된 부분은 없어 보이는데도 애벌레 두서너 마리가 더 사라졌다. 정확히 몇 마리가 사라졌는지는 더 이상 확신할 수 없다. 경쾌한 노란색과 검은색 줄무늬를 갖고 있음에도 불구하고, 제왕나비 애벌레들은 놀랍도록 잘 숨고 내가 다가오는 것을 알면 본능적으로 가만히 있기 때문이다. 방금 내가 결합식 울타리에서 결함을 발견했으니, 그들이 다 함께 정원의 다른 어딘가로 이동했을 가능성도 있다. 철망은 내가 생각했던 것처럼 지면에 단단하게 고정되어 있지는 않다. 오래된 벽돌 몇 개를 써서 그 문제를 해결하지만, 나는 벌써 다음 문제가 일어나기를 기다리고 있다.

소수의 애벌레만 살아남아 나비가 되고—아마 1퍼센트 정도—자연은 풍부함으로 반응한다. 암컷 제왕나비는 짧은 번식기 동안 400개 가량의 알을 낳는다. 제초제가 널리 확산되기 전 제왕나비의 번식률은 북아메리카의 나비 개체 수를 빽빽하게 유지시키기에 충분했다. 그러나 지금은 제왕나비 애벌레가 죽어 가고 있고, 나는 그들을 구하는 일에 투신한다.

내가 글자 그대로 얼마나 투신하느냐고? 나는 아스클

레피아스, 울타리, 모기장, 애벌레 자체에 들어가는 비용을 계산하지 않으려 한다. 하지만 애벌레 한 마리를 잃을 때마다 수를 따지는 나 자신을, 궁극적으로 살아남을 제왕나비 한 마리당 어느 정도의 대가를 치러야 할지 다시 계산하는 나 자신을 발견한다. 나는 시골에 사는 내 친구가 집에서 40달러짜리 토마토를 기를 때와 똑같은 태도로 이 나비에게 접근하고 있다.

잠시—한두 시간—동안은 모든 것이 괜찮아 보인다. 하지만 다시 확인해 보니 애벌레 한 마리가 철망 위로 기어올라와서는 움직임을 멈추고 가만히 있다. 처음에 나는 걱정하지 않는다. 몇 시간 뒤에는 아주 조금 걱정한다. 하지만 다음 날 아침이 되자 뭔가 심각한 문제가 발생한 것 같다는 생각이 든다. 그 애벌레는 적어도 17시간 동안 전혀 움직이지 않았다. 24시간 내내 먹는 생물은 그렇게 움직이지 않고 가만히 있어선 안 된다.

다시 확인해 보니—이제 나는 강박적으로 확인하고 있다—애벌레의 엉덩이 부분에 배설물이라고 하기엔 너무 큰, 끈적거리는 필름 같은 검은색 방울이 붙어 있다. 어린 시절 내 품 안에서 죽은 반려 토끼가 생각난다. 발을 한 번 차고 그런 다음 내 무릎에 오줌을 지리며 축 늘어졌던 토끼. 제왕나비 애벌레는 이런 식으로 거꾸로 매달려 굵고 검은 타르실을 풀어내며 생명을 포기하는 걸까?

책상으로 돌아가 봤자 소용없다—이 문제에서 내가 할 수 있는 일이 없다. 나는 쭈그려 앉아 기다린다. 인터넷을 찾아보면 제왕나비 집사들에게 병에 걸린 애벌레를 울타리에서 제거하라고 조언한다. 하지만 내가 이 정원의 이상한 절반의 세계에서, 우편함과 하늘 사이에 만든 철망으로 에워싸인 그 세계에서 죽음으로부터 나오는 생명을 안다고 어떻게 자신할 수 있겠는가?

애벌레가 약간 움직이고, 마침내 나는 깨닫는다. 이것은 죽음이 아니라 웃자란 피부를 찢고 더 이상 필요 없는 것으로부터 기어서 달아나는, 삶의 다음 단계에 도달하기 전의 휴지 상태일 뿐임을. 그것은 새로운 생물이다. 심지어 그것은 다시 시작하기 전에 다시 시작한다.

어둠 속에서

초가을은 왕거미의 전성기다. 봄에 거미의 알주머니가 터져서 열리고, 갓 부화한 조그만 새끼 거미는 여름 내내 포식자로부터 몸을 숨긴 채 자란다. 가을이 되면 그들이 비밀 장소에서 모습을 드러낸다. 그들은 경이로운 거미줄을 만들 수 있을 만큼 몸이 커진다. 매일 밤 암컷 거미가 날아다니는 곤충을 잡기 위해 복잡한 덫을 만든다. 새롭고 완벽한 뭔가에 다시 착수하기 전, 암컷 거미는 매일 저녁 누더기가 된 지난밤의 거미줄을 먹어 치운다.

9월이 되면 우리 집은 항상 자연이 핼러윈 장식을 미리 해 놓은 것처럼 보인다. 하지만 나는 그 거미줄들을 창문이나 처마 밑에서 내 손으로 쓸어 낼 수가 없다. 길고 뜨거웠던 여름을 견뎌 내고 살아남은 몇 마리 안 되는 거미가 거기에 있다는 걸 나는 안다. 그들은 구석에 웅크린 채 해거름을, 그들이 세상으로부터 다시 기적을 쥐어 짜낼 수 있는 순간을 기다리고 있다. 미적으로 볼 때, 램프 불빛 속 반짝이는 거미줄에 잘 어울리는 '깔끔한 창문'이 존재할 수 있을까?

어느 해에 나는 매우 가까운 거리에서 왕거미를 지켜보았다. 왕거미가 농구 백보드에서 우리 집 한구석까지 거미줄을 쳐 놓았다. 그 구석의 처마 바로 위에서 거미가 움직

260

이면 마치 투광 조명처럼 그 모습이 비쳐 보였다. 그 9월에 나는 돌아가신 어머니가 키우던 다리 저는 늙은 닥스훈트 개를 매일 밤 데리고 나가 마지막으로 여기저기 킁킁거리며 냄새를 맡게 해 주었다. 그리고 매일 밤 조명이 거미의 기적을 포착하며 깜빡거렸다. 그 늙은 개가 자기 볼일을 보는 동안, 나는 조명이 비추는 영역 너머 그늘에 서서 거미가 급하게 일하는 모습을 지켜보았다. 움직이지 않고 가만히 있으면 거미가 계속 거미줄을 쳐서, 완전한 어둠 속에서 그 일이 펼쳐지는 상황을 지켜볼 수 있었다. 그러나 내가 자기를 관찰하고 있는 걸 알아차리면 거미는 부리나케 스스로를 위해 친 생명줄을 타고 올라가 처마에 매달려 있는 크리스마스 조명 뒤에 쭈그려 앉았다. 그 조명은 하루 종일 깜박거려, 가을에 햇살이 비스듬해졌을 때 창문으로 날아와 충돌하는 일이 없도록 새들에게 경고했다.

우리 인간은 기쁨을 위해 만들어진 생물이다. 우리는 모든 증거에 맞서 스스로에게 이렇게 말한다. 비통함과 외로움과 절망은 비극일 뿐이라고. 그리고 그 비극적인 것들은 세상의 바른 길들이 제공하는 지면, 다시 말해 우리 존재가 굳건히 디딜 단단한 지면을 만들어 내는 즐거움과 침착함과 안전함의 불운한 변이에 불과하다고. 우리는 동화 속에서 우리 자신에게 말하고 있고, 어둠은 선물 비슷한 것은 아무것도 갖고 있지 않다.

우리가 늘 느끼는 것에는 그 자체의 진실이 담겨 있다. 하지만 그것이 유일한 진실은 아니다. 어둠은 늘 보이지 않는 곳에 약간의 선량함을 숨기고 있다. 예기치 않던 빛이 반짝이기를, 그리하여 가장 깊은 은닉처에서 그것을 드러내기를 기다리면서.

출구가 없다

"고아랑 결혼해라." 어머니는 이렇게 말하곤 했다. "그러면 크리스마스에 항상 집에 올 수 있어." 사실 어머니는 이렇게 말해야 했다. "고아랑 결혼해라, 안 그러면 무덤으로 가는 길고 긴 길 위에서 고뇌를 선사하는, 평생 간호해야 할 부모 넷이 생길 거야." 하지만 나는 고아의 정반대인 남자—암, 패혈증, 심부전, 폐기종 등등 사람들을 흔히 쓰러뜨리는 질병들에도 불구하고 고령까지 산 분들의 아들이자 손자—와 결혼했다. 내 남편의 손윗사람들은 병이 들었다. 그리고 병세가 더 심해졌다. 하지만 여러 해 동안 끈기 있게 견뎌 냈다.

내 아버지는 75번째 생신을 닷새 앞두고 암으로 돌아가셨다. 어머니는 80세에 출혈성 뇌졸중으로 급사하셨다. 돌아가시기 전날 밤 내가 살펴봤을 때, 어머니는 쿠키 하나를 드시고 〈JAG〉* 재방송을 보고 계셨다. 나는 침대에서 음식을 먹으면 질식할 위험이 있다는 걸 늘 지적했다. 하지만 그때 한 번만은 내버려 두었다. 어머니는 건강 상태가 좋았다. 하지만 수없이 많은 짜증스러운—엄마에게 짜증스럽고 나에게도 짜증스러운—방식들로 내 도움을 필요로 했

---

* 1995년부터 2005년까지 NBC와 CBS에서 방송된, 미 해군에 대한 법정 드라마.

고, 내가 이렇게 저렇게 해야 한다고 잔소리를 하면 그야말로 신물을 냈다. 지금 나는 그래도 마지막 순간에 어머니에게 이래라저래라 잔소리를 하지 않았다는 데서 약간의 위안을 얻는다.

　도움을 필요로 한다는 사실을 기분 나쁘게 느끼도록 하지 않으면서 사람들을 돕는 기술이 하나 있다. 내가 어머니와 함께하면서 조금 배웠지만 완전히 통달하지는 못한 기술이다. "내가 네 나이였을 때 내 어머니가 나에게 그렇게 했다면 난 죽었을지도 몰라." 우리 집 건너편으로 이사 오셨을 때 어머니가 말했다. 하지만 3년 뒤 어머니가 정말로 돌아가셨을 때는 우리 둘 다 적응이 되어 있었다. "내가 가끔씩 못되게 군다는 거 안다. 하지만 너도 가끔씩 못되게 굴 때가 있어." 어머니가 말했다. "내 생각엔 다 잘될 거야."

　나는 적어도 하루에 두 번 어머니를 보았고, 그보다 더 자주 어머니와 이야기했다. 하지만 우리가 그렇게 가까웠음에도, 때때로 나는 어머니의 장수하는 유전자에 절망하는 나 자신을 발견했다. 내 외외증조할머니는 대부분의 인생 동안 항생제나 백신을 맞지 않았음에도 96세까지 사셨다. 외할머니는 칠십 대에 낯선 미친 남자에게 총을 맞았음에도 97세까지 사셨다. 나는 언젠가 내 아이들이 그들 자신의 인생을 위해 떠날 거라는 걸 알고 있다. 하지만 어머니는 나를 점점 더 필요로 하고 있었다. 나는 생각했다. 내 둥지가 정말로 빌 때까지는 내 소중한 작은 부분이 아직 남아 있을 거야.

　여전히 우스운 농담을 하고 우리의 십 대 아이들 옆에

서 세대 간 말다툼에 개입하기도 하셨던 어머니가 갑자기 돌아가시자 마치 어머니가 내 심장에 구멍을 뚫은 것 같은 기분이 들었다. 공중에 붕 떠 있는 것 같았고 눈물을 그칠 수가 없었다. 손윗사람들을 보살피는 건 유아를 키우는 것과 같다—모든 생각과 행동의 배경을 살펴야 하고, 일어날 수 있는 문제를 살피고 조정해야 한다. 그러나 최악의 문제, 돌이킬 수 없는 문제가 닥쳐오면 멈출 방법이 없다.

1년 뒤, 우리가 어머니의 유품을 어떻게 처리할지 하는 문제를 합의하기도 전에 내 시부모님이 주 경계선 몇 개를 넘어 우리 집에서 5분 거리인 생활 지원 시설로 이사를 오셨다. 시부모님은 육체적으로 노쇠하셨다. 시아버지는 심부전증, 시어머니는 파킨슨병을 앓고 계셨다—음, 그분들은 과거 내 어머니보다 훨씬 더 많은 도움을 필요로 했다. 하지만 나는 그분들의 새로운 주거 형태가 분명 변화를 가져다줄 거라고 생각했다. 어머니를 위해 요리를 하고, 약속 장소에 태워다 드리고, 드실 약을 관리하고, 어머니의 청구서를 지불하고, 옷을 세탁하면서, 나는 우리의 사랑과 우리와 함께 보내는 시간만을 필요로 하는 부모님이 근처에 계셨으면 하는 마음이 간절했다.

몇 년 전 우리가 사람들에게 내 어머니가 내슈빌로 이사 오실 거라고 말했을 때, 남자들은 못 믿겠다는 표정으로 내 남편을 바라보았다. "장모님을 *이웃*으로 이사 오게 했다고?" 시부모님이 이사 오신 뒤, 이번에는 내 친구들이 똑같은 말을 나에게 했다. 하지만 이 이야기에 상투적인 말들이 침범할 자리는 없었다. 남편은 내 부모님을 사랑했고, 나도 그의 부모님을 사랑했다.

내 시어머니는 여러 면에서 전형적인 시어머니 이미지와는 거리가 있었다. 신기할 정도로 참을성이 많고, 사랑으로 빛이 났으며, 결혼을 통해 한 가족이 된 사람들을 포함해 자기 아이들을 지지하고 인정하는 방식을 신중히 선택했다. 우리가 결혼하고 얼마 안 되었을 때 나는 남편이 옆방에서 내가 세면용품에 쓴 돈에 대해 시어머니에게 투덜거리는 소리를 들었다. "어떻게 드러그 스토어에서 약 하나 사지 않고 30달러를 쓸 수 있는지 난 모르겠어." 남편이 말했다. 그리고 그때 지극히도 전통적인 시어머니가 내 편을 들어서 놀랐다. "아들아, 마거릿은 열심히 일하고 있어. 그러니 마거릿이 돈을 쓰고 싶다면 어떤 용도로 쓰든 넌 그것에 대해 왈가왈부할 권리가 없다."

그래서인지도 모른다. 시부모님이 내슈빌로 이사 오셨을 때, 내 여동생이 한 말이 유독 와 닿았던 건. "하지만 상황이 어떻게 끝날지 언니도 잘 알잖아."

사실이었다. 이사하고 사흘 뒤 시아버지가 쓰러지셔서 입원해야 했고, 시어머니도 이사하느라 받은 스트레스로 파킨슨병 증상이 몹시 악화했다. 위기가 잇따랐다. 감염, 머리 부상, 골절, 심지어 화재까지. 그리고 그런 재앙들이 일어남에 따라 멀리 사는 남편의 형제들이 부모님을 보기 위해 자신의 생활을 잠시 보류하고 찾아와 우리집에 묵게 되면서, 우리가 돌보고 살펴야 할 일들이 더 많아졌다. 돌봄이라는 롤러코스터에 올라탄 나는 어머니를 돌보면서 너무도 고통스럽게 배운 교훈을 기억하려고 몸부림쳤다. 돌봄의 결말은 자유가 아니라는 것. 돌봄의 결말은 큰 슬픔이라는 것.

시아버지는 심장 절개 수술에서 회복한 지 얼마 안 되었는데도 시어머니를 계속 돌보았다. 한번은 그런 책임감에 압박을 느끼셨는지 내 남편에게 옛날에는 가족들이 몸이 아픈 손윗사람들을 집에서 모셨다고 상기시키기도 했다. 남편은 옛날에는 심부전증이나 파킨슨병에 걸린 노인들이 오래 살지 못해서 지금 시부모님이 필요로 하는 도움조차 받지 못했다고, 그러니 미래에 일어날지 모르는 불가피한 재앙은 염려하지 마시라고 아버지에게 말씀드렸다.

내 어머니는 생활 지원 시설에 들어갈 형편이 되지 않았고, 우리는 늘 언젠가 어머니가 이사 와서 우리와 함께 살거라고 생각했다. 하지만 어머니는 가능할 때까지는 독립적으로 생활하기를 원했고, 나에게도 어머니와 적어도 잔디밭 하나만큼의 거리를 유지해야 할 이유가 있었다. 나는 집에서 일을 했기 때문에, 손길이 많이 필요한 손윗사람과 옆방에 함께 살면서 직업 생활을 유지한다는 건 거의 불가능했다. 어머니와의 이 딜레마는 결코 해결된 적이 없었지만, 시어머니가 호스피스 시설에 들어가시자 비슷한 상황이 다시 닥쳐왔다. 60년 동안 시어머니와 함께 행복한 결혼 생활을 해 온 시아버지가 생활 지원 시설에서 혼자 사셔야 한다고 생각하니 가슴이 찢어졌다.

"하지만 당신 아버지는 여기서도 외로우실 거야." 나는 남편에게 말했다. "만약 아버님이 이사 들어와 우리와 함께 사신다면, 나는 아파트 하나를 빌려야 할걸. 그래도 생활 지원 시설 주변에는 하루 종일 사람들이 있으니 아버님이 거기서 계속 생활하시는 게 더 낫지 않을까? 대신 우리 엄마가 그러셨던 것처럼 매일 우리 집에 오셔서 저녁을 드시게 하면 어때?"

남편이 나를 바라보며 물었다. "그러니까 당신 *사무실*을 말하는 거지? 아버지가 우리 집으로 이사 들어오신다면 당신이 사무실을 빌려야 할 거라는 뜻이지?"

나는 웃었다. 사무실을 말한 게 맞았다. 하지만 잠시 동안 남편은 확신하지 못했다. 결국 시아버지는 생활 지원 시설에 그대로 사시게 되었다.

물론 시아버지 말씀도 일리가 있었다. 옛날에는 가족이라는 체계가 지금과는 매우 다른 방식으로 작동했다. 대공황 시대에, 내 어머니의 어린 시절에 화재가 나서 집이 흔적도 없이 불타 버렸을 때, 어머니의 가족은 전부 내 외증조부모님 집으로 들어가 함께 살았다. 몇 년 뒤에는 나의 외외증조할머니도 그곳으로 이사 들어오셨다. 그 세대에서 마지막으로 남은 분이 돌아가시기 전 나는 대학에 있었다. "나는 평생 동안 사람들을 돌보았어." 외할머니는 놀라워하며 말씀하셨다. "그런데 이제 나 자신을 위해서는 뭘 해야 할까?" 시어머니가 그 맹렬한 질병의 마지막 단계에 진입함에 따라, 그분 자신 그리고 그분을 사랑하는 우리 모두에게 하루하루를 무사히 넘기는 일은 무시무시한 도전이 되었고, 나는 외할머니의 한탄 어린 질문을 끊임없이 나 자신에게 상기시켰다.

이윽고 나의 아름다운 시어머니도 세상을 등지셨다. 나는 매일 시어머니를, 그리고 내 부모님을 생각한다. 그분들의 뚜렷한 특성—내 아버지의 흔들리지 않는 낙천주의, 내 어머니의 불손한 위트, 시어머니의 심오한 관대함—은 나와 세상 사이에 얇은 막을 형성해 주었는데, 이제 그분들 자신이 손에 만져질 듯 존재하는 부재가 되었다. 그분들이 저세상으로 떠남으로써 나는 모든 것을 다르게 보게 되었다.

깔끔한 도주 같은 건 없다

종조부 한 분이 3층 창문에서 떨어지셨다. 아마도 아내분이 민 것 같았다. 다른 종조부님은 팔걸이 의자에 앉은 채 잠이 들었다가 원인 불명의 화재가 나는 바람에 새카맣게 타 버렸다. 또 다른 종조부님은 변기에 앉아 있다가 가스 누출 사고로 사망하셨다. 놀랍게도 그분은 욕실에서 생을 마친 유일한 종조부님이 아니었다. 하지만 욕실에서 생을 마친 다른 종조부님의 경우 상황이 조금 불분명하다. 그분은 오랫동안 심장 질환을 앓다가, 혹은 단순히 술에 취해 정신을 잃고 쓰러져 머리를 부딪치는 바람에 때 이르게 사망한 것으로 알려졌다. 술 문제도 오랫동안 알려져 있었을까? 그건 뭐라고 말할 수가 없다. 그 이야기는 정확한 세부 사항과 함께 전해 오는 가족사에 속하지 않기 때문이다.

나는 뇌졸중으로 의사소통에 문제가 생겼지만 요구 사항은 전혀 줄어들지 않았던 성미 까다로운 종조모님을 또렷이 기억하고 있다. 주변 사람들은 그분의 입에서 나오는 말을 종잡을 수 없었지만, 그분 자신은 평서문으로 의사소통하기 위해 온갖 시도를 했다. 저녁 식사 자리에서 그분은 이렇게 말했다. "내가 크레용을 원하는 건 사실이야." 집에 가는 것이 요구 사항일 때는 이렇게 말했다. "내가 오줌을 누게 된 건 사실이야."

　　아이들에게 그들의 조상에 관해 무슨 말을 해 줘야 할까. 사람들과 함께 식사하는 식당에서 자위 행위를 하는, 작지만 엄격한 사회적 금기를 전혀 의식하지 못하는 노망 상태에 돌입한 종조모님에 대해 말이다. 혹은 삶의 맨 끝에, 마지막 시간에 다다라 더 이상 아무도 사랑하지 않고 뒤에 남겨질 사람들과의 최소한의 관계조차 의식하지 못하는 손윗사람들에 대해 말이다. "그만해라." 베개 위치 때문에 아버지의 목이 불편한 각도로 구부러져서 내가 고쳐 주었을 때, 대부분의 시간에 의식이 없던 내 아버지가 말씀하셨다. "그러지 마라." 내가 손을 쓰다듬었을 때 시어머니가 말씀하셨다.

　　오, 그들이 가실 때 우리는 그 생명을 비통해한다. 오, 그들이 계속 살아 계실 때도 우리는 그 생명을 비통해한다.

유골, 2부

2015년, 내슈빌

시아버지가 시어머니의 무덤을 위해 주문한 표지판을 자세히 들여다보고 계신다. 그 표지판은 한 달 전 시어머니의 유골을 안치한, 시어머니의 부모님과 조부모님의 무덤 옆에 있는 구두 상자 크기의 부지에 설치될 것이다. 글자 사이의 간격은 꽤나 일정해 보이지만, 시아버지는 확신하지 못한다. 그는 각 단어들이 제자리에 정확히 등장하는지 확신하지 못한다—아마도 날짜가 맨 마지막에 와야 하지 않을까? 시아버지는 비통한 마음으로 우리 집 테이블 앞에 앉아그 표지판을 오랫동안 살펴본다. 시아버지는 800킬로미터가 넘는 거리에 있는 장례 회사에서 보내 온 우편물에 나오는 문구를 살펴보라고 우리 각자에게 차례로 요청한다. 우리 생각에 그 글자들이 정확하냐고? 그것은 틀림없이 완벽할 것이다. 하지만 그것이 완벽한지 살펴보는 게 시아버지의 일이다. 때가 되면 시아버지의 표지판이 시어머니의 표지판 옆에 놓일 것이다. 그리고 그때 시아버지는 이곳에서그것을 바로잡지 못하실 것이다.

시아버지가 나를 보며 묻는다. "네 부모님은 어디에 묻혔지?" 내 어머니가 돌아가신 지 2년이 넘었고 아버지가 돌아가신 지는 10년이 넘었지만, 지금껏 한 번도 하지 않으셨던 질문이다.

남편이 기침을 하고 외면한다. 우리 아들들이 나를 바라본다.

"아직 매장을 하지 않았어요." 내가 대답한다.

시아버지는 놀란 듯하다. "그럼 지금 그분들은 어디에 있니?"

엄밀히 말해 기침은 아닌 어떤 소리가 남편에게서 터져 나온다. 나는 아들들을 쳐다본다.

"아빠의 옷장 안에 계세요." 우리 아들들 중 한 명이 할아버지에게 말한다.

단풍나무

두 번 다시 아니다

우리가 기다려 온, 동경해 온 비가 마침내 우리가 살고 있는 테네시주에 도착했다. 그리고 지금은 단풍잎이 엄청나게 엉겨서 떨어지고 있다. 비가 내리고, 나뭇잎이 떨어지고, 내 막내아들은 자기 형들처럼 우편으로 병역 선발 통지를 받았다. 그리고 오늘 집에 돌아왔을 때 나는 앞뜰에 검은색 콘도르 한 마리가 홀로 서 있는 것을 발견했다.

　나는 지칠 줄 모르는 환경미화원들이 노변을 따라가며 하는 것과 비슷한 일을 해 주는 데 대해 콘도르들에게 늘 고마워한다. 그렇기는 하지만, 콘도르가 내 집을 향해 소유의 몸짓을 펼치고 있는 모습은 정확히 말해 반가운 가을 정경이라 볼 수는 없다. 창밖에 비가 내리는 침울한 주중과 어머니의 마음 가장자리를 갉아먹고 있는 전쟁의 이미지도 반갑지 않다. 그 이미지는 피할 수가 없다.

　우리는 대부분의 잔디밭이 매우 깨끗하게 다듬어진 동네의 지저분한 구역에 살고 있고, 콘도르는 흔하게 찾아오는 방문객이 아니다. 하지만 여기에, 우리 집 현관 포치에서 몇 미터 떨어진 곳에 콘도르 한 마리가 서 있다. 나는 진입로에서 꾸물거리며 녀석을 지켜본다. 녀석은 아무것도 먹고 있지 않다. 단지 거기에 서서 우리 집을 바라보고 있다. 이

따금 녀석이 날개로 몸을 감싼 채 머리를 떨어뜨리고 구부린다. 그러나 녀석의 발치에는 아무도 없다. 침입자로부터 보호할 먹잇감이 없다. 사실 침입자도 없다.

나는 다시 돌아가 주변을 운전하다가 집을 가로질러 걷고, 현관문을 연다. 콘도르는 새 특유의 곁눈질로 나를 보려고 대머리를, 검은 얼굴을 돌린다. 그런 다음 날개를 무겁게 퍼덕이며 정원을 낮게 가로질러 날다가, 어머니가 사시던 집 위로 날아간다. 내가 늙은 개를 밖으로 내보내자 개는 콘도르가 서 있던 자리에 코를 대고 몇 번이고 킁킁거리지만 뚜렷한 결론을 내지 못한다.

도로에 콘도르의 눈에 띄지 않은 듯한, 최근에 죽은 다람쥐 한 마리가 있다. 나는 콘도르가 틀림없이 어떤 본능에 의해 죽은 다람쥐의 존재를 감지했을 거라 생각한다. 분명 그 죽은 다람쥐가 우리 정원에 그 새를 불러왔을 것이다. 다람쥐는 우리 집 아래 정교한 터널 속에 사는 일종의 동거인이었고, 나는 그 다람쥐가 슬퍼해주는 사람 한 명 없이 비에 흠뻑 젖은 도로에 누워 있는 모습을 생각하고 싶지 않다. 나는 출입구에서 한 걸음 물러난 채, 콘도르가 와서 상(賞)을 가져가길 기다렸다.

하지만 그건 내 의지가 만들어 낸 생각이었다. 연방정부가 내 아이를 요구하는 통지서를 보내온 날 내 집에 잠복하고 있던 커다란 검은 콘도르에게서 징조와 조짐을 읽으려는 인간 본연의 본능에 맞서기 위해 만들어 낸 대비책. 나는 내가 합리적인 인간이라고 생각한다. 나는 전조를 읽거나 별점을 치는 사람이 아니다. 포춘 쿠키의 예언도 기껏해야 약간 비웃는 마음으로 받아들인다. 그러나 20여 년 전, 나는 행운의 편지의 연쇄를 감히 끊으려 하는 사람에게 불운이 닥쳐온다는 날이 되기 직전에 그 편지 20장을 직접 배달한 적이 있다. 당시 나는 제정신이 아니었다. 두 번의 유산으로 몸이 크게 축나서 고통받았고, 또다시 임신을 했지만 상태가 불안정해서 아기가 살아서 나올 거라는 기대를 거의 할 수 없었던 것이다. 나는 혹시나 하는 마음에 행운의 편지 다발을 내가 모르는 사람들의 우편함에 집어넣었다.

그때 태어난 아이가 2년 전 병역 선발에 지원했고, 이제 그 아이의 동생 차례가 되었다. 우편함 속 카드 한 장이 나를 고대의 전조로 거슬러 올라가게 한다 해도, 나는 위험이 단지 상상의 산물이 아니라 실제로 존재하는—공포가 미신이 아니라 제물의 일부인—세계 어딘가에서 복무하는 아이 어머니의 마음을 잡아뜯는 두려움을 상상만 할 수 있을 뿐이다.

콘도르를 에드가 앨런 포의 큰까마귀와 비슷한 존재로 여기고 싶은 유혹에도 불구하고, 나는 그 녀석이 단지 새일 뿐임을, 뭔가를 예언하는 전조가 아님을 안다. 미망인의 상복처럼 검은 옷을 입고 도착해 홀로 근엄하게 서서 깜박이지 않는 한쪽 눈으로 나를 응시하는 그 녀석은 그냥 새일 뿐이다. 인간의 영역의 작동 방식에 무관심하고 인간의 마음의 작동 방식을 전혀 알지 못하는 커다란 검은 새일 뿐이다.

날이 어두워진 뒤 늙은 개를 산책시키기 위해 길을 나

서 보니, 불운한 그 다람쥐는 자신이 종말을 맞이한 도로에 여전히 누워 있었다. 다음 날 아침 나는 늦게 일어났다. 마침내 책상 앞에 앉아 창밖을 내다보았을 때, 도로에는 아스팔트에 달라붙어 있던 전날의 다람쥐의 흔적이 전혀 없었다. 잔디밭에는 윤기 나는 검은 털 하나 놓여 있지 않았다.

역사

"네 손의 느낌이 네 어머니 손의 느낌과 똑같구나." 내 손을 잡고 걸으며 아버지가 나에게 말한다. 나는 열두 살이다. 나는 손을 빼내어 내 앞쪽에 놓는다. 더러운 손톱, 찢긴 큐티클, 반지는 없다. 이건 어머니의 손이 아니다. 전혀 어머니의 손 같지 않다. 그냥 내 손이다.

~

내가 학교에 있는 동안 어머니는 내 견진성사용 드레스의 치맛단에 감침질을 했다. 사실 그 드레스에는 단이 두 개 있었다—하나는 노란색 바탕 천이고, 다른 하나는 데이지 꽃이 위에 떠다니고 속이 비치는 가볍고 투명한 재질의 천이었다. 드레스를 입어 보니 나한텐 약간 길었다. 치맛단이 바닥에 닿았는데, 아스팔트 주차장을 가로질러 끌면서 걷기에는 데이지 꽃 장식이 너무 약했다—견진성사 중 내가 제단에 불려 나갈 때쯤이면 가볍고 투명한 천이 누더기가 될 터였다. 감침질한 부분을 뜯어내고 치맛단을 핀으로 고정한 뒤 자잘한 스티치를 촘촘히 박아 8학년 아이가 입고 걸어도 걸려 넘어지지 않게 만들 시간이 없었다. "이걸 신어라." 어머니가 말했다. 3센티미터 높이의 그 신발은 내 첫 하이힐이었다. 어머니의 하이힐 때문에 내 발에는 흐릿한 자국들이 남았다. 어머니의 발 앞꿈치가 구부러지는 곳, 어머니의 발가락이 펼쳐지는 곳. 그 구두는 나에게 아주 잘 맞았다.

~

그 웨딩드레스는 앨라배마의 다락방에서 28년을 보냈다. "거기서 남아난 건 아무것도 없을 거예요." 내가 말한다. 썩은 목재 부스러기가 망가뜨리지 않은 게 있을까. 게다가 나방이 오래전에 먹어 치웠을 것이다. "좀 두고 보자." 욕조 옆에 무릎을 꿇은 어머니는 여러 해 전 자신이 작은 진주알을 꿰매 단 샹티 레이스에 묻은 얼룩 위로 베이비 샴푸를 짜면서 말한다. 그 옷감은 당신 자신이 입을 드레스에 쓰려고 영국에서 주문한 이중색 실크다. 대여섯 장의 천이 욕조 안에서 흠뻑 젖어 있다가 대여섯 번의 아침에 화창한 뒤뜰에서 좍 펼쳐졌고, 드레스는 다시 하얗게 변한다. 인내심 있는 손가락들이 며칠 동안 돋보기 밑에서 매우 가늘고 가벼운 실로 바느질을 하고, 찢긴 조각이 한 번 더 전체가 되고, 쇄골의 물결 장식이 완벽하게 둥글어지고, 손목의 포인트가 정확히 중앙에 온다. 나는 그 하얀 소란스러움 안으로 걸어 들어가 섬세한 소매 안에 양팔을 집어넣는다. 그리고 어머니가 지퍼를 올리는 동안 숨을 죽인다. 솔기 하나 고칠 필요가 없다.

어머니는 서른 살에서 서른여섯 살 사이에 아이 셋을 가졌고, 나도 서른 살에서 서른여섯 살 사이에 아이 셋을 가졌다. 지금 내 몸은 정확히 어머니 몸의 복제품이다. 내 굵어진 허리에서 어머니를 본다. 어머니의 발이 나를 세상 속으로 나아가게 하는 동안 나는 지켜본다. 내 목의 접힌 부분과 눈썹에서 그리고 아버지가 어머니에게 준 반지를 낀 내 손가락의 곡선에서 어머니를 느낀다. 어머니가 절대 빼지 않던 그러나 남겨 줘야 했던 반지.

유골, 3부

2017년, 로워 앨라배마

어머니가 돌아가신 후, 나는 불현듯 어머니가 아버지를 땅으로 보내 드리기를 꺼렸던 걸 이해하게 되었다. 첫 번째 문제는 그 일 자체가 불가능하단 것이었다. 눈물을 줄줄 흘리며 내슈빌에서 로워 앨라배마까지, 그렇게 멀리 운전해 갈 방법이 없었던 것이다. 그다음 문제는 실제로 땅에 묻기까지의 과정이었다. 구멍 파는 연장 정도의 작은 면적이라 해도, 가족 묘지가 이미 공식적으로 수용 가능한 최대치의 망자를 수용하고 있는데 어떻게 무덤을 열어도 된다는 허락을 받겠는가. 그렇다고 한밤중에 거기로 운전해서 들어가는 건 말이 되지 않는다는 데 우리 모두 동의했다. 그곳은 앨라배마 시골의 가장 깊숙한 지역이고, 모든 사람이 무장을 하고 지낸다. 또한 신부님의 허락도 받아야 하고.

그리고 어머니의 다섯 번째 기일에 마침내 그 일이 일어났다.

∾

형제들과 함께 어머니의 유골을 집으로 모셔 온 다음 날 아침 알람이 울렸을 때, 나는 꿈을 꾸고 있었다. 꿈속에서 나는 어떤 아이들과 함께 노래를 불렀다. "유골, 유골, 우리는 모두 쓰러진다네." 아이 하나가 게임을 멈추고 엄숙하게 말했다. "유골을 주머니 안에 가지고 있으면 안 돼요."

~

프랫빌을 막 지나친 곳에 있는 I-65에서는 칡이 울타리 안의 땅을 온통 질식시킨다. 나는 얽히고설킨 덩굴식물 너머로 더 이상 돌지 않는 유명한 물레방아 바퀴를 보려고 안간힘을 쓴다. **교회에 다니세요, 그러지 않으면 악마가 여러분을 사로잡을 겁니다**라는 간판은 이제 사라지고 없다. 우리는 우리를 집으로, 외할머니의 죽음 이후 내가 수년 동안 가지 않았지만 여전히 집이라 생각하는 곳으로 데려다줄 블루 하이웨이*를 따라간다. 몽고메리를 지나친 후에 고속도로를 벗어난다. 미모사가 피어나고 있다. 도로 뒤쪽으로 펼쳐진 초원에는 왜가리가 낮잠을 자는 소 위에 서 있거나 도로 가까이에 있는 연못 가장자리에서 먹이를 잡는 중이다.

우리는 조부모님이 사시던 마지막 집—예전에 살던 큰 집을 유지하기 버거워서 콘크리트 벽돌로 새로 지은—을 지나쳐 곧장 교회로 향한다. 교회 묘지의 출입구 옆 나무 위에서 흉내지빠귀 한 마리가 정원 건너편 소나무 속 다른

---

* 미국의 도로 책에서 고속도로의 주요 경로는 빨간색으로 표시된 '레드 하이웨이'이고, 상대적으로 작은 길은 파란색으로 표시되어 '블루 하이웨이'라 불린다.

흉내지빠귀와 경쟁하며 노래를 부르고 있다. 그 구석진 곳
에서는 새들의 노래와 바람이 유일한 소리다.

남동생이 구멍 파는 연장을 꺼내 든다. 그것은 내가 하
나의 상징으로, 엄마의 특별한 계획에 대한 긍정으로 짐 속
에 챙겨 온 것이었다. 그것이 유용하게 쓰일 거라 기대하지
는 않았다. 적어도 내가 함께 챙겨 온 날이 긴 삽과 비교할
땐 아니었다. 하지만 그 구멍 파는 연장은, 현장에서 밝혀진
바, 완벽한 도구였다. 자신의 생가를 영영 떠나고 수십 년이
흐른 뒤에도, 어머니는 대부분 붉은 모래이고 도구의 날에
아무런 저항 없이 순응하는 먼지가 섞여 이루어진 그곳 흙의
촉감을 정확히 기억했었다. 남동생은 겨우 1~2분 만에 부모
님의 유골을 충분히 안치할 정도로 큰 구덩이를 팠다.

남동생이 상자를 열고, 상자 안에 들어 있는 상자를 또
연다. 그런 다음엔 상자 안의 비닐봉지를 열고, 그 안의 유
골을 흔들어 구덩이 안에 뿌린다. 파낸 흙을 구덩이 안에 발
로 밀어 넣기는 쉬울 것이다. 하지만 우리 모두 머릿속이 멍
해져 있다. 우리 부모님 중 어느 한 분도 전통적인 의식을
고집하는 부류의 사람이 아니었음에도, 발로 흙을 차서 무
덤 안을 메우는 행위가 무례한 일이라는 무언의 느낌이 있
다. 남동생과 여동생과 나는 각자 흙 한 줌을 손으로 떠서
구덩이 안 유골 위에 뿌린다. 그런 다음 서로를 바라본다.
우리가 노래를 불러야 할까? 기도 몇 마디를 해야 할까? 아
무도 주도적으로 나서지 않는다. 남동생이 삽으로 작업을
마무리한다. 흉내지빠귀들이 자기들의 찬가를 노래하고, 우

리 모두 둔덕 모양의 흙을 발로 밟아 단단히 다진다.

　　이제 부모님은 어머니가 세례를 받은 교회와 어머니가 읽기를 배운 학교 건물 사이 묘지에 묻혀 있다. 부모님은 이제 흙 속 깊이, 어머니의 부모님이 묻힌 흙 속 깊이, 부모님의 부모님이 묻힌 흙 속 깊이 묻혀 있다. 그들보다 먼저 세상에 온, 기억하기에는 너무 먼 과거에 있는 모든 사람들 가까이에 묻혀 있다.

가면을 쓴

처음 그들이 근처에 모습을 드러냈을 때, 나는 찌르레기인 줄 알았다. 찌르레기 무리는 새 급식기에 큰 골칫거리다. 음악적 소양이 없는 그 떠들썩한 새 무리는 바람막이 창과 정원용 가구를 더럽히고, 먹이를 향해 격렬히 떼밀며 달려드는 바람에 다른 새들은 감히 가까이 다가오지 못한다.

하지만 그 새 떼는 급식기에서 멀리 떨어진, 너무 멀어서 잘 보이지도 않는 높은 우듬지에 머물렀다. 이윽고 기온이 떨어져 여러 날 동안 물웅덩이가 언 채로 유지되었고, 우편함 속의 모든 새가 물을 마시려고 따뜻한 새 물통에 모습을 드러냈다. 나는 그 방법을 통해 그들에게 가까이 다가갈 수 있었고, 그들이 왜 거기에 왔는지도 알 수 있었다. 뒤뜰의 모든 새 중 가장 이국적인 애기여새들. 그들은 늦가을과 겨울에만, 호랑가시나무와 팽나무 그리고 일본 인동덩굴이 열매를 맺을 때만 이곳 미들 테네시에 머무른다. 내 새 물통에서 그 새 무리를 보니 마치 기적 같았다.

하지만 겨울에는 햇빛이 비스듬히 비치고, 집을 둘러싼 나무들이 헐벗은 탓에 그늘도 전혀 생기지 않는다. 새들에게 이런 조합은 치명적일 수 있다. 우리 집 창문이 거울로 변해 하늘을 비춰 보여 주고, 마치 비행기에서 내려다보는 듯한 탄탄한 구도를 만든다. 나는 할 수 있는 모든 조치를 취했다—방충망을 설치하고, 유리문에 스티커를 붙이고, 서까래에 고드름 램프를 매달았다. 하지만 이주하는 새들은 낯선 건물 가까이에서 방향 감각을 상실할 수 있다. 애기여새들이 새 물통에 나타난 다음 날, 나는 그 새들 중 한 마리를 발견했다. 무리는 오래전에 떠났고, 그 새 한 마리만 창문 두 개가 나무들과의 거리 때문에 신기루를 만들어 내는 집 한구석 아래 진입로에서 헐떡이고 있었다. 새는 그 자리에 조용히 누워 있었고, 나는 그 새를 보려고 몸을 굽혔다.

부상을 입은 흔적은 보이지 않았지만, 정원 안 좀 더 안전한 곳으로 옮겨 주려고 내가 양손으로 부드럽게 감싸 올렸을 때 너무도 조용히 있는 걸 보니 녀석이 심한 상처를 입었음을 알 수 있었다. 녀석은 내 엄지손가락을 쪼려고 무기력하게 애썼다. 하지만 내가 손가락으로 날개를 오므려 줬을 때 전혀 몸부림을 치지 않아서, 어떻게 해야 할지 알 수가 없었다. 너무 큰 아름다움은 인간의 손안에 받쳐질 수 없는 법이다.

그 황금빛 가슴 깃털은 위로 올라갈수록 점점 창백한 갈색이 되었고, 등에 다다르면 회색으로 변해 있었다. 그 회색 깃털은 애기여새에게 어떤 빛을, 빌려온 광채를 부여했다. 마치 햇빛을 받아 온종일 빛나는 눈(雪)처럼. 녀석의 뾰족한 볏과 근사한 가면—몸에 둘린 검은색 줄 하나—이 녀석의 창백한 수채화 느낌의 색들을 날카롭게 벼려 맹렬한 표정으로 만들었다. 녀석은 날개 끝이 타는 듯 붉은 색이고 요란한 노란색 줄무늬가 꼬리깃털 끄트머리를 가로지르는 작은 노상강도였다. 새가 부르는 오페라 아리아. 하늘을 날아다니는 정글의 꽃. 공기와 빛과 생기의 무게가 느껴지지 않는 융합. 죽어 가는 그 사랑스러운 생명체를 두 손으로 들고 있는 것은 하나의 선물이었다. 그러나 녀석의 죽음을 선물로 느끼는 기분은 좋지 않았다.

나는 그 녀석이 죽어 가고 있다는 걸 알지 못했다. 알았지만 알지 못했다. 적어도 창문을 향해 날아오는 모든 새의 절반이 궁극적으로는 내출혈로 죽을 것이다. 심지어 그들이 회복된 듯한 모습으로 날아갈 때도 말이다. 하지만 이 기절한 애기여새는 날아갈 수 있는 상태가 아니었다. 그 순간 내가 한 유일한 생각은 우리 개가 호기심에 킁킁거리다가 죽이지 못하도록 녀석을 나무 위에 높이 올려 주는 것이었다.

어떤 위기가 닥쳐올 때마다 나는 늘 앎과 알지 못함의 사이에 난 틈에, 정보와 이해력 사이에 난 틈에 버려진 나 자신을 발견하는 것 같다. 내 둘째 아들이 유아였을 때 머리를 부딪쳐 잠시 호흡이 멈춘 적이 있다. 나는 심폐소생술 훈련을 받았지만 도움을 주기 위해 그 작은 몸을 어떤 자세로 눕혀야 하는지 정확히 알지 못했고, 어떤 식으로 아기의 폐에 부드럽게 숨을 불어넣어야 하는지도 정확히 알지 못했다. 내 자식이 위험에 처한 경우를 셈에 넣지 못했다. 나는 아이를 낚아채 부드럽게 안았다. 그러는 동안 아이의 입술이 잿빛이 되었고 남편이 구급차를 불렀다. 지식과 본능이 다툼을 벌이면 늘 본능이 승리한다.

나는 그 부상 입은 새가 안전하고 따뜻한 곳에서 숨을 거두도록 옮겨 줘야 했다. 몇십 센티미터 떨어진 곳에 있는 사이프러스 나무로 데려가 그 나무 속 깊숙한 가지 위에 올려놓지 말고 말이다. 녀석의 발이 경련하듯 움직였지만 결국에는 잠잠해졌다. 내가 녀석을 떠나 안으로 들어갈 때 녀석은 나뭇가지에 매달려 있었다. 그리고 15분 뒤 다시 가 보니 나무 아래 부드러운 땅으로 굴러떨어져 있었다. 날개 하나가 박제사의 전시품처럼 펼쳐진 채. 그 부드럽고 연한 붉은 날개 끄트머리가 손가락을 쫙 펼친 거리만큼 펼쳐져 있었다. 녀석이 죽었다는 걸 알기 위해 주워 올릴 필요가 없었다. 나는 녀석이 죽었다는 걸 알았다. 하지만 그전에 녀석이 죽어 가고 있다는 건 알지 못했다.

왜 알지 못했을까? 내 어머니는 뇌일혈로 돌아가셨다. 뇌 속에 출혈이 일어나면 갈 곳을 잃은 혈액은 살아 있는 생각 세포들(cells of thought)과 자아 세포들(cells of self)을 밀어내며, 그걸 막을 방법은 없다. 나는 그런 식으로 죽어 가는 생물이 어떤 모습을 하게 되는지를 바로 곁에서 보았었다. "사랑해요." 우리가 어머니의 CT 촬영 결과를 기다릴 때 내가 말했다. "엄마는 나에게 좋은 엄마예요." 어머니의 눈이 감길 때 어머니에게 말했다. "고맙구나." 어머니가 대꾸했다. 나는 의사가 와서 무엇을 해야 하는지 나에게 말해 주길 기다리고 있었다. 그것이 어머니의 마지막 말이라는 걸 나는 알지 못했다. 알았지만 알지 못했다.

내가 그 부드러운, 갈색의, 기적의 새를 어둡고 따뜻한 방에서 숨을 거두도록 옮겨 주었다면 좋았을 것이다. 어머니가 숨을 거두셨을 때, 어머니의 손이 이미 차가워지고 있다는 걸 내가 알아차리지 못했다면 좋았을 것이다.

내가 널 얼마나 사랑하는지 넌 절대 모를 거야

2018년, 내슈빌

이 문구가 어디서 왔는지 나는 정확히 알지 못한다—순수한 당밀 같은 그 가사는 상투적인 말보다 더 고약했다. 아버지는 자동차 라디오를 늘 빅밴드 채널에 맞춰 놓았다. 아버지와 같은 중년을 위한 올디스(oldies) 채널이었다. 내가 내 시대보다 훨씬 전에 불린 노래들을 들을 수 있었던 건 그 덕분이었을 것이다. 아마도 나는 그 노래를 열 살 또는 열한 살이던 해에 내가 끼고 살던 트랜지스터 라디오로 들었던 것 같다. 그 나이는 언어가 고착되는 나이, 시와 노래 가사와 주술적인 기도가 혈관 속 혈액의 솟구침과 통합되는 나이다. 그때로부터 40년 이상이 지난 지금, 그 노래들이 다시 내 트랜지스터 라디오에서, 내 중년의 올디스 채널에서 흘러나오고 있다. 나는 결코 새로운 찬가를 배우지 않을 것이다.

아니면 나는 그 문구를 어느 끔찍한 소설에서 혹은 그 끔찍한 소설을 짧게 요약한 축약본에서 읽었을 수도 있다. 당시에는 그런 축약본들이 『리더스 다이제스트』에 대여섯 편씩 묶여서 실리곤 했다. '내가 널 얼마나 사랑하는지 넌 절대 모를 거야' 같은 문장을 쓰는 일에 거북함을 느끼지 않는 저자들에 의해 평화롭게 압축된 책들.

아니면, 혹시 예전에 누가 나에게 그런 말을 한 적이 있던가? 어울리지 않는 사랑의 필사적인 광기에 휩싸인 어느 소년이 바로 그 말을 내 귓가에 속삭였을까? 이제는 한낱 꿈으로 보이는 사랑보다 더 긴 수십 년의 시간을 끌면서 걸 쇠를 채울 자리를 발견한 곳에?

상관없다. 어쨌든 그 문구는 내 사고의 힘줄 속에서, 늘 펼쳐지는 기억의 갈피 속에서 작동해 왔다. 나는 잠을 자면 서 그 말을 듣는다. 설거지를 할 때 또는 정원에 물을 줄 때 그 말이 나에게 온다. 뱀들이 내 귀를 빙 둘러싸더니 내 머 리에 보이지 않는 왕관을 씌운다. 그러고는 내 머리카락 속 으로 스르르 미끄러져 기어간다.

나는 여섯 살에 첫사랑을 잃었다. 길 건너 언덕 위에 살 던 한 소년을 사랑했는데, 우리 집이 마을을 떠나 이사하게 되었다. 그런 말을 하기에는 내가 너무 어리기 때문에, 갈망과 격정을 담는 그릇이 되기엔 아직 너무 어리기 때문에, 내가 널 얼 마나 사랑하는지 넌 절대 모를 거야. 심지어 그때도 나는 그 문 구를 이미 알고 있었던 걸까? 순수하게 진부한 그 한 줄의 문장은 상실에 완전히 사로잡혀 있던 내 머릿속 파충류의 뇌에 박혀 버렸던 걸까?

내가 친구로 생각한 한 여성이 언젠가 나에게 말했다. "너의 핵심 동기는 상실에 대한 두려움이야." 그건 설명이 아니라 비난이었다. 그 친구는 내가 겁쟁이라고 말한 것이 다. 내가 어디로도 가지 못하고 아무것도 성취하지 못할 거 라는 뜻이었다. 그 친구가 잃을지도 모른다는 두려움을 느 낄 정도로 한 번이라도 누군가를 깊이 사랑해 본 적이 있는지 궁금해졌다. 하지만 이런 생각은 그 친구의 생각만큼이나 추했다. 그리고 어쨌든 그 친구의 말은 틀리지 않았다.

어린 소녀로 하여금 한밤중에 부모님 방으로 걸어가 부모님의 몸에 차례로 손을 얹게 만드는 것, 그들이 잠에서 깨어나지 않도록 아주 가볍게 건드려서 그들이 여전히 숨을 쉬고 있는지 확인하게 만드는 것? 그들이 숨을 쉴 때마다 내 손이 올라갔다 내려온다. 나는 자리를 뜨려고 몸을 돌린다. 그들은 내가 여기에 왔었다는 걸 절대 모를 것이다. 내가 그들을 얼마나 사랑하는지 절대 모를 것이다.

개똥지빠귀

분리 불안

8월의 황혼녘이다. 개똥지빠귀 울음이 어둠에 맞서 마지막 부름과 응답의 노래로 낮 동안의 햇빛을 보내며 대기를 가득 채운다. 나는 봄 내내 그 새들이 둥지를 짓고 새끼를 키우는 모습을 지켜보았고, 예리한 눈을 가진 그 새끼 새들이 단음절로 귀에 거슬리는 소리를 내어 뭔가 요구하는 것을 들었다. 나는 여름 내내 부모 새가 어린 새들에게 날개를 파닥여 지면에서 나뭇가지로 혹은 적어도 빽빽한 관목 안쪽 나뭇가지로 최대로 빠르게 올라가는 법을 가르치는 모습을 지켜보았다. 지금은 어린 새들이 자포자기의 단조로운 음을 내던 새끼 시절을 지나 많이 자랐고, 어리고 나이 든 개똥지빠귀들이 모두 같은 노래를 부르고 있다. 석양이 내리면 그 노래는 애절한 소리가 된다―가슴 아픔보다는 덜한 어떤 것, 음울함보다는 더한 어떤 것.

아마도 조금씩 움직이는 그 슬픔은 개똥지빠귀와는 전혀 상관이 없을 것이다. 여름이 끝나 가고 있고, 나의 어린 아들들―한 해 중 일부 기간이나마 집에 와 있는 두 아이―은 대학으로 돌아갈 것이다. 나는 아이들이 떠나는 모습을 편한 마음으로 볼 수가 없다. 아이들이 더 어렸을 때 내가 아이들에게 느낀 연결은 강력했다. 아이를 가진―몸속에든

295

팔에든—초기에는 반쯤은 공생 관계 같다는 느낌마저 들었다. 그 모든 해를 지나온 후 모성은 여전히 내 안에서 맥박처럼 똑똑 소리를 냈고, 긴 줄에 서 있을 때마다 나는 유령 아기를 팔에 안은 채 안절부절못하며 흔들리는 나 자신을 발견했다. 내 아들들을 본다. 이제는 전부 키가 180센티미터가 넘는다. 때때로 그 아이들의 머리가 내 엉덩이 근처에 머물지 않는다는 걸, 그 아이들의 축축한 손가락이 내 머리카락에 얽혀 있거나 블라우스 뒷자락을 움켜쥐지 않는다는 걸 믿을 수가 없다. 때로는 저녁 식사 중 아이 한 명이 유리컵을 입술에 가져갈 때, 그 아이의 손이 빨대 컵을 붙잡던 모습이 눈앞에 선하게 떠오른다.

나는 나이 어린 아이들의 엄마 노릇하는 것이 얼마나 진 빠지는 일인지 잊지 않고 있다. 그 시절 그 비좁은 방들과 선택지가 거의 없었던 여러 계획들. 언제나 내 품 안에 혹은 내 발치에 머무는 아이들. 그 시절 삶이 얼마나 반복적이었는지, 깊은 숨을 쉴 수 없다고 느낀 적이 얼마나 많았는지 잊지 않고 있다.

그래도 이따금 나는 이 남자와 이 아이들과 함께 모든 걸 다시 시작한다면, 처음으로 돌아간다면 이번에는 불안감을 좀 덜 느끼고 아이들을 돌보는 일에 좀 더 편안할 수 있을 거라고, 그리고 그건 정말 멋진 선물이 될 거라고 상상한다. '다음 단계'는 내가 기대했던 자유를 전혀 가져다주지 않을 예정이었는데, 나는 왜 다음 단계로 넘어갈 순간만을 쳐다보면서 그토록 많은 시간을 보냈을까? 그래, 이제 나는 안다. 앞으로는 충분히 잘 수 있는 수많은 해들이 있을 것이다. 하지만 가장 깊은 밤 아기가 내 어깨에 따뜻하게 자리 잡고 내가 아기의 목 냄새를 맡을 수 있는 시간은 겨우 몇 주뿐이다.

나 자신의 둥지가 비어 가면서 곳곳에서 상실의 메타포가 보인다. 내 아들들이 어렸을 때 완벽한 친구가 되어 주었던 다리 저는 늙은 개는 이제 세상을 떠났고, 나는 저녁 식사 후 혼자 산책을 한다. 나는 이웃집 뒤로 해가 지는 모습을 지켜본다. 그리고 개똥지빠귀의 노랫소리를 듣는다. 대부분의 명금에게는 하루 중 너무 늦은 시간이고 올빼미에게는 너무 이른 시간이다. 빛과 어둠 사이의 이 경계에 개똥지빠귀의 무대가 있다. 나는 마음 한쪽에 큰 슬픔을 느끼며 귀를 기울인다. 여름이 가고 있고, 낮의 햇빛이 가고 있고, 이제 내 아이들도 다시 그들의 길을 가고 있다.

아이들은 막내가 2학년이었을 때 우리가 구입한 미니밴에 짐을 꾸리고 있다. 여름 내내 생명력으로 소란스러웠던 이 집이 이제 거의 고요해질 것이다. 나는 남편과 함께 아이들을 주 건너편에 있는 기숙사에 태워다 주고, 몇 분 동안 짐을 내려 주고, 그런 다음 차를 돌려 다시 집으로 향할 것이다. 아이들이 이미 돌아서고 있다는 걸, 자신들에게 매혹적인 손짓을 보내는 새로운 삶으로 향하고 있다는 걸 알지만, 나는 우리가 출발할 때 한 손을 들어 인사할 것이다. 아이들이 차에서 내려 마지막으로 뒤돌아본 후로 수년이 흘렀다. 아이들은 오래전에 손 흔드는 인사를 그만두었다.

작별

퇴락의 광휘를 몇 번이고 되풀이해 나 자신에게 가르쳐야 한다. 파랑새가 마지막으로 쿠퍼매를 만난 소나무 아래에 짙은 청색 깃털이 부유한다. 겨울이라 말라서 창백하게 바스락거리는 부들레이아 잎들 위에, 사용한 못들이 뒤죽박죽으로 널려 있다. 잎마름병으로 시든 장미, 검게 변하고 죽음에 이를 정도로 무시무시한, 지금은 지난해 여름 그곳에 자리 잡은 홍관조 둥지라는 훌륭한 건축물의 모습을 드러내고 있는 얽히고설킨 장미 줄기들. 사그라드는 햇빛 속 불꽃처럼 빛을 떨쳐 내는 거실 피아노 위에 쌓인 먼지, 그리고 한 번의 긴 한숨 앞에 날려 가는 백합 꽃잎들.

보상

너의 생일이다. 너의 생일은 항상 10월의 가장 멋진 날에 찾아온다. 비록 그날이 평일이어도 너는 너의 윙윙거리는 기계들과 너의 견해들을 한쪽으로 제쳐 둘 시간을 찾아내야 한다. 아마도 개울이 있을 것이다. 여름 내내 고요하고 말라 있던, 그리고 지금은 축축한 상태에서 잔가지와 나뭇잎 그리고 소합향나무 열매가 함께 뒹구는. 아마도 잡초가 있을 것이고, 식물의 씨방 위에 핀치가 앉아 있는, 황금빛으로 변한 들판이 있을 것이다. 아마도 기차는 운행하지 않을 테지만, 자줏빛 엉겅퀴가 행렬이 지나가는 길처럼 뻗은 오래된 기차 선로가, 혹은 가까운 소나무가 너의 아픈 발을 위해 두꺼운 카펫을 깔아 주는 흙길이 있을 것이다. 아마도 대머리 독수리가 때때로 물고기를 잡는 호수, 그 녀석이 다이빙하는 모습을 보고 그 녀석이 물속으로 떨어지지 않기 위해 날갯짓해 날아오르는 소리를 듣고 그 녀석이 노란 발로 초록빛 물에서 매끈한 갈색 물고기를 낚아채는 모습을 보게 될지도 모르는 호수가 있을 것이다.

그리고 네가 하늘을 올려다보며 걷는 동안, 아마도 땅이 너를 길로, 너의 손을 잡은 채 떨어지는 나뭇잎을 가리켜 보이는 어린아이에게로 다시 끌어당길 것이다. 봄에 새로

돋아난 풀 색깔을 띤, 좀개구리밥이 떠다니는 습지로. 축축한 개울 후미진 곳에서 들려오는 응답 없는 외로운 개구리의 울음소리로. 묵주 구슬처럼 검은 통나무 위에 줄지어 앉아 햇볕을 쬐는 거북이들에게로. 나무 꼭대기 높은 곳에서 신랄하게 입씨름하는 까마귀와 큰어치에게로. 애인이 미소 띤 얼굴로 눈을 떼지 않고 응시하는 동안 벤치에 앉아 격렬한 몸짓을 하며 이야기하는, 의수(義手)를 한 젊은 여자에게로도. 그리고 아마도 너는 그 어느 독수리보다 아름다운 날개를 가진, 하늘을 선회하는 두 마리의 독수리를 볼 것이다. 그러는 내내 나뭇잎이 나뭇가지에서 축복처럼 너에게 떨어져 내릴 것이다.

제왕나비

늦은 이주

북아메리카의 제왕나비는 모두 아스클레피아스 잎사귀 위에서 부화한다. 그리고 그들의 거의 대부분이 중앙 멕시코의 전나무 산에서, 너무 빽빽해서 가지들이 무게 때문에 숲바닥에 늘어져 부딪칠 수도 있는 전나무 숲에서 겨울을 보낸다. 최근의 어느 3월 폭풍우가 멕시코의 월동장에 엄청난 강풍과 비를 몰고 와, 알을 낳기 위해 북쪽으로 향하기 전 제왕나비 수백만 마리가 죽었다. 그리고 살아남은 나비들이 찾는 아스클레피아스—한때는 미국 길가나 빈터 그리고 농장의 작물 그루터기 근처 어디에나 있던—도 이제는 거의 없어졌다. 유전자 변형 농작물과 밀접한 관련이 있는 제초제의 피해 때문이다.

20년 전만 해도 북미에 적어도 10억 마리의 제왕나비가 있었다. 그런데 지금은 9300만 마리밖에 없다. 옛날이었다면 엄청난 규모의 상실에도 내 염려가 희미했을지 모른다. 과학자들이 알아서 바로잡겠지 하면서 말이다. 하지만 이제 나는 나이가 들어서 사랑하는 많은 사람을 장례 지냈고, 상실은 나로서는 어쩔 도리가 없는 것일 때가 너무 많다. 그래서 나는 잠이 깬 채로 어둠 속에 누워 종합 뉴스 시대에 꽃가루 매개자 문제—꿀벌떼의 몰락과 제왕나비 서식지의 파괴—의 해결책을 궁리한다.

어느 해 가을 내 정원의 판을 새로 짜야 했을 때, 나는 오크라*와 호박과 토마토를 뽑고 큰금계국, 삼잎국화, 세이지, 라벤더, 베르가못, 기타 야생화 등 꽃가루 공급원이 되는 식물을 심었다. 봄이 되자 다년생 식물들이 꽃을 피울 때 정원을 채우기 위해 백일홍 씨앗 한 줌을 뿌렸다. 그 첫해에 우리 정원에서 더없는 영광을 차지한 것은 묘상(苗床) 한 개 분의 토종 아스클레피아스였다. 지저분한 그 2천 제곱미터의 땅이 꽃가루 공급 식물을 괴롭히는 세력을 당해 내지 못한다는 걸, 특히 교외 주택가에서는 그러지 못한다는 걸 나는 안다. 이곳 교외 주택가에서는 잔디 관리 업체들이 픽업트럭 크기의 탱크를 가지고 다니며 독을 뿌린다. 나는 이 근처에서 내가 벌과 나비 때문에 잠을 잃은 유일한 사람일지도 모른다고 생각한다.

우리의 잡종 강아지 베티는 항상 두더지를 열심히 추격했다. 흙이 만화 〈로드 러너(Road Runner)〉에서처럼 흩뿌려지는 가운데, 베티는 뜰을 가로지르는 참호를 떠나 달아나는 두더지 한 마리를 몇 분 만에 파낼 수 있었다. 두더지가 죽거나 길 밑으로 피하고 나면 나는 흙무더기에 다시 부드럽게 갈퀴질을 해 갈아엎은 다음 화이트 클로버를 심고 물을 뿌릴 작정이었다.

"호밀인가요?" 내가 씨 뿌리는 모습을 지켜보던 한 이

---

* 아욱과의 식물.

웃이 물었다.

"클로버예요." 내가 대답했다.

그녀가 나를 바라보았다. "클로버를 심고 있다고요?"

"꿀벌들을 위해서요." 내가 설명했다.

"지난여름 우리 집 밖 쓰레기통 옆 배롱나무 위에 커다란 벌집이 매달려 있었어요. 그 벌들을 죽이느라 레이드** 한 통을 다 썼죠." 그녀가 나에게 말했다.

그해 봄 클로버가 풍성하게 자라났고, 나비 정원에 첫 개화가 있었다. 토종 호박벌은 새로운 꽃을 좋아했고, 무엇보다도 성(性)에 대한 은유로서 그것들이 어떻게 모두 뒤섞였는지 설명해 주는 열의를 가지고 꽃 속을 기어다녔다. 하지만 나는 꿀벌을 한 마리 이상 보지 못했다. 그리고 제왕나비는 선명한 주황색 꽃들이 가득한 기다란 줄기를 가진 아스클레피아스에 결코 주목하지 않았다. 오, 거기에는 다른 나비들이 있었다. 배추흰나비와 구름유황나비와 현혹하는 주황색 날개를 가진 걸프 표범나비였다. 내가 제왕나비를 위해 심은 아스클레피아스는 꽃을 피웠지만, 제왕나비가 한 마리도 찾아오지 않은 채 시들었다.

또 다른 여름에 기회가 있을 거야, 나는 스스로에게 말했다.

그해 가을, 미들 테네시의 날씨로는 계절에 맞지 않게 기온이 아직 온화한 가운데, 나는 두 달 넘게 지속된 심한

** 가정용 살충제의 상표명.

가뭄 내내 나비 정원에 물을 주었다. 백일홍만 여전히 꽃을 피우는 중이었고, 나는 예기치 않은 꽃이 피는 몇 주에 대처하는 옳은 방법에 관해 나 자신과 논의했다. 사용된 꽃은 잘라 내고 다른 식물들은 여전히 날아다니는 나비들을 위해 새로운 꽃을 계속 피워 내게 해야 할까? 아니면 황금방울새가 따 먹도록 백일홍이 열매를 맺게 해야 할까?

곤경에 처한 대부분의 경우에 그렇듯이, 나는 무심코 타협에 도달했다. 그러자는 생각이 들었을 때 죽은 꽃을 잘라 내기로 했다. 그리하여 황금방울새는 백일홍 열매를 가졌고, 걸프 표범나비도 자기들의 것을 가졌다.

그런 다음 기적이 일어났다. 11월의 어느 화창한 오후 우편함으로 걸어가면서 나는 화단에 오렌지빛 섬광이 반짝이는 걸 알아차렸다. 한두 걸음 내디디다가 그것을 보았다. 제왕나비 한 마리가 진분홍색 백일홍 위에서 바람에 까딱이고 있었다. 나는 가까이 다가갔다. 거기, 노란 백일홍 위에 또 다른 제왕나비가 있었다. 그리고 빨간 백일홍 위에도—오렌지색, 흰색, 복숭아색 백일홍 위에도. 제왕나비 뒤의 제왕나비 뒤의 제왕나비가 꽃에서 꿀을 모으고 있었다. 그 온화한 오후 내내, 나의 나비 정원은 멕시코로 매우 늦은 이주를 하는 제왕나비들을 위한 휴식 장소가 되었다.

제왕나비는 새들처럼 이주한다. 그러나 매년 제왕나비가 그 주기를 완수하는 데는 네 세대, 때로는 다섯 세대가 필요하다. 멕시코에서 북쪽 번식지로 여행을 갔다가 무사히 돌아오는 제왕나비는 한 마리도 없다. 무엇이 이어지는 세대로 하여금 조상이 택한 길을 그대로 따라가게 하는지 곤충학자들은 아직 알지 못한다. 그리고 나는 오로지 이 제왕나비 후손들이 우리 집 정원에서도 일시적 유예 기간을 보내기를 바랄 뿐이다. 나는 매년 만약을 위해 백일홍을 심을 것이다.

가을 이후

그것과 화해하는 일에 대한 이 이야기. 그것을 느끼고 그런 다음 돌파할 방법을 찾아내는 것에 대한 이야기. 종결에 대한 이야기. 그건 전부 넌센스다.

비통함에 관해 아무도 나에게 말해 주지 않은 게 있는데, 바로 이것이다. 너는 피부처럼 비통함에 둘러싸여 있다. 가는 곳마다 옷 밑에 비통함을 받쳐 입는다. 너는 모든 것을 비통함을 통해 본다. 마치 눈앞에 둔 필름처럼.

그것은 고통이라는 천으로 거칠게 짜인 이너 셔츠가 아니다. 그건 너, 너라는 존재, 너라는 형체에서 서로에게 매달려 있는 세포들, 세상에서 너의 일을 하는 근육들이다. 그리고 그것도 너의 다른 피부처럼, 너의 다른 눈처럼, 너의 다른 근육처럼 시간 맞춰 변할 것이다. 너무도 천천히 변할 것이고, 심지어 너는 그 변화가 일어나는 것을 보지 못할 것이다. 네가 아무리 세심하게 살펴도, 걱정스러운 손가락으로 아무리 쿡쿡 찔러도, 너는 그것이 변하는 모습을 보지 못할 것이다. 시간은 너를 요구한다. 너의 배가 물렁해지고, 머리카락이 희끗해지고, 손등의 피부는 할머니의 그것처럼 느슨해진다. 너의 비통함의 피부도 느슨해지고, 물렁해지고, 너의 날카로운 부분을 용서하고, 너의 딱딱한 뼈를 가릴 것이다.

308

너는 새로운 형태로 깨어날 것이다. 예전의 너로 깨어날 것이다.

내 말은, 시간이 예전의 너에게 새로운 형태를 제공한다는 뜻이다.

내 말은, 너는 나이가 들었고, 비통할 일이 없고, 새로워졌고, 쇠락했다는 뜻이다.

너는 둘 다이다. 항상 둘 다일 것이다.

두려워할 건 아무것도 없다. 두려워할 것이 전혀 없다. 봄 속으로 걸어 나가라, 그리고 보아라. 새들이 합창으로 너를 반긴다. 꽃들이 얼굴을 돌려 너를 바라본다. 그늘 속에서는 여전히 축축한 작년의 마지막 나뭇잎들이 고약한 냄새 그리고 희미한 가을의 냄새를 풍긴다.

거룩, 거룩, 거룩

어머니가 갑작스럽게 돌아가신 다음 날 아침, 누군가가 내가 일어나기 전에 머핀 한 바구니, 질 좋은 커피 원두, 그리고 크림 한 병—거품을 내지 않은 진짜 크림—을 가져와 뒷문 앞에 두고 살금살금 달아났다. 나는 먹을 수가 없었다. 커피 향 때문에 속이 뒤틀렸다. 하지만 밤새 마음속에 오락가락한 눈물과 만약 ~했다면 어땠을까 하는 온갖 상념 때문에 머리가 지끈거렸다. 내가 토하지 않고 잘 넘길 수만 있다면 그 크림을 커피에 넣어 아침 식사 대용으로 마실 수 있을 거라고 생각했다.

딱 한 방울을 컵 안에 넣자 크림이 온천 속 화산처럼 거품으로 분출했다. 신부의 풀려 가는 레이스 타래, 어두운 바다 위의 불꽃놀이, 고요한 초원 위의 밤하늘을 쏜살같이 가로지르는 별.

이런 식으로 나는 세상이 계속된다는 걸 배웠다. 대체할 수 없는 생명이 순식간에 빛을 잃었다. 하지만 세상은 내 방 창밖에서 축하를 받으며 확 타오르고 있었다. 누군가 듣고 있었다. "양성이야." 누군가 말하고 있었다. "사내아이야." 누군가 양팔을 뻗으며 외치고 있었다. "감사합니다! 감사합니다! 오, 감사합니다!"

아직 할 일이 너무 많다.
그 모든 것이 찬미한다.

데렉 월컷

인용된 작품들

이 책에 영감을 준 모든 작품을 본문에서 밝히지는 않았다. 다음은 그 작품들의 목록이다.

p. 013   이 제목은 앨프리드 로드 테니슨의 「인 메모리엄」에 나오는 구절 "자연, 이빨과 발톱이 붉은"의 의역이다.

p. 024   "생명이 생명 위에 쌓여 갔다"라는 문장은 앨프리드 로드 테니슨의 「율리시스」에 나온다.

p. 053   '스노문'의 마지막 두 문장은 샤를 보들레르의 『악의 꽃』에 나오는 "나의 동포―나의 형제여!"의 메아리다.

p. 071   장 베텔이 쓴 어린이 책 『바니 비글이 야구를 하다』는 1963년에 처음 출간되었다.

p. 100   '아파치 스노 작전'은 1969년 5월 10일 북베트남에 맞서 개시한 미국의 작전명이다. 이 공격은 양쪽 진영 모두에 엄청난 사상자를 발생시켰다.

p. 085   이 제목은 로버트 펜 워런의 시 「나에게 이야기를 해 줘」에서 따온 것이다.

p. 091   첫 문단의 "무척이나 지루해하고 있다"는 존 베리먼의 「꿈의 노래 14」에 대한 암시다.

p. 091   첫 문단 마지막에 나오는 성서 구절은 마르코복음 11장 23절이다.

p. 105   '팔복'은 예수의 산상수훈 설교를 뜻한다.

p. 110   〈우리가 작별 인사를 할 때마다〉는 콜 포터가 쓰고 엘라 피츠제럴드가 부른 노래다.

p. 111	"세상 일이 버겁게 느껴질 때면"은 윌리엄 워즈워스의 동명의 소네트에 대한 암시다.
p. 122	이 제목은 W. H. 오든의 시 「미술관」에 나오는 시구를 암시한다.
p. 127	내 어머니를 정원 일에 전혀 준비되지 않은 사람으로 묘사한 것은 E. B. 화이트가 아내 캐서린 S. 화이트의 책 『정원의 앞쪽과 위쪽』에 대한 소개 글에서 아내에 관해 한 묘사의 메아리다.
p. 139	애니 딜라드의 에세이는 1982년에 처음 출간된 『개기일식』이다.
p. 141	이 장 끝에서 둘째 문단에서 내가 언급하는 노래는 준 카터와 멀 킬고어가 썼고 조니 캐시에 의해 유명해진 〈불의 고리〉다.
p. 143	우리가 학교에서 읽었고 내가 나중에 배운 단편은 로렌스 도르의 「브란덴부르크 협주곡」이다.
p. 160	마지막 문단의 "잎사귀가 떨어지지 않은 그 골든그로브 나무"는 제라드 맨리 홉킨스의 시 「봄과 가을」에 대한 암시다.
p. 164	"딱딱해진 붉은 흙길을 샌들 신은 발로 쿵쿵 밟으며"는 마태오복음 10장 14절의 메아리다.
p. 167	이 제목은 윌리엄 셰익스피어의 「소네트 73」의 시구에 대한 암시다.
p. 168	"황금빛으로 반짝이는 것은 결코 그 상태에 오래 머물지 못한다"는 로버트 프로스트의 동명의 시 제목에 대한 암시다.
p. 171	"그레이하운드풍 어둠의 심연"은 조지프 콘래드의 소설 『어둠의 심연』에 대한 암시다.
p. 186	"안개는 소리 없이 낀다"는 칼 샌드버그의 「안개」에 대한 암시다.
p. 189	이 제목은 흔히 아리스토텔레스의 관찰을 뜻한다.

p. 190	'둘씩'은 창세기 7장 9절에서 동물들이 노아의 방주 안으로 들어간 방식을 가리킨다.
p. 199	이 제목은 W. H. 오든의 시 「미술관」의 시구를 인용한 것이다.
p. 215	'그는 여기에 없다'는 성경에 나오는 부활절 이야기에서 인용한 것이다.
p. 225	'그대 다시는 고향에 가지 못하리'는 토머스 울프의 소설 제목의 메아리다.
p. 229	이 제목은 성서 곳곳에 나오는 반복적인 훈계의 메아리다.
p. 234	'먼지에서 먼지로'는 전도서 3장 20절의 메아리다.
p. 246	'귀가'는 반려동물 세 마리가 함께 살던 사람들과 예기치 않은 이별을 한 뒤 집으로 돌아가는 이야기를 담은 1993년 작 영화 제목의 메아리다.
p. 263	'출구가 없다'는 장폴 사르트르의 희곡 제목의 메아리다.
p. 275	'두 번 다시 아니다'는 에드가 앨런 포의 시 「도래까마귀 The Raven」 곳곳에서 이 새가 반복해서 말하는 단어다.
p. 310	'거룩, 거룩, 거룩'은 1826년에 레지널드 헤버가 발표한 기독교 찬송가의 제목이다.

마지막 노트: '외할머니가 전하는 자신이 총에 맞은 날 이야기'는 내 외할머니가 1983년에 썼지만 출간된 적 없는 에세이를 편집한 버전이다. 외할머니의 목소리가 담긴 다른 모든 글은 내 남동생이 1990년에 외할머니와 한 인터뷰를 글로 옮긴 것이다. 그 발췌들은 이해에 크게 기여하는 약간의 수정—이를테면 이름을 추가하거나 반복되는 부분을 삭제한 것—을 제외하고는 원래의 기록에 충실하다.

출판물 목록

이 책의 내용은 많은 경우 다음의 출판물들에 상당히 다른 형태로 나온다.

'분리 불안'('모성과 대학 복학 우울증'으로)
2018년 8월 20일, 「뉴욕 타임스」

'충영'('무엇을 기대할지'로)
2018년 10월, 'O, 더 오프라 매거진'

'귀가'('개에게 사랑받는다는 것은 어떤 의미인가'로)
2018년 6월 18일, 「뉴욕 타임스」

'울부짖음'('늙은 개를 사랑하는 고통'으로)
2018년 2월 25일, 「뉴욕 타임스」

'바벨탑'과 '추수감사절'('추수감사절이야. 집으로 오렴'으로)
2017년 11월 23일, 「뉴욕 타임스」

'불의 고리'('내슈빌의 하늘에, 불의 고리'로)
2017년 8월 21일, 「뉴욕 타임스」

'거룩, 거룩, 거룩'
2017년 7월 27일, 『리버 티스』

'떠들썩한 왕국'(봄철의 그리 평온하지 않은 왕국'으로)
 2017년 6월 4일, 「뉴욕 타임스」

'가면을 쓴'('죽음이란 어떤 것인가'로)
 2017년 2월 26일, 「뉴욕 타임스」

'늦은 이주'
 2016년 12월 6일, 『게르니카』

'두 번 다시 아니다'('콘도르가 "두 번 다시 아니다"라고 말했다'로)
 2016년 10월 31일, 「뉴욕 타임스」

'보상'
 2016년 9월 13일, 『프록시미티』

'부리와 발톱이 붉은'
 2016년 7월 31일, 「뉴욕 타임스」

'출구가 없다'('돌봄: 그것이 없어질 때까지, 너무 무거운 짐'으로)
 2015년 8월 8일, 「뉴욕 타임스」

감사의 말

아이 한 명을 키우려면 한 마을이 필요하다. 57세 나이에 첫
책을 출간하려면 여러 세대로 이루어진 한 나라가 필요하다.

초기 단계부터 이 에세이의 형태를 잡는 데 도움을 준
작가들인 랠프 보든, 마리아 브라우닝, 수재너 펠츠, 캐링턴
폭스, 페이 존스, 수전 맥도널드, 메리 로라 필폿, 크리스 스
콧에게 감사한다. 마리아에게 특별히 더 큰 감사를 전한다.
그녀는 아직 책이 되기 위해 노력 중인 동안 원고 전체를 두
번 읽어 주었다.

「챕터 16」의 작가들과 테네시의 저자들, 사서들, 그리
고 「챕터 16」에 사명을 부여한 독립 서점 주인들에게 무한
한 감사를 전한다. 휴머니티스 테네시의 세레니티 거브먼과
팀 헨더슨에게 충분히 고마움을 표하는 표현을 나는 결코
찾아내지 못할 것이다. 10년 동안 그들이 보여 준 유연함과
지칠 줄 모르는 지원이 내가 편집자이자 작가가 되는 것을
가능하게 해 주었다.

「뉴욕 타임스」의 피터 카타파노에게 마음 깊이 감사한
다. 그의 특별한 재능이 매주 나의 표현을 더 낫게 만들어
준다. 클레이 리즌에게도 감사한다. '서던 페스티벌 오브 북
스'에서 대화를 나눴을 때 그가 무심코 한 말—"이것에 대

318

해 쓰고 싶은 생각 있어요?"—이 나를 「타임스」에 쓴 첫 에세이 그리고 이 책으로 이끌어 주었다.

조이 맥가비는 이 책의 불완전한 원고를 밀크위드 출판사의 산더미 같은 원고에서 뽑아냈고, 그것이 무엇이 될 수 있을지 보여 주었다. 그녀의 상냥한 지도와 훌륭한 편집이 뒤죽박죽인 에세이들을 실제 책으로 변모시켜 주었다. 그리고 마침내 책이 나온 뒤 밀크위드의 나머지 팀원들—메건 바흐메이어, 조던 배스컴, 섀넌 블랙머, 조애나 뎀키비츠, 데일리 파르, 앨리슨 헤이버스트로, 대니얼 슬레이저, 메리 오스틴 스피커, 애비 트래비스, 한스 웨이안트—은 일이 궤도에 오르도록 끊임없이 일했다. 모두에게 감사드린다.

이 책을 쓰면서 나는 문학 생태계가 진실로 얼마나 방대한지를 뼈저리게 느꼈다. ICM 파트너스의 크리스틴 킨벤튼에게 그녀의 광범위한 이해와 전문 지식에 대해 진심 어린 감사를 전한다. 이 책이 성장할 수 있는 안식처를 지어 준 것에 대해 리븐델 라이터스 콜로니(Rivendell Writers' Colony)의 카르멘 투생에게 고마움을 전한다. 메리 그레이 제임스에게 고마움을 전한다. 그녀는 은퇴 생활에서 벗어나 내가 전에 한 번도 본 적 없는 측면에서 출판 산업을 이해하도록 도와주었다. 내슈빌의 독자와 작가를 위한 중요한 '제3의 장소'를 만들어 준 것에 대해 그리고 처음부터 이 책을 믿어 준 것에 대해 카렌 헤이스와 파르나서스 출판사의 모든 분에게 감사한다.

평생 동안 나는 선생님과 멘토 운이 무척이나 좋았다.

특히 루스 브리틴, 제임스 디키, 존 에거튼, 섀린 가스통, 앤 그랜베리, R. T. 스미스. 이분들 대부분이 살아서 이 책을 읽은 건 아니다. 하지만 이 책의 모든 문단에서 이분들의 영향을 발견할 수 있다. 선생님은 어디에나 있다. 감사드린다. 당신들은 오랫동안 기억될 씨앗을 심고 있다.

8학년 때 중학교 생물에서 무능함을 깨달은 뒤, 나는 대형 동물 수의사가 되겠다는 꿈을 포기했다. 대신 작가가 되겠다고 부모님에게 말하자, 부모님은 중고품 매장에서 오래된 수동식 타자기를 사서 집으로 가져오셨다. 나는 고등학교, 대학교, 대학원 시절 내내 그 언더우드 무소음 휴대용 타자기로 보고서를 썼다. 그리고 수천 편의 시도. 내 부모님은 그런 분이었다.

지금의 내 가족도 그렇다. 부분적으로는 안전망이고 부분적으로는 트램펄린이다. 나와 어린 시절을 무척 많이 공유한 사촌들인 섀넌 윔스 앤더슨과 맥스 윔스 3세에게도 감사한다. 우리의 내슈빌 가족들—힐 집안, 베일리 집안, 마이클 집안, 타킹턴 집안, 그리고 이웃집 모두를 집으로 만들어 준 친애하는 모든 친구들—에게 감사한다. 나의 훌륭한 형제자매 빌리 렌클과 로리 렌클에게 감사한다. 이 두 사람은 나의 변함없는 영감의 원천이다. 내 인생 최고의 선물인 샘 목슬리, 헨리 목슬리, 조 목슬리에게 감사한다. 무엇보다 헤이우드 목슬리에게 감사한다. 그는 나에게 인생 그 자체다.

마침내 이 책이 내 사람들에게 선보이게 되었다. 내 부모님과 조부모님 그리고 증조부모님, 내 남편과 우리 아이들 그리고 언젠가 우리 아이들이 이룰 가족들까지. 내 남동생과 여동생, 내 남편의 부모님과 형제자매, 우리 양쪽 집안의 사랑하는 모든 조카들까지. 가족 안에서 살면서 내가 뭔가 배웠다면, 그것은 우리가 서로에게 속한다는 사실일 것이다. 밖으로, 밖으로, 밖으로, 양쪽 방향으로 확장되는 잔물결을 통해 우리는 서로에게 속한다. 그리고 초록색의 이 근사한 세계에도.